너 이렇게
살아 봤어?

세상에 공개되지 않은 영화보다 더 영화 같은 이야기

너 이렇게
살아 봤어?

봉숭아학당에서 다시 피어나는 꽃 2

봉숭아학당 지음

그 사람의 삶을 모르고 그 사람을 안다고 말하는 것처럼
위험한 일은 없다. 그것은 상대에 대한 기만이다.

좋은땅

세계는 인공지능(AI)의 급속한 발전으로 인해 산업과 사회 전반에 걸친 거대한 문명사적 커다란 변화를 맞이하고 있다. 인공지능이 우리 삶에 침투되면 될수록 우리 삶은 곤고해지고 피폐해져 행복지수는 벼랑 끝에 놓여 있다. 이러한 현상들은 삶에 도전보다는 서로가 이기심과 시기심으로 채워져 퇴로가 없는 절망으로 치닫고 있다. 이러한 위기는 오히려 어떤 사람에게는 강력한 역량결집이 되어 희망의 통로를 열어 가는 곳이 있다.

그 희망의 통로를 열어 가는 곳이 바로 ㈜봉숭아학당 문화혁신학교(봉당)다. ㈜봉숭아학당 문화혁신학교를 이끌어 온 지 어느새 10년이 훌쩍 지나고 행사는 무려 523회의 경이적인 기록을 세우고 있다. 교육계의 전무후무한 행사 기록과 함께 꾸준히 성장해 온 봉숭아학당 가족 18인이 용기를 내 두 번째 공저를 준비했다. 『너 이렇게 살아 봤어?』 책 제목처럼 한 인간이 살아가면서 쉽게 경험하지 못하는 지독한 고행 속에서 행복을 열어 가는 영화보다 더 영화 같은 이야기로 가슴 찡한 눈물의 감동을 주고 있다.

봉숭아학당 문화혁신학교만이 가지고 있는 문화와 철학이 고스란히 이 책에서 전해지고 있다. 18명의 작가에게선 경쟁, 과시, 이기심, 불평등 부정적인 언어는 찾아볼 수가 없고 삶의 감사와 감동, 봉사와 희생, 사람을 세우는 언어들로 꿈과 희망을 이야기한다. "사람이 보물이다.", "사람이 보약이다.", "사람이 재산이다." 사람의 소중함을 외치며 인향만리를 전하고 있다. '인꽃'은 문화를 만들고 사람을 만들어 간다.

이 책을 통해 분명 18인의 작가들의 삶의 향기가 고스란히 독자들의 가슴 깊이 진실하게 전해질 것이다. 희로애락을 뛰어넘어 독자들에게 희망의 노래가 되고 반드시 축복의 통로가 되리라 확신한다. 책을 한 번도 써 보지 못한 이들이 큰 용기를 내어 공저에 함께해 주신 18인의 작가님께 기립 박수를 보내며 감사의 마음을 전한다. 이번 공저를 계기로 회복 탄력성은 물론 산을 옮기는 기적들이 일어나리라 확신하며 힘찬 응원을 보낸다.

마지막으로 카톡방에서 응원과 지지를 보내 주시는 봉숭아학당 문화혁신학교 가족들에게 진심으로 감사드린다. 특히, 바쁜 시간을 쪼개어 온몸을 던져 한 사람 한 사람의 글을 관심과 사랑을 쏟아부어 이 책이 세상에 나올 수 있도록 처음부터 끝까지 원고 편집에 헌신을 쏟아 주신 오행자 교수에게 깊은 감사를 드린다.

㈜봉숭아학당 문화혁신학교 총장 성창운

한 사람이 온다는 것은 그 사람의 인생이 오는 것이고 한 사람이 죽는다는 것은 도서관 하나가 사라진다는 말이 있다. 우리는 누군가를 안다고 쉽게 말한다. 그 아는 사람에 대해 무엇을 얼마나 알고 있을까? 이름, 얼굴, 직업, 가족 관계 등 눈에 보이는 것들만 가지고 그 사람을 안다고 말하는 것은 상대에 대한 기만이다. 그 사람을 알기 위해서는 그 사람의 삶을 알아야 안다고 말할 수 있다. 그런데 우리는 다른 사람의 삶에는 관심이 없다. 특히 평범한 일반인의 삶은 더욱 그렇다. 그러나 어쩌면 노숙자의 삶, 폐지를 줍는 어느 노인의 삶의 이야기를 통해 그들이 왜 그렇게밖에 살 수 없었는지 이해하게 되고 자신을 돌아보게 한다. 이 세상에 귀하고 소중하지 않은 사람도 없고 귀하고 소중하지 않은 삶도 없다. 한 사람 한 사람이 귀하고 소중하다.

2024년 1월 첫 주 월요일 ㈜봉숭아학당 문화혁신학교 비전 선포식에서 4년 만에 『봉숭아학당에서 다시 피어나는 꽃』 두 번째 책 공저 발표를 했다. 누구나 가슴속에는 내가 살아온 삶의 이야기를 책으로 출간하고 싶은 마음이 있다. 그러나 쉽지 않지만 함께라면 가능하다. 봉숭아학당 문화혁신학교의 문화는 사람을 귀하게 여긴다. 성창운 총장님께서 늘 외치시듯 "사람이 보물이고 사람이 재산이다." 그런 소중한 사람들의 삶의 이야기를 통해 거울처럼 내면의 나를 들여다볼 수 있다. 상대의 삶을 평가하고 판단하는 것이 아니라 그 삶을 통해 자신의 삶을 들여다보는 서로의 거울이 되어 주는 것이다.

이번 공저, 세상에 공개되지 않은 영화보다 더 영화 같은 이야기 『너 이렇게 살아 봤어?』를 준비하며 18명의 작가에게 진심 어린 존경과 경의를 표한다. 한 분 한 분의 삶의 이야기를 듣고 글을 편집하면서 '어떻게 살아 냈을까?', '어떻게 견뎌 냈을까?' 내 가슴이 먹먹하고 가슴 조이는 순간들이 많았다. 이렇게 속 깊은 이야기들을 누구에게 할 수 있을까? 책 한 권에 담기에 방대한 사연들을 축소하고 축소해 18명의 주인공의 이야기를 실었다. 때로는 너무 아파서 꺼내기 힘든 이야기도 죽음 앞에서 무섭고 두려웠던 이야기도 담담하게 꺼내어 보여 준 작가들에게 기립 박수를 보낸다.

가끔 나의 힘든 이야기를 꺼내려다 나보다 더 힘든 상대의 이야기를 들으며 '나는 그래도 살 만하구나!', '나보다 더한 사람도 있구나!' 하고 위로가 될 때가 있다. 어두운 터널 안에 있을 때는 희망이 없다. 그러나 그 터널을 지나온 사람들의 이야기가 아직 어둠 속에 있는 사람들에게는 희망의 불씨가 된다. 평범한 사람들의 평범한 이야기를 책으로 펴낼 수 있도록 장을 열어 주시고 응원해 주신 성창운 총장님께 진심으로 감사드린다. 이 책을 읽는 독자들에게 어두운 터널에서 잘 견디고 살아낸 18인의 작가들의 이야기가 위로와 희망이 되었으면 한다. 공저 작가들의 삶처럼 독자들의 삶 또한 또 다른 누군가의 꿈과 희망이 될 것이다.

㈜봉숭아학당 문화혁신학교 오행자 교수

목 차

아이수

[주요 약력]

(사)한국고고장구진흥원 서울남부지회 회장/원장
전국 아랑고고장구 예술인협회 대림지부 원장
K-팝 월드 문화예술인 총연합회 회장(예술 총감독)
가수 앨범 발매: 3집
대표곡: 〈사랑의 북〉, 〈눈 깜짝할 새〉, 〈고고장구〉
유튜브: 아랑고고장구 아이수TV

[수상 경력]

대한민국 국민행복대상
자랑스런 한국인대상
독도수호 문화예술대상
관악구 구청장상
관악구 경찰서장상
관악구 구의회 의장장
(사)한국고고장구전국경연대회 변산해넘이축제 대상 수상

[방송 경력]

KBS 방송 〈아침마당〉
KBS 방송 〈전국노래자랑〉
KBS 방송 〈열린음악회〉
MBC 방송 〈뮤직뱅크〉

두드림의 여신 아이수가
웃음과 행복의 문을 열어 드리겠습니다.

두드림의 여신 아이수가 태어났다

나는 중국 연변 평범한 가정에서 6남매 중 다섯째, 셋째 딸로 태어났다. 위로 언니가 둘, 오빠가 둘, 아래로 여동생이 있는데 바로 위의 오빠가 3살 때 전염병으로 하늘나라에 가고 엄마 아빠는 자식을 먼저 보낸 마음을 달래듯 아들 하나 더 낳고 싶은 마음에 나를 낳으셨다. 그래서일까? 태어나는 순간부터 나는 부모님의 사랑을 독차지했다. 아니, 어쩌면 엄마 배 속에서부터 사랑받기로 작정하고 태어난 아이였다. 내가 기억하기로는 3살 때부터 흉내 내기를 정말 잘했다. 처음 두각을 드러낸 것은 노래였다. 노래를 잘해 나의 별명은 꾀꼬리였다. 음악만 나오면 숟가락, 젓가락으로 밥상을 두드렸고 엄마는 복 달아난다고 혼내셨지만, 아버지께서는 선견지명이 있으셨는지 우리 아이수는 나중에 그것으로 먹고살 것 같으니 그냥 두라고 하셨다. 아마도 아버지를 많이 닮은 딸이 더욱 사랑스러우셨던 것 같다.

한번은 세수대야에 조롱박을 탄 물바가지 두 개를 엎어 놓고 손으로 두드리기 시작했다. 물 위에 뜬 바가지를 두드리니 둥둥 소리가 얼마나 신기하고 재미있는지 두드리다 보니 조그만 손이 너무 아팠다. 결국, 밖에 나가서 나뭇가지 두 개를 주어다 그것으로 두드리기 시작했다. 노래도 잘하고, 장단도 잘 맞추고, 춤도 잘 추는 나는 이미 동네 연예인이었다. 나의 첫 번째 무대는 집이었다. 집에서 혼자 노래를 부르고 있으면 동네 사람들이 밖에서 내 노래를 한참을 듣다가 가고는 했다. 그리고 어느새 순회공연을 다니기 시작했다.

큰언니는 내가 어렸을 때 결혼을 했다. 내 머리도 땋아 주고, 엄마처럼 잘 챙겨 주던 언니 집에 나는 자주 놀러 갔다. 내가 놀러 가면 언니는 동네 사람들을 집으로 불렀다. 나의 첫 순회공연이다. 그때는 미닫이문이 있었다. 미닫이문을 들락날락하며 옷을 갈아입고 혼자 사회도 보고, 노래도 하고, 춤도 추었다. 완전 혼자서 초등학교도 안 간 꼬맹이가 원맨쇼를 한 것이다. 많이 어려운 시절이고 뭐 하나 재미난 일도 없을 때니 나의 재롱이 큰 위로가 되었던 듯하다. 그러면 동네 사람들이 사탕, 계란, 타월, 옷 등 다양한 것을 가져다주었다.

두 번째 순회공연은 외삼촌 집이다. 그때는 담배 종이에 가루담배를 말아서 피우던 시절이다. 동네 어른들은 "이 담배 종이가 돈으로 얼마다. 공연이 끝나면 담배 종이가 모인 만큼 돈으로 준다."라고 제안을 하셨고 나는 열심히 노래도 하고, 곱사등 춤도 추었다. 외삼촌 동네 사람들은 특히 나의 곱사등 춤을 유난히 좋아하셨다. 공연이 끝나고 나면 담배 종이가 10개가 넘었고 그것을 돈으로 바꾸어 주셨다.

마지막 순회공연은 이모 집이다. 이모네 동네 사람들은 나의 젓가락 춤과 노래를 좋아하셨다. 사람마다 각자 성향이 다르듯 큰언니네, 외삼촌네, 이모네 모두 나의 공연을 좋아했지만, 특별히 더 좋아하는 분야가 있었다. 이모네 동네는 큰 직물공장이 있었다. 그래서 이모네서 공연을 하고 나면 직물공장에 다니는 동네 사람들이 니트 옷을 많이 가져다주었고 계란, 사탕 등을 주셨는데 그때 기억에 남는 것은 아주 커다란 오리 알한 바구니를 받은 것이 많이 기억에 남는다. 그렇게 나는 어린 시절부터 남다른 재능을 가지고 있었다.

돈의 위력을 처절하게 배운 학창 시절

어려서부터 총명하고 똘똘하기가 둘째가라면 서러운 나를 아버지는 학교에도 일찍 보내셨다. 다른 아이들은 8살, 9살에 학교 가는데 나는 7살에 입학했다. 가방을 들 수 없을 만큼 작은 나는 언니와 오빠들이 가방을 들고 학교에 데려다주었고 학교에서 청소할 때도 언니가 와서 다 해주곤 했다. 집안에서 넘치는 사랑을 받던 나는 학교에서도 두각을 드러냈다. 낭독은 물론 글씨를 잘 쓰니 담임 선생님은 아이들에게 내 노트를 보여주며 칭찬을 하셨다. 그리고 나는 학교공연단에 들어가 노래, 무용, MC까지 도맡아 진행했다. 5학년 때는 시 노래경연대회에 나가서 당당히 1등을 했고 그 뒤로 음악 진수학교에서 나를 데리러 왔다. 아마도 그때 내 나이는 12살이다.

한 치 앞을 알 수 없는 것이 인생이라고 했던가? 음악 진수학교에서 나를 데리러 왔을 때 엄마는 어린 것을 못 보낸다고 울며 말리셨지만, 아버지는 내가 예능적 소질이 많은 걸 아셨기 때문인지 적극 지지해 주셨다. 그렇게 12살 어린 나이에 나는 집을 떠나 하숙을 하면서 음악 진수학교에 다니게 되었다. 그러나 모든 것은 돈이었다. 아버지는 의사셨었는데 군대에 가서 다쳐 일을 하지 못하시는 잔폐 군인이었고 그 시절 잔폐 군인에게는 아이스크림 대를 만드는 기계와 산에서 나무를 벨 수 있는 자격을 주어 아이스크림 대를 만들어 팔 수 있었다. 산에서 피나무를 베어다 껍질은 밧줄을 만들어 팔았고 그 속에 나무로 아이스크림 대를 만들었다. 그렇게 나의 학비를 대기 위해 시집간 언니까지 온 가족이 동참했지만 쉽지 않았다.

1년 반쯤 지나면서 아버지와 엄마는 많이 아프셔서 아이스크림 대를 만드는 일을 하실 수 없게 되었다. 그래서 나의 학비와 하숙비는 밀리기 시작했다. 학교에서는 밀린 학비를 내라 하고 하숙집에서는 집을 나가라고 한다. 하숙집은 학교 선생님이 소개해 같은 학교 다니는 친구의 집이었다. 아침마다 나는 학교 가기 전에 마당을 쓸고 물 길러 놓고 학교에 가느라 코피가 난 것도 여러 번이다. 그런데도 마당 한 번 쓸지 않는 자기 딸은 몰래 계란과 만두를 주는 모습을 보며 달라는 말도 못 하고 침만 꼴깍 삼킬 뿐이었다. 나는 집에도 어려운 사정을 말하지 못하고 결국 비가 억수로 쏟아지는 날 하숙집에서 쫓겨났다. 이불과 옷 가방을 들고 막막해하고 있을 때 우연히 길에서 고향 친구를 만났다. 그 친구는 나의 사정을 듣고 나를 집으로 데려갔다. 친구는 입양아였는데 부모님은 참 따뜻하고 좋은 분이셨다.

나는 담임 선생님께 내 사정을 이야기했다. 처음에는 그러냐고 걱정하시면서 고구마나 계란도 가져다주시고 하셨는데 학비가 많이 밀리다 보니 결국 퇴학을 이야기하시며 나를 멀리하기 시작하셨다. 나는 계속 공부를 하고 싶었다. 그렇게 고민하고 있을 때 담임 선생님께서 학교 화분 통이 낡아 전교 화분 통을 바꾸니 부모님께 얘기해서 얼마씩 내라고 하셨다. 그때 내 머릿속에 섬광처럼 떠오르는 아이디어가 있었다. 내 고향 주변에는 항아리 공장이 많이 있었고 그곳에서는 화분 통도 만들어 팔았다. 나는 화분 통을 팔아 학비를 벌 생각에 담임 선생님께 얘기하려 했지만 이미 나를 멀리하셔서 나는 교장 선생님을 찾아갔다. 학생이 교장실을 찾아가니 당황하신 교장 선생님은 무슨 일이냐고 어디 다쳤느냐고 물으셨다. 그때 나는 나의 사정을 이야기했다. 나는 공부를 계속하고 싶은데 엄마 아버지가 많이 아프셔서 일을 할 수 없고 학비도 밀리고 하숙비도 많이 밀린 상태라고 말씀드렸다.

교장 선생님은 안타까워하시며 내 제안을 받아 주셨고 대법원 차를 운전하는 큰형부 도움을 받아 고향에서 학교까지 화분 통을 무사히 배달했고 그렇게 번 돈으로 학교를 1년 더 다닐 수 있었다. 그렇게 온 가족과 내가 애쓰고 발버둥 쳤음에도 불구하고 졸업을 얼마 남겨두지 않고 다음 학비를 해결하지 못해 나는 자퇴를 선택했다. 그때 나는 알았다. '인생에서 돈이 없으면 기회도 없다. 재능이 먼저가 아니구나.'를 어린 나이에 깨달은 것이다. 그래도 후회는 없었다. 나와 사랑하는 내 가족들은 최선을 다했고 음악 진수학교에서 졸업은 못 했지만 나는 어느 정도 배울 것은 다 배우고 나왔다.

돈보다 더 귀한 인생을 배운 시간

음악 진수학교를 자퇴하고도 공부에 대한 미련은 버리지 못하고 진로를 고민하고 있을 때 예술학교 시험 공고가 났다. 중국에서 예술학교는 대단한 학교였다. 돈도 없고 빽도 없지만 그래도 무작정 시험을 보기로 했다. 크게 기대하지도 않고 시험을 치렀는데 '허걱.', 아주 우수한 성적으로 합격했다고 연락이 왔다. 기쁨은 정말 컸다. 중요한 것은 돈이었다. 예술학교는 학비를 한 번에 다 내야 했다. 학교에서 면담을 요청해 사실대로 상황을 이야기했다. 그런데 추후에 다시 연락하겠다고 연락이 왔는데 결국은 불합격 통지를 받았다. 온 동네 자랑은 다 해 놓았는데 속상해서 펑펑 울었다. 나중에 안 사실이지만 나보다 점수를 덜 받은 학생이 합격했는데 학교에 쌀을 열 포대나 기증했다는 것이다. 이번에도 결국 돈이었다.

그리고는 한참을 방황했다. 그러던 어느 날 한국의 〈전국노래자랑〉처럼 큰 노래경연대회 광고를 봤고 어차피 짜고 치는 고스톱처럼 돈도 빽도 없으면 안 되는 것을 알기에 기대하지 않으면서 내가 좋아하는 노래여서 경연대회 신청을 했다. 그런데 기적이 일어났다. 내가 1등을 한 것이다. 기대하지 않았기에 더 큰 감동이었다. 상품으로 호랑이표 재봉틀을 받았다. 그 시절에는 결혼할 때 호랑이표 재봉틀을 사 가면 엄청 부자라고 할 정도였다. 큰 노래경연대회에서 1등을 하고 나니 문화관 콜라텍에서 가수로 활동을 해 달라고 연락이 왔다. 그렇게 나는 학생이 아닌 사회인으로 낮에는 큰언니네 양꼬치 집에서 일했고 밤에는 콜라텍에서 노래를 했다. 그러나 경제적인 상황은 쉽게 해결되지 않았다. 그런 가운데 어쩌다 결혼을 했고 딸아이를 낳았지만 남편의 의처증으로 결혼 생활을 유지할 수가 없었다. 그리고 돈은 더 필요했다. 중국에서는 외국으로 돈을 벌러 가도록 알선하는 브로커들이 있었다. 그래서 나는 결단을 내리고 러시아로 떠나기로 했다.

한 번도 가 보지 않았고 인종도 다르고 말도 통하지 않은 러시아에 도착하니 누린내는 진동하고 식사도 잠자리도 모두가 불편해 중국으로 돌아가고 싶은 마음이 굴뚝이었다. 그러나 어떻게 여기까지 왔는데 아무런 소득 없이 돌아갈 수는 없었다. 러시아에서 내가 좋아하는 노래나 춤 등 예술을 한다는 것은 어림도 없는 일이다. 중국에서 먼저 간 사람들을 통해 집과 장사할 수 있는 장소를 구했다. 도매점에 가서 물건을 떼다 노상에서 파는 것이었다. 우산, 장화, 속옷, 겉옷 등 안 해 본 장사가 없을 정도로 다양하게 해 봤다. 그중에서도 장화와 속옷을 많이 팔았다. 러시아는 땅이 넓어 도매점에 물건을 하러 가다 보면 완전 비포장 길에 울퉁불퉁 차가 출렁거려 멀미가 심해 미리 비닐봉지를 준비하지 않으면 안 되었다. 러시아 사람들은 발 사이즈가 너무 커서 장화 두 짝만 해도 무게가 장난이 아니었다. 멀미해 속이 뒤집어진 상태에서 장화 10개를 매고 차 있는 곳까지 가는 것은 정말 힘들었다.

그렇게 힘들게 장사를 하는데 돈을 벌면 뭐 할 것인가? 러시아에서는 강도들이 득실거려 장사꾼들의 돈과 물건을 빼앗기 일쑤였다. 만약에 돈을 내놓지 않으려고 반항하다가는 죽음을 면치 못한다. 하다못해 팬티나 브래지어 속에 숨겨 둔 돈까지 거침없이 가져갔다. 그들은 내 머리에도 기관총을 세 번이나 겨누었다. 열심히 장사해서 모아 두면 가져가고 다시 제로에서 시작하기를 세 번이나 한 것이다. 그리고 나는 다시 중국으로 돌아왔다. 죽음을 감수하고 러시아를 다녀왔지만, 경제적 여건은 크게 나아지지 않았다.

그리고 다시 미국 사이판으로 취업하는 광고를 보았다. 티셔츠를 만드는 봉제 공장이라고 했다. 나는 재단이나 재봉틀을 할 줄 모르는데 어떻게 일을 하느냐고 물으니 교육받고 합격하면 갈 수 있다며 집에서 안 입는 헌 옷을 많이 가지고 오라고 했다. 그 헌 옷으로 재단하고 재봉하는 교육을 받는 것이다. 무엇이든 하면 제대로 하는 나의 성격에 집에 있는 헌 옷과 동네 사람들에게 얻은 헌 옷을 잔뜩 가지고 갔고 그 모습을 본 담당자는 합격이라고 했다. 그렇게 나는 미국 사이판으로 향했다.

나는 2달 만에 3천 8백 명을 이끄는 자재 담당 리더가 되었다. 완전 로또가 당첨된 것이다. 어떻게 그렇게 되었을까. 가자마자 나는 라인에 투입이 되었고 그 라인마다 하루 할당량이 있었다. 그래야 납품 일자를 맞추는데 다른 사람들이 400장 할 때 500장을 하는 속도와 야무진 나의 모습을 자재 담당이 지켜본 것이다. 그때 자재 담당은 곧 결혼해야 해서 인수인계를 하고 퇴직을 해야 하는데 내가 적임자라고 생각하고 관리팀에 보고했다. 그런데 반대를 했다. "어떻게 2달밖에 안 된 사람이 그 일을 해

낼 수 있느냐? 납품 일정이나 자재에 문제가 생기면 책임질래?" 그런데 자재 담당은 자기가 책임진다고 하며 나를 추천했고 나도 오기가 생겼다.

자재가 들어오면 컨테이너 번호를 보고 찾아서 재단, 재봉, 다리미질, 포장까지 해서 배나 비행기에 실어 보낼 때까지 모든 책임이 있는 것이다.

그렇게 나를 믿어 준 자재 담당은 아무것도 모르는 나에게 컴퓨터 마우스 사용하는 것부터 영어 ABC까지 하나에서 열까지 세세하게 가르쳐 주었고 나는 열심히 배웠다. 그렇게 나는 종 치면 들어와서 퇴근 종을 쳐야 나가는 여자 감옥이라고 부르는 곳에서 3천 8백 명을 이끄는 리더로 7년 반을 일했다. 사이판에서도 내가 원하는 돈은 벌지 못했지만 돈보다 더 소중한 관계와 리더십을 배우고 다시 한국에 가기로 마음먹고 중국으로 돌아왔다.

돈도 벌고 꿈도 이룬 나의 로망 대한민국

중국에서는 한국에 가면 돈을 많이 벌 수 있다는 로망이 있다. 삶에서 가장 중요한 것은 무엇인가? 가난한 시절을 살아온 우리 부모와 나에게는 돈이었다. 돈을 벌기 위해 중국에서 러시아로 사이판으로 돌고 돌아 내 삶의 마지막 종착역이 된 한국에 와 있다. 러시아를 가기 전 그때 한국으로 왔다면 어땠을까? 그때는 비자나 여러 가지 상황이 한국이 아닌 러시아와 사이판으로 갈 수밖에 없었다. 결국 10년이 넘는 세월을 돌아왔지만, 그 또한 내 삶의 필요한 경험이고 그 경험은 한국 생활에도 큰 도움이 되었다고 확신한다.

러시아에서도 사이판에서도 벌지 못한 돈, 그곳에서의 경험으로 한국에서는 꼭 돈을 벌 수 있을 거라는 자부심으로 한국에 도착했다. 외국인 등록증이 나오기까지 1주일에서 열흘이 걸리는 동안 동네 구경을 했다. 지금 기억으로는 독산동인 듯하다. 우연히 길거리에서 품바 공연을 보고 깜짝 놀랐다. 내가 어린 시절 손에 잡히는 것은 모든 것을 두드리고 놀던 추억 속으로 여행을 떠나듯 나는 품바 공연에 빠져들었다. 몇 시간을 죽치고 앉아 구경하다 콩닥거리는 가슴을 진정시키며 용기 내서 다가가 물었다. "이런 것 배우려면 어디에서 배워야 하나요?" 그때 내가 어디서 배우냐고 물어본 사람이 바로 장구와 품바로 이름이 알려진 버드리다. 20여 년이 지났으니 그때는 버드리도 배운 지 얼마 되지 않았었다. 버드리는 내게 명함을 하나 주었는데 아랑고고 장구의 옛 이름 아랑극단 조승현 대표님의 것이었다.

다음 날 바로 명함을 들고 조승현 대표님을 찾아갔다. 장구를 배우고 싶다는 말에 나의 말투를 들더니 "외국인은 받아 본 적 없습니다." 하신다. 어떻게 그런 배짱이 나왔는지 "배움에는 국경이 없다고 들었습니다." 하고 당차게 말하니 내게 볼펜 두 개를 주며 따라 해 보라고 했다. 어렸을 때 놀았던 가락이 있는 내가 너무 잘 따라 하니 "거기서 이런 거 했구만." 하신다. 내가 아니라고 하니 너무 잘 따라 한다며 그때부터 제자로 받아 주셨다. 그것이 계기가 되어 지금의 아이수가 탄생한 것이다. 이것은 과히 운명이라고 말하지 않을 수 없다. 내가 한국에 온 것은 돈을 벌기 위해서였는데 어린 시절 꿈을 한국에 와서 이룰 것이라고는 상상도 하지 못했다.

나는 어릴 적 끼와 감각을 발휘해 빠르게 배워 갔다. 내가 좋아하던 늘 하고 싶었던 일을 하니 이보다 더 좋을 수가 없었다. 그러니 더 빠르게 배우고 익히는 것은 당연한 순서였다. 배운지 한 달이 넘어서면서 나는 함께 공연까지 다니게 되었다. 한국에 온 지 얼마 되지 않아 화장품도 의상도 없는 내게 대표님이 옷도 빌려주시고 가장 먼저 내게 화장도 해 주셨다. 지금 돌아보면 참 감사하다. 그 무렵 가장 핫하게 뜨는 행사가 하이마트, LG전자, 삼성전자 대리점 오픈 행사였다. 그리고 나이트클럽, 대형식당 오픈식부터 각종 체육대회 바자회, 축제까지 모든 행사에 꽃은 각설이

품바 공연이었다. 나는 아랑극단 품바들 중에 콜이 가장 많았다. 그때 조승현 대표님이 버드리는 노력파고 아이수는 천재라고 얘기하셨다.

그렇게 시작한 품바 공연을 10년 넘게 하면서 가장 어려웠던 점은 멘트였다. 노래도 잘하고, 춤도 잘 추고, 모방 능력도 있고, 장구도 잘 치는 내가 중국에서 넘어와 문화가 다르다 보니 멘트 구사 능력이 부족했던 것이다. 각설이는 멘트를 잘하기 위해 공부도 많이 해야 한다. 각설이(覺設理)는 깨달음을 전하는 말로써 삶의 이치를 알려 준다는 의미가 있다. 그래서 역사나 전설, 유머까지 다양한 공부를 해야 했다. 멘트가 나오지 않을 때는 내가 잘할 수 있는 노래로 밀고 나갔고 집에 오면 저녁에 쇠젓가락을 입에 물고 발음 연습부터 멘트까지 열심히 배우고 연습했다. 그렇게 10년의 세월이 흐른 후 같이 공연을 다닌 버드리는 계속 품바로 나가고 나는 나이 먹어서 공연 다니기 힘들 것 같아 교육의 길로 방향을 바꾸었다. 돌아보면 참 잘한 일이고 자부심도 크다. 중국에 있는 나의 언니는 한국에 와서 내게 장구를 배워 지금은 중국에서 아주 잘 가르치며 지내고 있다.

조승현 대표님이 아랑고고 장구로 브랜드를 바꿔 지회를 오픈했는데 나는 지금 전국에 200여 개의 지회와 지부 중 15번째로 오픈해 한국고고장구 진흥원 서울남부지회, 전국 아랑고고장구 예술인연합회 대림지부까지 2곳을 운영하며 한국에서 뿌리를 내리고 있다. 중국에서 태어나 러시아와 사이판을 돌아 한국에서 꿈을 펼치고 있는 나는 지금 내가 살고 있는 대한민국이 제일 좋다. 어릴 적 꿈을 이루고 지금의 두드림의 여신 아이수를 탄생시킨 대한민국에서 많은 제자를 양성하며 건강 도우미, 행복 도우미, 웃음 도우미로 감사하며 살아가리라 다짐해 본다.

혜성처럼 나타난 내 삶의 선물

어느 날 내 삶의 최고의 선물로 혜성처럼 나타난 두 분이 있다. 봉천동 아랑고고장구 옆에 옆에 거물에 ㈜봉숭아학당 문화혁신학교 성창운 총장님과 오행자 교수님이다. 첫 만남은 내게 공연을 요청해 오신 것이다. 감사한 마음으로 세 번의 공연을 했고 공연을 통해 참 멋진 두 분과의 인연이 이어졌다. 봉숭아학당 문화혁신학교는 매주 월요일 무료 웃음 치료와 토크쇼, 인문학 강연이 진행되고 방송스피치와 소통공감 박사, SNS까지 다양한 자격 과정도 진행하는 곳이다. 등잔 밑이 어둡다고 10년 넘게 성창운 총장님께서 문화를 만들어 가는 곳이 바로 옆에 있었는데 나는 몰랐다.

그렇게 인연이 되어 나는 감사함에 주차 공간이 없어 힘들어 하시는 총장님께 봉당 차를 우리 아랑고고 장구 자리에 주차할 수 있도록 해 드렸다. 그렇게 서로 마음을 주고받았고 어느 날 내 삶의 이야기를 나눌 수 있는 토크쇼에 초대해 주셨다. 장구 공연도 하고 한국에 와서 두드림의 여신으로 활동하는 나의 삶도 나누었다. 그리고 성창운 총장님은 내가 유튜브 채널을 운영하는 것을 보시고 피드백을 해 주셨고 나는 자연스럽게 봉당에서 SNS 과정 공부를 했다. 봉당에서 공부하며 정체되어 있던 나의 유튜브 구독자는 팍팍 늘어 갔다. 중요한 것은 내 유튜브 구독자가 늘어 가면 더 좋아하시는 것은 성창운 총장님과 오행자 교수님, 그리고 조현정 부장님이다. 제자들이 잘되면 기립 박수를 쳐 주고 응원해 주시는 분들이 곁에 있다는 것은 정말 축복이다.

중국에서 러시아와 사이판을 거쳐 한국에 와 자리를 잡은 지 20년이 훌쩍 넘었다. 그런데 나의 일을 자신의 일처럼 좋아하시고 내가 잘될 수 있도록 무조건적인 지지와 응원을 주시는 분은 처음이다. 나는 한 의리하는 여자다. 이렇게 귀한 분들을 만났으니 나도 이분들을 위해 무엇이든 내가 할 수 있는 일을 하기로 했다. 봉당 월요 축제 500회 기념에도 이번 야유회에도 만사 제치고 작지만 후원도 하며 제자들과 함께 참여한다. 그것이 내가 할 수 있는 최선이다. 이런 두 분을 자랑하고 싶어 얼마 전 내가 K팝 월드 문화 예술인 총연합회 회장으로 취임식 행사를 할 때 두 분께 사회를 부탁드렸다. 아무런 조건 없이 무조건 오셔서 함께해 주신 덕분에 더욱 빛나는 행사였다.

그리고 지금 이렇게 봉당 공저에 참여하는 기회를 주셔서 이 또한 감사드린다. 내 삶의 이야기를 누구에게 할 수 있을까? 언젠가는 책을 한 권 쓰고 싶다는 소망은 있었지만 절대 쉬운 일이 아니다. 교수님이 나의 이야기를 다 들어주시고 공감해 주시며 많은 위로를 해 주셨다. 어린 시절 나의 꿈, 어려워 공부하기 힘들었지만 최선을 다했던 그 시절, 돈을 벌기 위해 러시아로 사이판으로 돌고 돌아 한국에 와서 정착한 이야기를 하며 가슴이 울컥, 뭉클뭉클하고 내가 참 대견하다는 생각과 잘 살아온 내가 많이 고마웠다. 글을 쓰며 치유의 시간을 만들어 주신 오행자 교수님, 봉당을 위해 공저로 함께하는 분들을 위해 애써 주심에 진심으로 감사드린다.

마지막으로 두드림의 여신 아이수는 이빨이 다 빠질 때까지 꿋꿋하게 장구와 난타를 두드리며 세계 기네스북에 올라 세계 무대를 누비는 그날까지 봉숭아학당 문화혁신학교와 성창운 총장님과 오행자 교수님께 힘이 되는 사람으로 함께할 것을 다짐해 본다.

박경순

[주요 약력]

경희사이버 대학교 사회복지학과 노인전공 졸업
시니어마음소통플러스 대표
사회복지사
소통공감 박사
명강사최고위 과정
유튜브: 힐링마돈나TV

[방송 경력]

시니어방송 〈시니어놀이터〉

[저서]

『뜨는 직업 실버강사를 잡아라!』

아이들에게 내 모든 것을 걸었던 나.
40대 중반에 시니어 강사의 도전하며
내 인생의 주인공은 아이들이 아닌 나라는
것을 깨달았다.
이제는 1분 1초가 감사한 힐링마돈나.
시니어 강사로 제2의 인생을 살아가는
이 순간의 내가 참 좋다. 감사하다.
박경순 사랑한다.

우리 엄마는 똘똘이 엄마다

"똘똘아 놀자."

초등학교 입학할 때까지 내 이름은 똘똘이였다. 7남매의 막둥이, 요즘으로 치면 완전 늦둥이다. 엄마는 나를 44세에 낳으셨다. 그런데 참 야물고 당차고 똘똘한 내가 태어난 것이다. 난 어려서부터 두려움이 없었다. 하고 싶은 것은 떼를 써서라도 어떻게든 해야 했고, 누군가에게 지는 것도 유난히 싫어서 늘 1등을 해야 하고 2등도 용납하지 않았다. 어린 시절을 돌아보면 웃음이 난다. 어른들 앞에서 춤도 잘 추고, 노래도 잘 부르고, 심부름도 잘하고, 옆집에 부부싸움이 나면 구경하고, 어른들 하시는 이야기까지 다 들어 온 동네 소식을 어머니한테 전하는 아이였다. 그런 나를 아버지는 여시(여우)라고 불렀다.

우리 아버지는 내가 초등학교 6학년 되는 겨울에 간암으로 돌아가셨다. 내가 기억하는 아버지는 참 자상하고 사랑이 많은 분이다. 동네 사람들도 아버지는 법 없이도 살 사람이라고 하나같이 얘기하셨다. 우리 집의 경제력은 엄마가 책임을 지셨다. 시집올 때도 외할아버지가 재산 늘리라고 소를 보내셨는데 아버지는 그 소를 팔아서 어렵고 힘든 사람들을 도와주셨다. 홍수로 동네에 하수구가 막히면 누구도 나서지 않지만, 아버지가 옷을 벗고 들어가셔서 하수구를 뚫었고, 명절에 김이나 사과 등 선물이 들어오면 그것을 다시 포장해 사람들에게 나누어 주셨다. 어린 마음에 그런 아버지가 원망스러워 사과를 먼저 먹어 버리기도 했다. 그렇게 선한 마음을 가지신 아버지는 자식들에게도 늘 살갑고 자상하셨다. 도살장에서 간이랑 고기를 사다 삶아서 자식들 입에 넣어 주시던 아버지, 우리는 참새처럼 입을 벌리고 받아먹으며 행복했다. 한번은 친척이 경복궁에서 환갑잔치를 해서 어머니, 아버지를 따라갔다. 버스에서 내려 걸어가는데 두 분이 떨어져 걷는 것을 보고 나는 손잡고 가라면서 두 분의 손을 잡게 했었다. 이 또한 어머니, 아버지의 다정한 모습을 보고 싶은 나의 욕심이었을 것이다. 내 기억의 두 분은 넉넉하지는 않아도 자식들에게 진정한 사랑을 주셨다.

옛날에는 호적을 늦게 올리는 경우가 많았는데 나도 그런 경우인 듯하다. 나는 초등학교를 9살에 입학했다. 가슴에 손수건을 달고 엄마 손을 잡고 입학식에 갔다. 나는 그날 우리 엄마와 친구 엄마들의 다른 점을 발견하고 깜짝 놀랐다. 우리 엄마는 한복을 입고 머리에는 비녀를 꽂고 있는데, 다른 엄마들의 머리는 곱슬곱슬 파마를 했고, 옷은 예쁜 양장을 입었다. 7남매의 막내이니 친구 엄마들과 우리 엄마는 나이가 20년은 차이가 날 법하다. 그런데도 욕심 많은 딸이 학교에서 반장을 하면 80명이나 되는 반 친구들에게 책받침도 사서 돌리시고 빵도 사다 나누어 주셨다. 연세는 있으셔도 딸을 위해 반장 엄마의 역할을 너무 잘해 주셨다. 중학교 1학년 때는 제일 친한 친구가 걸스카우트 단체에 들어갔다. 친구는 매주 수요일이면 하얀 스타킹에 단복을 입고 배지를 달고 학교에 갈 때 나는 너무 부럽고 한편으로는 속이 상했다. 나는 2학년 때는 꼭 걸스카우트에 가입하리라 다짐했고 엄마한테 얘기했다. 엄마는 단복도 비싸고 회비도 내야 하니 돈이 많이 들어가 어렵다고 하셨다. 나는 졸업하는 단장 언니를 찾아가 단복이랑 배지를 만 원에 팔라고 했다. 결국, 엄마는 언니의 단복을 사 주셨고 나는 걸스카우트 단장도 하고, 응원단장도 하며 중학교를 졸업했다. 고등학교 입학해서도 나는 참 당찼다. 나는 중학교 3학년 때 학원에서 지금의 남편을 만났다. 그때는 이성 교제를 하면 불이익을 당할 때였다. 그런데도 1학년 때 영어 선생님께서 "남자 친구 있는 사람 손 들어." 하셨는데 나는 당당하게 손을 들었다. 아마 있어도 손을 안 들어야 하는데 당당하게 손을 든 나를 보고 영어 선생님은 전교에서 1명 손을 들었다고 교제를 허락해 주셨다.

남편은 나의 운명

　나의 학창 시절은 화려했다. 그 화려함은 대학에 가서도 계속될 줄 알았다. 고3이 되고 대학을 준비하는데 "여자가 중학교 졸업만 해도 감지덕진데 고등학교까지 나왔으면 되지. 대학은 무슨 대학이냐."며 오빠들이 브레이크를 걸었다. 참 당당했던 내가 그때는 왜 대학을 가겠다고 고집을 부리지 않았는지 모르지만, 아버지가 초등학교 6학년 때 돌아가셨으니 엄마 혼자서 7남매를 키워 낸다는 것은 쉽지 않은 일이었을 것이다. 아마도 그 현실을 받아들인 것일까? 그때 내 마음은 집에서 벗어나고 싶었고 '부자에게 시집이나 가서 떵떵거리며 살아야지.'라는 생각을 했다.

　졸업 후 나는 취직을 했고 같은 고3이었던 지금의 내 남편은 육사 시험에 떨어졌다. 남편은 나를 찾아와 집 앞 전봇대 앞에서 엉엉 울었다. 그때 나는 남자의 우는 모습을 처음 봤다. 남편과 나는 중학교 때부터 만나고 있었기 때문에 시어머니는 남편이 육사 떨어진 것은 나 때문이라고 원망하며 남편을 만나지 말라고 계속 만나면 당신이 죽겠다고 시누이를 통해 말씀하셨다. 하지 말라고 하면 더 하고 싶은 것이 사람의 심리라고 그때부터 남편과 나는 더욱 뜨겁게 사랑하기 시작했다. 남편은 재수하면서 매일 퇴근 시간에 맞추어 회사 앞으로 나를 데리러 왔고 서로 데려다주기를 반복하며 사랑을 키워 갔다. 1년 후 남편은 공군사관학교 시험을 봤는데 낙방을 했다. 그리고 일반대학에 들어갔다.

어느 날 남편은 학교 식당 밥이 맛있다며 나를 자기 학교에 오라고 했다. 난 아무 생각 없이 학교에 갔다. 학교에 들어갔는데 남편이 여학생들과 잔디밭에 앉아 환하게 웃으며 이야기 하고 있는 모습을 보는 순간 나도 모르게 내 모습이 초라해졌다. 그런 내 마음을 모르는 남편은 나를 보고 반갑게 뛰어왔는데 나는 그만 눈물을 왈칵 쏟고 말았다. 그 순간은 내가 대학생이 아니고, 사회인으로 그들과 다른 모습으로 있는 것이 매우 슬펐다. 남편은 괜찮다고 나를 달랬고 우리의 사랑은 그렇게 알콩달콩 여물어 갔다.

남편은 대학 졸업 후 3사관학교 시험을 봐서 당당히 합격했다. 목적은 외삼촌이 육군사관학교 교수로 졸업해 아들이 그 뒤를 잇기를 바라신 어머니의 소원도 풀어 드리고 우리 친정엄마도 딸의 안정적인 삶을 위해 남편에게 장교로 군에 가지 않으면 나를 다른 곳에 시집보내겠다고 엄포를 놓았기 때문이다. 그렇게 남편은 장교가 되었고 결혼의 조건을 갖추었다. 88올림픽이 열리는 해 26세의 나이, 아직 결혼하기 이른 나이일 수 있지만 우리는 서로가 참 좋았다. 나 역시 남편이 특별한 이유 없이 그 사람의 살 냄새가 참 좋았다. 그때 중위인 남편 월급은 2호봉으로 172,850원이었다. 나에게 10만 원을 주면 살 수 있겠냐고 물으며 프러포즈를 했고 나는 아무 개념 없이 그렇다고 대답해 우리는 결혼을 했다.

중학교 시절부터 10년 넘게 만난 남편과 나는 그렇게 결혼을 했고 알콩달콩 예쁘게 살기만 하면 되는 줄 알았다. 그러나 인생은 만만하지 않았다. 올림픽이 열리는 해여서 군대는 비상사태였고 남편은 15사단 민통선 안에서 통신장교로 근무를 했다. 결혼은 했지만 떨어져 지내야 했고 시흥동 시댁 옆에 신혼집을 차렸지만, 남편은 겨우 한 달에 2박 3일 휴가를 나올 수 있었다. 남편이 온다고 하는 날은 청소하고, 미용실도 다녀오고, 꽃도 사고 남편 맞이를 위해 혼자서 부산을 떨었다. 그렇게 남편이 다녀가면 시어머니 곁에서 한 달 동안 남편 없이 시집살이 아닌 시집살이를 해야 했다.

한번은 남편이 너무 보고 싶어 상봉동에서 버스를 타고 남편이 근무하는 강원도 화천 와수리를 찾아갔다. 낯선 곳을 혼자 찾아가며 '내가 잘 가고 있나? 남편을 못 만나면 어떡하지?' 불안한 마음으로 갔는데 남편이 약속 시간에 오지 않았다. 핸드폰도 없던 시절 부대로 연락해 볼 수도 없고, 가슴 조이며 기다리는데 군복에 철모를 쓴 남편이 땀을 뻘뻘 흘리며 달려온다. 안도감과 함께 그리운 남편이 반가우면서도 왠지 쑥스러웠다. 다방에 가서 남편은 부대 비상이 걸려 못 올 뻔했는데 내가 기다릴 생각에 잠시 나왔다며 우체국에 가서 월급 10만 원을 찾아 건네주고 부대에서 찾을 수 있으니 들어가야 한다고 했다. 30분도 채 못 보고 남편은 부대로 돌아갔다. 남편과 며칠 함께 있을 생각하고 옷도 챙겨왔는데 그렇게 떠나는 남편을 이해하면서도 서러움에 눈물을 흘리며 버스를 타고 집으로 돌아왔다.

나를 그렇게 두고 돌아서는 남편의 마음도 당연히 편안하지 않았을 것이다. 그 후 남편은 부대 선배한테 상황을 이야기했고, 중대장님의 배려로 서울 집을 정리하고 와수리 부대 옆으로 이사를 했다. 그때 남편과 함께 지내며 참 행복한 시간이었고 나를 처음으로 엄마라고 불러 준 딸을 임신했다.

절대 하나가 될 수 없는 딸과 나의 꿈

남편은 딸이 세 살쯤 대위로 전역을 하고 우리 가족은 다시 서울로 올라왔다. 나는 나의 인생을 딸에게 걸었다. 그것이 얼마나 위험하고 딸을 힘들게 할지 전혀 생각하지 못했다. 〈뽀뽀뽀〉 오디션을 보기 위해 4살밖에 안 된 딸을 연기학원에 데리고 다녔고, 집에서 구연동화를 열심히 가르쳤다. 그리고 첫 번째 오디션을 보는 날, 앞의 친구가 〈솜사탕〉 노래를 부르니까 딸도 〈솜사탕〉 노래를 불렀다. 분명히 준비해 간 노래가 있는데 앞에 친구가 부른 노래를 따라 했다는 이유로 나는 화가 났다. 방송국을 나와 혼자 막 걸었다. 딸은 뒤쫓아 오며 신발이 벗겨졌는데 그 신발을 손에 들고 쫓아와 내 손을 잡으며 "엄마 다음에는 잘할게." 하며 한 번만 봐 달라는 듯 매달렸다. 그 순간 내가 너무 미안했다. '지금 내가 뭐 하고 있는 거지? 그 어린 것이 뭘 안다고.' 스스로 한심한 마음에 딸을 데리고 집으로 돌아왔다.

그리고 두 번째 오디션을 보는 날, 합격이다. 내가 합격한 것처럼 신이 났다. 매주 화요일마다 1주일 분량 촬영을 위한 옷을 챙겨서 방송국으로 출근을 하며 나의 사명을 찾은 듯 즐거웠다. 그 무렵 가수 룰라가 핫하게 뜨면서 인기를 끌고 있을 때다. 꼬마 룰라 멤버를 찾았는데 그때 리더 이상민 역할을 지금의 지드래곤 지용이가 채리나 역할을 내 딸 채우가 하게 된 것이다. 그때부터 룰라의 전국콘서트에 지용이와 채우가 함께 다니며 엄마들이 더 신이 났다. 룰라와의 인연으로 두 아이는 가수의 꿈을 꾸게 되었다. 이것은 엄마들의 꿈인지 아이들의 꿈인지 그 순간에는 그것이 중요하지 않았다.

딸이 초등학교 3학년 때다. 본격적으로 가수의 길을 가기 위해 금천구 시흥동에서 압구정까지 노래 레슨과 춤 레슨을 위해 더 댄스 안무실로 조그만 손에 핸드폰을 쥐어 주며 혼자 보냈다. 그때부터 소속사와 계약을 했고 신인 그룹이 소속사에서 나오면서 딸은 카메오로 함께 방송하고 나는 딸의 연예계 활동에 더욱 적극적이었다. 그런 가운데 둘째인 아들에게는 누나 챙기느라 외할머니 집에 맡겨 두고 이모랑 많이 지내게 되었다. 지금 돌아보면 아들에게 많이 미안하다. 그런 가운데 시댁 식구들과 시어머니는 장손의 며느리가 밖으로 돌고 집안일에 마음을 쓰지 않는다며 입방아에 올랐고 그런 이야기를 들으면 나는 화도 나고 속도 상했다. 가끔은 속상한 마음에 남편 앞에서 눈물을 흘리기도 했다. 그럴수록 나는 더 딸에게 집중했다. 우리 채우가 유명해져서 돈도 잘 벌고 어디서든 인정받는 가수로 키워 지금 내가 딸을 데리고 다니는 것에 입방아 찧는 시댁 식구들에게 보란 듯이 내가 옳았다는 것을 보여주고 싶었다. 딸과 나는 몸만 두 개이지 하나였다. 나의 꿈이 딸의 꿈이 되어야 했다.

딸이 중학교 2학년 때 '솜이'라는 이름으로 〈바래〉라는 노래를 불러 많은 방송을 했다. 그렇게 활동을 하다 보니 딸은 제2의 '보아'라고 할 만큼 인기를 얻었고 일본까지 진출하게 되었다. 나는 정말 기뻤다. 일본에서 쇼케이스를 할 때 초대받아 갔는데 기자들과 500여 명의 초대된 분들이 참석했다. 나는 2층에서 그 모습을 지켜보며 뿌듯함은 말로 표현할 수 없었다. 딸은 일본에서 '메이린'으로 활동했다. 1월 1일에는 동경 거리 전광판 5개에 내 딸이 올라왔다. 음반 매장에서 딸의 음반을 구매할 때 그 희열은 돈 주고도 살 수 없고 뭐라고 표현할 수 없는 감동이었다.

그렇게 엄마에게 기쁨을 주었던 딸은 입시 준비를 위해 한국에 들어왔다. 일본을 오가며 한국에서도 같이 활동을 하려 했던 딸은 다이어트를 위한 한약을 먹었는데 간 수치가 1800까지 올라가 한 달 넘게 입원 치료를 해야 했다. 그런 가운데 일본 공연이 취소되고 몇 년 만에 돌아온 한국 활동도 소속사와의 분쟁으로 멈추게 되었다. 그때 많이 절망하기도 했지만 그래도 건강하게 살아 있는 딸이 감사했고 무지하고 욕심 많은 엄마를 만나 고생하는 딸을 보며 참 많이 미안했다. 세월이 흘러 딸은 스스로 선택한 남자와 결혼했고 그 남편과 함께 좋아하는 일을 하며 행복하게 살고 있다.

나의 수호천사

'며느리 사랑은 시아버지'라는 옛말은 내게 진리가 되었다. 결혼해서 지금까지 아버님은 내게 수호천사로 가슴 깊이 자리 잡고 계신다. 결혼 전부터 남편과 나의 교제를 탐탁하게 여기지 않으셨던 어머님은 지금까지 내게 불편함을 주신다. 어쩌면 남편보다도 더 나를 챙기셨던 아버님이 계셨기에 지금도 남편과 알콩달콩 살고 있다. 결혼 초에 남편이 근무하는 강원도로 이사를 하게 되었다. 그때도 어머님은 서운한 마음에 친척들에게 서운한 이야기를 많이 하셔서 내가 불편하기도 했지만, 아버님은 젊은 부부가 당연히 같이 지내야 한다며 기꺼이 내 편이 되어 주셨다.

강원도로 내려가 나는 첫딸을 임신했고 입덧을 하며 한여름에 친정엄마가 끓여 주시는 동지 죽이 먹고 싶어 서울 친정에 갔다. 그런데 아버님은 그 시간에 보너스도 탔고 고생하는 며느리가 생각나 고춧가루, 깨소금, 멸치, 참기름 등을 바리바리 싸서 아들과 며느리가 있는 강원도 와수리 민통선까지 7번의 검문을 통과하며 오신 것이다. 그런데 며느리가 없으니 가지고 오신 물건만 집에 두고 서울로 돌아가셨다. 중대장님 사모님이 내게 전화해 아버님 오신 소식을 전해 주었고 나는 부랴부랴 택시를 타고 강원도로 향했지만, 아버님이 버스를 타고 돌아가시는 모습을 나는 택시 안에서 지켜볼 수밖에 없었다. 아버님은 그 이야기를 30년이 넘도록 어머님께 말씀하지 않으시고 나를 보호해 주셨다. 어머님이 나의 대해 안 좋은 이야기를 하시면 아버님은 "내 자식이 귀하면 남의 자식도 귀한 줄 알아야 한다."며 늘 내 편이 되어 주셨다.

그런 아버님은 대장암으로 돌아가셨다. 아버님은 워낙 자기관리를 잘하시고 깔끔하고 정이 많은 분이시다. 대장암 진단을 받을 때 아버님은 이미 폐가 안 좋으셨다. 그래서 수술을 하지 않고 사는 만큼 살다 가시겠다고 하셨다. 돌아가시기 두어 달 전쯤은 아버님께 가장 힘든 시기였다. 어머님이 허리 시술을 하시게 되면서 아버님도 병원에 모셔 검사를 하기로 했다. 둘째 시누이가 아는 병원이라며 요양병원에 입원을 시켰다. 그런데 요양병원에서 아버님 검사를 해야 한다며 중증환자들이 있는 곳에 모셨고 아마도 아버님이 힘들어하시니 요양보호사가 아버님의 손과 발을 침대에 묶어 놓으셨다. 입원하신 다음 날 병원에 가서 아버님의 상태를 보고 나도 놀랐는데 아버님은 그때 요양병원임을 아신 것이다. '아내와 자식들에게 버림받아 여기서 죽는구나!'라고 생각을 하신 아버님은 내게 "너도 나를 이 요양병원에 보내는데 동의했냐?" 하고 물으시며 실망하셨다. 그리고 내게 처음으로 돈과 전화번호를 달라고 하셨다. 이곳에서 탈출하면 전화를 할 것이고 그렇지 못하면 창문으로 떨어져 죽겠다고 하셨다. 아버님의 간절함에 마음이 너무 아팠다. 아버님은 내게 다시 한번 사정을 하셨다. "너 바쁜 줄 알지만 나 너희 집에서 살고 싶다. 밥도 안 해줘도 된다. 짜장면 시켜 먹을게." 처음으로 약한 모습을 보이시는 아버님 앞에서 나는 그동안 늘 내 편이 되어 주신 아버님 마음을 이렇게 아프게 해서는 안 된다고 판단하고 "아버님, 우리 탈출해요. 아범이 있는 전주 집에서 우리 같이 살아요. 제가 아버님 모실게요."라고 말씀드리며 눈물을 펑펑 흘렸다.

그때 나는 서울에서 강사로 활동하고 있었고 남편은 전주에서 일하며 지내고 있었다. 나는 잡힌 강의 스케줄을 모두 취소하고 전주로 내려가서 아버님을 모시기로 했다. 전주에서 아버님과 남편, 셋이서 지냈다. 낮에는 아버님을 내가 간호했고 밤에는 남편이 퇴근해서 아버님을 보살폈다. 대장암인 아버님은 음식을 드시면 바로 대변으로 나오기에 며느리에게 자신의 가장 부끄러운 모습을 보이는 것을 매우 힘들어하셨다. 나는 아버님 두 손을 꼭 잡고 "아버님, 저도 아버님 자식이에요. 괜찮아요. 편안하게 하셔도 돼요."라고 말씀드리니 아버님은 눈시울을 적시며 고맙다고 하셨다. 남편과 나는 그렇게 아버님을 모시며 행복했다. 나도 오랜만에 남편에게 맛있는 밥도 해 주고 함께하는 시간이 즐겁고 감사했다. 어머님이 함께 계시면서 아버님을 돌보셨다면 아버님이 며느리에게 덜 미안해하셨을 거라는 생각을 하지만 어머님은 허리 시술하시고 잠깐 들렀다가 시골로 내려가셨다. 당신을 돌봐야 할 아내는 시골로 가 버리고 바쁜 며느리가 자신의 일을 다 접고 병간호를 하니 더욱 미안해하셨다. 전주에는 아버님 형제분들이 많이 사셨다. 한 번씩 아버님 뵈러 오시면 나에게 애쓴다고 고맙다는 말씀을 해 주시면 위안이 되기도 했다.

아버님은 우리와 함께한 지 한 달 만에 돌아가셨다. 검사를 위해 입원을 했는데 의사 선생님이 집으로 모셔서 가족들 불러 준비하는 게 좋겠다고 하셨다. 나는 아버님 퇴원을 시키며 내일을 넘기지 못할 것 같은 생각에 시동생과 시누이들에게 연락했다. 그리고 남편에게 어머님을 모시고 오는 게 좋겠다고 했다. 남편은 주말에 동생들이 온다 하니 그때 모시고 오면 어떠냐고 했지만 나는 마음이 급했다. 내 성화에 남편이 어머님을 모시고 왔다. 어머님이 들어와 아버님께 "나왔소." 하며 손을 잡으니 아버님은 어머님을 매서운 눈으로 바라보시며 손을 뿌리치셨다. 당신을 며느리에게 맡겨 두고 나 몰라라 한 철없는 아내에 대한 서운함이셨을까? 아버님은 평소에도 직선적이고 자기중심적인 어머님을 늘 걱정하셨다. 나는 내게 수호천사이신 아버님의 마음을 편안하게 해 드리기 위해 "아버님, 걱정하지 마세요? 제가 잘할게요." 하며 아버님을 위로했었다. 그렇게 어머님이 오셨고 다음 날 아버님은 지구별 여행을 마치고 주님 품으로 돌아가셨다. 아버님을 주님 품으로 돌려보내고 나는 많이 힘들었다. 내 삶에 친정 가족도 있고 남편과 자식도 있지만 언제나 든든함으로 버팀목이 되어 주신 아버님을 잃은 상실감이 너무 컸다. 이렇게 글을 쓰며 지금도 하늘나라에서 내 편이 되어 주고 계실 아버님께 감사의 마음을 전해 본다. "아버님 고맙습니다. 그리고 사랑합니다."

나는 1분 1초가 감사한 힐링마돈나 시니어 강사다

나는 새벽 미사를 통해 많이 위로를 받는다. 딸에게 내 인생을 걸었는데 딸이 "엄마도 엄마 인생 살아."라고 말할 때도, 내 편이었던 아버님을 보낸 슬픔으로 상실감에 빠질 때도 장손 며느리라는 이유로 핍박을 받을 때도 통곡하며 기도했다. 그 기도에 널 위해 그들을 도구로 쓰셨다는 주님의 음성이 들렸다. 나의 숨소리까지 들으시고 지키시는 큰 사랑을 통해 위로를 받고 바로 설 수 있었다.

나의 미래가 아이들이었던 때, 딸의 "엄마도 엄마 인생 살아."라고 했던, 그날의 충격은 하늘이 무너지고 땅이 꺼지는 듯했다. 그 무렵 어느 강사님의 한마디인 "부모의 노후가 자녀의 미래다."로 내 뒤통수를 한 대 뻥 맞은 느낌이었다. 나는 우리 아이들의 미래가 나의 미래라고 생각했는데 반대로 살아온 것이다. 내가 얼마나 어리석게 살았는지, 어리석은 엄마로 인해 사랑하는 내 아이들이 얼마나 힘들었을지 깨달았다. 그리고 〈아침마당〉에서 김미경 강사님의 강의를 들으며 '나는 누구인가? 나는 어떻게 살아야 하나?'라는 물음을 갖게 되었고 나이 제한도 없고 정년도 없는 제2의 직업으로 자식이 아닌 내 인생을 살아가기 위해 시니어 강사에 도전했다.

매일 오전 오후 강의를 하면서 어르신들을 통해 내가 살아가는 이유를 알았고 내 인생의 주인공은 나라는 사실을 뼈저리게 느꼈다. 삶이 즐거웠다. 인간의 마음이 얼마나 간사한지 강의가 넘치니 살짝 쉬고 싶은 마음이 올라와 1년 정도 안식년을 하고 싶다는 교만이 올라왔다. 하나님은 그런 내 마음을 아셨는지 엉덩이를 모기에 물렸는데 성이 나서 수술을 해야 했다. 병원에 20일을 입원해 쉬며 모든 것을 귀하게 여기고 감사해야 한다는 것을 다시 한번 일깨워 주신 주님께 진심으로 감사했다. 몸을 회복하고 열심히 살겠다고 다짐한 때에 하나님은 나를 ㈜봉숭아학당 문화혁신학교로 인도하셨다.

봉숭아학당 문화혁신학교는 성창운 총장님을 중심으로 오행자 교수님이 10년 넘게 매주 월요일 무료 웃음교실을 진행했다. 유명한 강사님들이 오셔서 재능기부 강의도 하시고 일찍 오신 분들께는 저녁 식사까지도 제공했다. 처음 갔을 때 이곳은 종교 집단도 아닌데 열기는 엄청 뜨거웠고 자연스럽게 내 마음이 이끌려 '소통공감 박사 자격 과정'과 '방송스피치 지도사 1급 자격 과정'까지 수강을 했다. 그런 봉숭아학당이 좋아 나도 모르게 여기저기 자랑하게 되었다. 그런 내 모습을 귀하게 여기신 총장님께서 월요일 힐링 타임 무대에 세워 주셨다. 그렇게 나는 봉숭아학당 중심으로 들어갔고 지난 3월 봉숭아학당 문화혁신학교 홍보모델 선발대회에 참여해 당당하게 선에 당선되기도 했다.

그리고 한국시니어TV 〈시니어놀이터〉 코너를 성창운 총장님께서 진행을 하시는데 나를 그 무대에 세워 주셨다. 아이들을 스타로 만들어 대리 만족을 하려 했던 나는 어쩌면 내가 스타가 되고 싶었는지도 모른다. 아니, 어려서부터 끼가 많았던 나의 꿈을 아이들에게 강요했던 것이다. 이제는 아이들은 아이들의 인생을 살고 나는 나의 인생을 살아가며 각자의 삶을 존중하고 응원한다. 늘 복을 달라고 기도하는 것이 아니라 내가 복을 짓는 사람이 되어야 한다고 강조하시는 성창운 총장님과 함께 나도 봉숭아학당 문화혁신학교에서 복을 짓는 시니어 강사로 리더로 성장해 갈 것이다. 마지막으로 이렇게 봉당 공저를 통해 나의 삶을 다시 한번 돌아보고 내 마음을 치유하는 시간을 갖게 해 주신 성창운 총장님과 오행자 교수님께 감사드린다.

김태희

[주요 약력]

㈜라라코리아 CROWN 김태희

건강힐링통증뷰티 센터장

㈜봉숭아학당 문화혁신학교 카페매니저

(사)대한민국지식포럼 봉사부회장

(사)국민다안전교육협회 안전 강사

성공학 동기부여 강사

행복웃음 전문강사

사상체질전문가

심신통합 건강관리사

NLP 심리상담가

친환경화장품전문가

라이브커머스 쇼호스트

자연정혈요법 1급

유튜브: 라라김태희TV

나는 어둠 속에 반짝반짝 빛나는 별.
긍정, 열정 에너지 반복 시스템으로
불가능을 가능으로 이끄는 원초적인 힘을 발
휘하고
웃음 덕분에 성공한 멋지고 아름다운 여자다.
고맙습니다. 사랑합니다. 덕분입니다.

나는 장애인이며 왕따였다

　겨우내 얼어붙은 산천에 봄이 오는 소리가 들리는 날, 강원도 오대산 장군바위 아래 마가리 집에서 앞으로 닥쳐올 삶의 고통을 알지 못한 여자 아이가 태어났다. 아이는 태어나 울음으로 자신의 탄생을 알리는데 자신의 삶을 예견한 듯 울지도 않았다. 남아선호사상이 짙은 우리 아버지, 소를 기르고 농사를 지으시면서 가정적으로 살갑지 않은 우리 아버지, 그 아버지께 갓 태어난 딸의 존재는 반갑지 않으셨다. 더구나 울지도 않으니 죽었다고 누더기에 둘둘 말아 윗목에 밀쳐놓았다는 우리 아버지, 그래도 열 달 배 속에서 같이 숨 쉬고 태어난 엄마의 모정, 아이에게 다가가 둘둘 말아 놓은 누더기 펼쳐 보니 동그랗게 눈을 뜨고 엄마를 바라보는 아이에게 엄마는 젖을 물렸다. 온 힘을 다해 젖을 빠는 아이, 드디어 살았다는 안도감이 들었을까?

　나는 장애인이다. 10남매의 다섯째로 태어나 언니, 오빠 셋, 여동생 셋, 남동생 둘이다. 강원도 두메 산골이니 일이 얼마나 많았을까? 엄마는 나를 방에 재워 두고 일을 가셨다. 그 사이 사단이 났다. 큰오빠가 동네 친구들을 데리고 와서 나를 문지방에 놓고 멀리뛰기를 하다 누군가 밟아 다리가 부러진 것이다. 지금이야 상상도 할 수 없는 얘기지만 그때의 큰오빠에게 갓난아기는 장난감이었을까? 그 시절 그래도 아버지는 소 한 마리를 팔아 깁스를 해 내 다리를 고쳐 주셨다고 한다. 그런데 그 이후 엄마가 나를 업고 재(산등성)를 넘어가다 미끄러져 다리가 또 부러졌다. 결국 아버지는 소 한 마리를 또 내다 파셨단다. 그 후 아버지는 툭하면 "소 두 마리 해 먹은 년."이라고 핀잔을 주셨다.

내가 진짜 장애인이 된 것은 추운 겨울날 요강을 비우러 나갔을 때였다. 얼음판에 미끄러져 왼쪽 팔을 다쳤고 그때는 소를 팔지 않고 작은 할아버지 댁에 데리고 가서 대침으로 어혈만 빼 주었다. 그리고 또 한번은 소여물 푸러 갔다가 작두에 미끄러져 오른쪽 팔을 다쳤다. 이번에도 작은 할아버지 댁에 가서 대침으로 어혈만 뽑아 주셨다. 두 번의 사고로 나는 양쪽 팔꿈치가 완전히 펴지지 않아 '상지지체 장애'와 '청각장애인'이 되었다. 청각에 문제가 있었던 것은 나도 몰랐다. 결혼 후 시어머니가 넋 나간 사람처럼 누가 말해도 듣지 못하고 있다고 했다. 그리고 사람들은 나를 사오정이라고 했다. 사람들은 나를 불편해하고 좋아하지 않았다. 들리지 않으니 다른 사람의 말을 듣기보다는 내 말만 하는 일방적인 사람이었기 때문이다. 그때 알았다. 나의 병명은 '골 형성 부전증'이다. 소아기에는 수차례 병적 골절이 오는데 사춘기가 지나고 나면 뼈는 잘 부러지지 않지만, 청색 공막이 오고 난청이 올 수 있다는 것이다. 내가 유난히 팔과 다리가 자주 부러진 것은 그 이유인 것을 어른이 되어서 알았다. 나의 큰딸과 작은딸도 나처럼 보청기를 낀다. 유전이라는 것에 아이들에게 미안하고 마음이 아프다.

쥐구멍에도 볕이 뜰까?

태어나면서부터 만만하지 않은 삶을 직면한 나, 역시 불행의 구렁텅이에 빠지는 것이 당연한 듯 내 삶은 처길, 만길 낭떠러지에 떨어졌다. 초등학교를 졸업하고 난 후 엄마는 나를 사촌 이모의 딸이 운영하는 양장점에 취직을 시키며 월급은 안 줘도 되니 기술만 가르쳐 달라는 부탁을 하며 데려다 놓고 가셨다. 아마도 엄마는 딸이 기술만 배우면 먹고사는 데 지장이 없다고 생각하셨을 것이다. 그리고 친척 집이니 그래도 남의 집보다는 나을 것이라는 오진 착각을 하신 것이다.

엄마의 사촌 언니 딸이니 나에게는 육촌 언니다. 그 언니는 밤새 일을 시키면서도 절대 기술은 가르쳐 주지 않았다. 청소는 기본에 밑단 뜨고, 다림질하고, 설거지까지 온갖 궂은일은 다 시켰다. 한시도 내가 편한 꼴은 보지 못했다. 기술은커녕 외출할 때는 내가 미싱을 만지기라도 할까 봐 미싱 바늘까지 다 뽑아 놓고 나갔다. 더욱 서러운 것은 그렇게 일을 시키면서 밥을 많이 먹는다고 구박하고 과일이 썩어 나가도 나에게 먹어 보라고 하지 않았다. 초등학교를 막 졸업하고 얼마나 식욕이 왕성하고 예민할 때인가? 그런 내가 설거지하다 몰래 찬밥 훔쳐 먹으며 가슴 졸이고, 청소하다 몰래 사과를 하나 들고 화장실에 가서 먹으며 그렇게 향기로울 수 없던 사과 향은 잊을 수가 없다. 더 치욕스러웠던 사건은 나에게 도둑 누명을 씌워 내가 가진 돈을 다 빼앗아가고 눈이 펑펑 내리는 추운 겨울 날 윗옷을 홀딱 벗겨 죽지 않을 만큼 매질까지 해서 두 손 들고 벌을 세웠 다. 결국 악에 바친 나는 죽으면 죽었지 그 집에 더 있을 수 없다는 생각 에 30리 길을 무작정 걸어 집으로 돌아왔다.

정말 살고 싶지 않았다. 지옥 같은 현실의 삶이 한스러워 차라리 죽는 게 낫겠다는 생각에 뒷산으로 올라가 소나무에 목을 맸다. 아직은 내가 살아야 할 이유가 있었을까? 당숙의 도움으로 목숨을 건졌고 이번에는 엄마가 서울 진고개에 아기 보는 일로 월급 3만 원에 보냈다. 아기 보기 로 간 지 1주일 만에 아버지가 돌아가셨다는 부고 소식을 받아 다시 집으 로 돌아왔다.

아버지가 돌아가시고 집안은 더욱 힘들어졌다. 남에게 빌려주었던 소 는 돌아오지 않았고 아버지가 이자를 놓았던 돈도 모두 사라졌다. 증명 할 만한 문서가 있어야 그것을 받아 가족들이 살아갈 텐데 아무것도 없었 다. 아버지는 당신이 천년만년 살 거라고 생각하셨을까? 아니면 여자인 엄마를 무시한 것일까? 엄마는 집안 경제 돌아가는 것은 아무것도 몰랐 다. 죽은 자는 말이 없다. 결국 아무것도 모르는 엄마만 당한 것이다. 가 족들이 아무리 울며 소리쳐 아버지를 불러도 대답은 없다.

산 입에 거미줄을 칠 수는 없어 언니와 나는 인천 부평에 있는 ○○회 사에 나란히 입사했다. 기숙사 생활을 하면서 월급의 80%는 무조건 엄마 한테 보냈다. 그렇게 돈을 벌어 엄마와 동생들의 생계를 책임졌고 나름

행복했다. 언니는 시집을 가며 퇴사하고 나는 그 회사에서 인정을 받아 승진을 계속했다. 부기장, 기장, 반장, 주임까지 고속 승진을 하던 중 학력에 걸려 승진은 멈추었다. 그런 내게 함께 일하던 계장님이 산업체 여중을 입학하게 도와주셨고 중학교 3학년이 되어 고등학교에 들어갈 꿈에 부풀었다. 아~ 드디어 내 인생에도 볕이 뜨는 것일까?

영화보다 더 영화 같은 삶

분명 이것은 영화에서나 볼 수 있는 이야기다. 이것이 실화냐고? 정말이냐고 물을 수 있다. 그러나 사실이고 진실이다. 내가 중학교 3학년 방학식 날이다. 물론 그때 내 나이 22살이다. 중학생이어야 할 10대의 나이를 나는 생존을 위한 투쟁을 하며 보냈기 때문이다. 그렇게 가고 싶었던 중학교를 산업체지만 다닐 수 있어 행복했고 꿈에 그리던 고등학교 입학을 앞둔 시점이다. 부평역 버스 정류장에서 3명의 괴한에게 납치당해 송림동 모 여관에 감금되었다. 정말 무서웠다. 납치범의 대장인 듯한 자가 내게 말했다. 자기와 결혼해서 살면 평생 자신의 아내로 데리고 살 것이고, 그렇지 않으면 돌림방(셋이서 강간)을 하겠다고 협박을 했다. 선택의 여지가 없었다. 어쩔 수 없이 나는 그 몹쓸 놈과 적과의 동침을 하게 되었다. 나에게 그는 평생 몹쓸 놈이다.

결국 나는 그렇게 납치를 당해 원하지 않는 결혼 생활을 하게 되었다. 대전에 내려가서 월세방을 얻어 신혼살림 아닌 신혼살림을 하게 된 것이다. 그 몹쓸 놈은 나에게 말한 모든 것이 거짓이었다. 이름도 나이도 진실은 하나도 없었다. 그러던 어느 날 몹쓸 놈은 도둑질을 하다가 잡혀서 교도소에 가게 되었다. 몹쓸 놈의 가족들은 모두 쉬쉬하며 나만 몰랐고 나

55

는 나중에 그 사실을 듣게 되었다. 나는 어차피 몹쓸 놈의 아내가 되었기에 대전 월세방을 정리해 인천에 있는 시댁으로 들어갔다. 그랬더니 시어머니께서는 "앞길이 구만 리 같은데 아무리 내 아들이지만 그 불한당 같은 놈하고 평생 함께하면 고생길이 훤하니 네 살길 찾아가라."라고 하신다. 오죽하면 그 부모도 그렇게 얘기하실까 싶어 나는 집을 나와 뚝섬 ○○상사에 취직을 했다. 그러나 출소한 그 몹쓸 놈은 집요하게 나를 찾아내어 다시 끌고 갔다. '전생에서 내가 그 사람에게 얼마나 큰 잘못을 했을까?' 생각해 본다. 거부할 수 없는 적과의 동침으로 큰딸을 임신했다. 그나마 시댁은 집이 있어 세를 주었다. 남편의 친구가 와서 이발소를 운영하는데 그 친구가 비상금 만 원을 아내에게서 꼬불치다 들켰고 그 돈을 내가 맡겨 놓은 것이라고 거짓말을 했다. 그 말을 들은 몹쓸 놈은 임신 중인 나를 얼마나 두들겨 팼는지 실신을 하고 말았다. '그때 차라리 죽었더라면 얼마나 좋았을까?'라는 생각을 살면서 참 많이 했다.

그렇게 나를 엄마라고 불러 주는 큰딸이 태어났다. 아이도 산모도 너무 힘들어서였을까? 태를 가르고 탯줄이 안으로 빨려 들어가 자궁에 유착이 생겨 마취도 없이 질을 사방으로 절개해 더 큰 고통을 견뎌야 했다. 몹쓸 놈은 그렇게 허구한 날 집 밖으로 나돌았고 아이의 돌잔치에도 참석하지 않았다. 그리고는 마음 내키는 대로 나를 덮쳐서 둘째 딸을 낳고 나니 이제는 딸만 낳았다고 구박했고 주색잡기에 빠져 시댁의 재산을 탕진해 갔다. 이유는 여자만 있는 집에 다리가 후들거려서 못 들어오겠다는 것이다. 그러면서 하는 말이 "니가 아들만 낳아 봐. 밖에 나가라고 등 떠밀어도 안 나간다." 하는 것이다. 사람 고쳐 쓰는 것 아니라고 했는데 나는 그래도 아이들의 아빠이니 어떻게든 마음잡고 살게 하고 싶어 남편 몰래 하던 피임을 중단하고 셋째를 가졌다. 병원에서 성별검사를 했는데 "보일 것이 안 보입니다."라는 의사의 말에 몹쓸 놈은 낙태 수술을 하자고 한다. 그래도 나를 찾아온 생명인데 그럴 수는 없었다. 이혼을 할지언정 낙태는 못 한다고 했더니 개과천선이라도 한 듯 딸 셋만 잘 키우자고 했다. 그런데 아이는 왜 이렇게 잘 생기는지 나는 네 번째 임신을 했다. 그리고 임신 7개월쯤 되었을 때 아들이라는 것을 알았고 그 몹쓸 놈은 이제 내가 아들 낳고 유세 떠는 꼴을 못 보겠다며 폭력을 행사했다. 참 아이러니하다. 아들을 낳을 때는 세 번째 제왕절개 수술이었다. 알 수 없는 두려움이 찾아왔다. 수술실에 들어가기 전 내가 죽을 수도 있겠다는 생각에 가진 돈과 통장, 금붙이까지 모두 몹쓸 놈 손에 주며 내가 죽거든 네 명의 아이들을 잘 키워 달라고 부탁하고 수술실에 들어갔다. 수술 후 마취에서 깨어나 보니 11살짜리 큰딸이 병실을 지키고 있었다. 그 금수만도 못한 몹쓸 놈은 내가 준 돈으로 주색잡기에 빠져 있었던 것이다. 드디어 나는 결단을 내렸다. 내가 아이들과 살기 위해 이혼을 선택한 것이다. 협의 이혼을 하고 무슨 미련인지 개과천선할 수 있는 3개월 유예 기간을 주었는데도 이혼한 주제에 웬 말이 많냐며 횡포는 더 심해졌다. 돈 내놓으라고 소리 지르니 꼬깃꼬깃한 만 원짜리 4장을 던져 준다. 나는 그렇게 아이들도 두고 집을 나서 홀로서기를 시작했다.

남편은 개망나니였지만 시댁에서 네 아이를 키우며 살림만 하던 내가 사회생활을 한다는 것이 쉽지는 않았다. 갈비집에서 일을 하며 동생 집에 얹혀 있는 것이 편안하지 않았다. 내 옷가지는 다락방에 숨겨 두고 동생의 남자 친구가 올 때면 여관방에서 잠을 자야 했다. 1년 6개월을 열심히 일해서 2천만 원을 모았다. 나만의 보금자리를 준비할 생각에 설레고 행복했다. 그러던 어느 날 몹쓸 놈은 짐을 찾아가라고 연락이 왔다. 나는 정말 깔끔하게 정리할 생각에 짐을 가지러 갔다. 그런데 몹쓸 놈은 팔순 노모에게 앞으로 싸우지 않고 잘살기 위해 내가 돌아왔다고 얘기하는 것이 아닌가. 거기에 시어머니는 내 손을 덥석 잡으며 "내가 다 죄가 많아서 그렇다. 난 이제 큰아들 집에 가서 살 테니 너희들 제발 싸우지 말고 잘 살아라." 하시며 눈물을 흘리신다. 허걱~~. 나는 차마 짐 찾으러 왔다는 말을 못하고 또 눌러앉고 말았다. 지 버릇 개 못 준다고 1년쯤 지나니 또 지병이 도졌고 결국 친권 포기와 매월 100만 원씩 양육비를 주기로 하고 두 번째 협의 이혼을 한 것이다. 사실 내가 집을 나갈 때는 남편이 이혼신고서를 제출한 줄 알았는데 하지 않아서 이혼이 되지 않은 것이다. 형식은 두 번이지만 실제로는 첫 번째 이혼이다. 전세금 명목으로 2천만 원을 손에 들고 아이들 넷을 키우며 하루에도 몇 번씩 자살 충동을 느끼며 살았다.

내 인생의 바닥은 어디까지일까?

삶은 만만하지 않았다. 죽으라는 법은 없는지 문구점에서 코 묻은 돈 받는 게 전부였던 내가 대형 커피숍을 운영하게 되었다. 그러나 막상 장사를 해 보니 월세, 인건비, 재료비, 공과금 등을 제하고 나면 내 손에 남는 것은 고작 100만 원 정도였다. 그 돈으로 이자 내고 아이 넷을 키우기에는 역부족이었다. 그때 단골손님 한 분이 가게를 반으로 나누어 휴게음식점과 일반음식점을 겸한 단란주점을 해 보라고 권했다. 이미 사채까지 쓴 상황에 엄두를 못 내는 내게 시설은 본인이 해 줄 테니 장사를 해서 일수로 갚아 가라며 배려를 해 주셨다. 다행히 장사는 완전 대박이었다. 3개월 만에 사채와 시설비용까지 모두 갚을 수 있었다. 말로만 듣던 억 소리가 나왔고 은행에서도 VIP가 되었다.

그러나 그 행복도 꿈을 꾸듯 잠시였다. 나의 이름은 교도소에서 죄수 번호 93번이 되어 있었다. 무슨 운명의 장난인지 신분증을 위조한 아가씨로 인해 미성년자 단속에 걸려 업주인 나는 구속이 되고 벌금과 영업정지까지 내려졌다. 청천벽력 같은 상황임에도 불구하고 고단하기만 했던 삶 덕분인지 일 안 해도 밥 주고, 시간 맞춰 운동하고 잠자고 규칙적인 생활을 하는 교도소가 오히려 더 편안했다. 그 편안함도 잠시, 돈만 내면 나갈 수 있다는 방장의 말이 법인 듯 남동생이 작은 누나의 남은 인생 교도소에서 망치게 할 수 없다며 엄마를 달달 볶아 보석금을 냈고 나는 교도소에서 출감되었다.

세상에 나와 보니 다시 앞이 캄캄했다. 전대였던 가게는 영업 정지를 당했다는 이유로 원 계약자에게 빼앗겼고 살아갈 일이 막막했다. 이런 상황이 올 때마다 가장 먼저 드는 생각은 죽으면 끝이 아닐까? 차라리 아이들하고 다 같이 죽자는 생각이다. 약국에서 파리약을 사와 잠든 아이들을 바라볼 때 아직은 죽을 때가 아닌 듯 강렬하게 떠오른 "자살'을 거꾸로 하면 '살자'지. 그래, 다시 한번 죽기를 각오하고 살아 보자.'라고 다짐하고 닥치는 대로 일을 하기 시작했다. 덕분에 적금을 타서 김밥집을 하게 되었고, 장사가 잘되어 권리금을 받고 넘긴 뒤 김포 통진에서 레스토랑을 운영했다. 레스토랑은 낮 장사로 어려워 직원들 퇴근시킨 후 혼자 밤 장사를 하니 매출이 두 배로 늘었다. 큰딸과 작은딸이 대학에 들어가고 막내가 2002년 월드컵 이후 축구를 시작하니 돈은 아무리 벌어도 봇물 빠지듯 새나갔다.

그렇게 열심히 살아가다 보니 하나님 보시기에도 내가 대견했는지 백마 탄 왕자를 선물로 보내셨다. 2005년 여름 셋째 딸과 아들을 데리고 추억을 만들기 위해 경포대로 휴가를 갔다. 그 바닷가에서 나는 파도에 휩쓸려 갔고 구조대원보다 먼저 나를 발견하고 구해 준 생명의 은인을 만났고 그는 8살 연하인 지금의 내 남편이 되었다. 물론 쉽지 않은 인연이다. 총각에 8살 연하인 남편의 집에서 애가 넷이나 딸린 나를 달가워하지 않는 것은 당연한 일이다. 결국, 그 사람과 사이에서 아이가 태어났고 나는 아이가 넷에서 다섯이 되었다. 그러나 살아 보니 별반 다르지 않다. 남자와 여자가 만나 결혼을 하고 아이를 낳고 산다는 것은 쓰디쓴 고통을 겪는 것이다. 그러나 지금은 안다. 그 모든 고통이 헛된 것이 아니라 나를 성장시키는 자양분이 된다는 것을….

신이 내게 준 선물

내가 봉숭아학당을 만날 때는 온몸에 원인을 알 수 없는 통증으로 5년 간 목과 꼬리뼈에 통증을 줄이는 마취 주사를 1주일에 한 번씩 맞고 있었 다. 통증을 이겨 내는 방법을 찾아보려고 사상체질을 배우면서 그곳에서 도 나를 이해하지 못하는 사람들에게 쫓겨나 우울감에 빠져 있을 때 친구 의 초대로 인천에서 전주 봉숭아학당 행사에 가게 되었다. 그때 나는 성 창운 총장님께서 나를 살게 하실 거라는 것을 알았을까? 총장님의 강의 가 끝나고 나는 거침없이 다가가 성창운 총장님과 사진을 찍고 인사를 드 렸다.

서울 본부에서는 매주 월요일 봉천역에서 무료 웃음교실과 다양한 강 의가 진행되었다. 바로 그다음 주 월요일부터 나는 봉천역 봉숭아학당 웃음교실로 향했다. 맨 앞자리에 앉아 큰 소리로 웃고 내 방식대로 리액 션을 강하게 하다 보니 옆과 뒤에서 벌써 불편한 기색이 역력하다. 나는 그렇게 웃고 표현해야 살았다. 살기 위해 그랬고 귀가 잘 안 들리다 보니 주변 사람 배려하는 부분이 많이 부족했다. 그럼에도 성창운 총장님께서 늘 내게 피드백도 해 주시고 때로는 나의 바람막이도 되어 주셨다. 나는 봉당의 가족으로 중심에 들어가기 위해 그때 총장님께서 주임교수로 진행하시던 캘리포니아주립대학교 한국교육원 '힐링지도사' 과정 9기로 입학했다. 그때가 2019년 말경이었다. 공부하고 수료 직전에 코로나19가 발생해 국가적 재난으로 수료식이 잠정 연기되었다. 코로나19로 모임이 진행되지 않으니 봉천역에서 60~70명씩 모여서 진행했던 봉숭아학당은 인천에 조그만 스튜디오를 만들어 매주 월요일 실시간 유튜브 방송으로 월요 행사를 진행했다. 결국 힐링지도사 9기 수료식도 압구정 교육원에서 하지 못하고 인천에서 조촐하게 진행이 되었다.

2020년 코로나19로 온 세상이 고통 속에 빠졌을 때 그때 나는 치매 어머니를 모시고 있었다. 그런데 업친 데 겹친 격으로 그해 4월 큰딸이 뇌경색으로 갑자기 쓰러졌고 나는 외손자를 돌보며 심적으로 압박이 가중되어 스트레스가 극에 달하자 쇼크로 심정지가 오고 말았다. 다행히 골든타임인 4분 내에 심폐소생술로 다시 숨을 쉬게 되었다. 핸드폰도 꺼 놓고 누구와도 연락을 하지 않은 상태에서 삶과의 투쟁 후 승리의 월계관을 쓰고 가장 먼저 찾아간 곳이 봉숭아학당 스튜디오였다. 성창운 총장님과 봉당 가족 모두 오랜만에 나타난 나를 반갑게 맞이해 주셨다. 마음껏 웃고 표현할 수 있는 봉숭아학당이다. 성창운 총장님은 "준비된 자가 기회를 만나면 능히 기적을 이룬다."고 늘 말씀하셨다. 그래서 내게 그날은 기회였다. 그날 출연하기로 한 가수가 홍수로 인해 잠수 대교가 잠기면서 오지 못하게 되었고 내가 무대에 서게 되었다. 오행자 교수님의 진행으로 토크쇼를 통해 나는 생생한 실시간 유튜브 방송으로 글로벌까지 진출했다. 그때부터 나는 매주 월요일 인천 스튜디오로 출근을 했다. 그때 치매 엄마를 두고 집을 나오기가 불안해 총장님 허락하에 엄마까지 함께 봉당에 모시고 왔고 총장님께서 엄마 장수 사진까지 찍어 주셨다. 그리고 얼마 후 엄마가 돌아가셨고 그 사진으로 엄마 영정 사진을 했다.

그렇게 어려운 가운데 2021년 8월 성창운 총장님은 대단한 결단을 내리시고 다시 봉천역으로 교육장을 준비해 '봉숭아학당 웃음교실'에서 '주식회사 봉숭아학당 문화혁신학교'로 대변신을 하셨다. 그리고 코로나로 개교식을 하지 못한 봉숭아학당 문화혁신학교가 잠시 규제가 풀린 틈을 타 2021년 11월 15일 개교식을 하면서 당시 '친교팀장'이었던 나의 직책을 '카페매니저'라는 직책을 올려 주셨다. 내가 감당할 수 있을까 염려했지만 총장님께서 지금처럼만 하면 된다는 말씀에 용기 내어 카페매니저 직책을 받았다. 그때부터 지금까지 매일 아침저녁으로 나는 500명이 넘는 단톡방에서 출석하신 분 이름을 적어 응원하고 카페에까지 공유해 놓고 있다. 내가 할 수 있는 역할이고 총장님과 봉숭아학당에 대한 나의 관심이고 사랑이다.

그리고 2021년 12월 방송스피치지도사1급 자격 과정이 1기로 출발하는데 오행자 교수님이 일정을 주말로 잡으셨다. 나는 전화를 드려서 봉숭아학당 문화혁신학교의 카페매니저로서 제가 방송스피치 1기로 꼭 등록해서 배우고 싶은데 주말은 시간이 안 되니 평일로 해 주시면 안 되겠냐고 말씀을 드렸고 오행자 교수님은 그렇게 조정을 해 주셨다. 그렇게 나는 봉숭아학당 문화혁신학교의 카페매니저로 방송스피치 1기 부회장으로 당당하게 활동하고 있다. 방송스피치 과정에서 배워 라이브방송도 하고 내가 일하는 곳에서도 잘 활용하고 있다. 나에게 봉숭아학당 문화혁신학교는 그 누구도 나를 인정하지 않을 때 성창운 총장님께서 나를 받아 주시고 감싸 주시고 지도해 주신 덕분에 지금은 어디에서나 말을 하는 것보다 잘 들으려 노력하고 많이 침묵하기도 하고 적절한 때에 맞추어 필요한 말을 할 줄 아는 지혜로운 사람으로 성장해 가고 있다.

이미영

[주요 약력]

㈜소소우아 영업총괄이사

㈜봉숭아학당 문화혁신학교 안성 부학장

소통공감 박사

체중지도사

다이어트 전문가

방송스피치지도사 1급

유튜브: 빅마우스TV

인스타: storytell0000

인생이란
정직한 삶이다.
사람을 귀하게 여기고
삶을 노력으로 하루하루 채워 가자.
노력은 배신하지 않는다.
궁하면 통하고 간절하면 이루어진다.

우리 아버지는 정신병자다

어린 시절 내가 본 아버지는 정신병자였다.

나는 충남 부여군 은산면에서 1남 5녀의 막내로 태어났다.

새벽 5시만 되면 "기상! 모두 집합!" 아버지의 고함소리에 우리 형제들은 초비상이었다. 조금만 늦어도 우리는 아버지의 몽둥이찜질을 당해야 했다. 마당에 집합하면 마을 뒷산까지 다녀와야 했고 시간 내에 다녀오지 못하면 다시 다녀와야 했다. 큰언니는 그때 여섯 살인 나와 연년생 바로 위의 언니를 업고 손잡고 달리느라 매일 늦었고 그러면 다시 다녀와야 했다. 가끔 나와 바로 위의 언니가 힘들어하면 우리를 나무 뒤에 숨게 했고 늦게 집에 들어가면 어김없이 다시 뒷산을 다녀와야 했다.

하루는 내가 몸이 너무 힘들어 언니 오빠들은 앞에 가고 아버지와 함께 뒤따라갔다. 아버지와 함께 걷다가 갑자기 내가 "아버지 저기 물레방아 있는데 하얀 소복 입은 아줌마가 왔다 갔다 해요. 그리고 귀에서 계속 웅성웅성 대는 사람 소리가 들려요. 아버지 무서워요."라고 말하면서 바지에 오줌을 싸고 엉엉 울었다. 그래도 부모인지라 아버지도 그때는 나를 안고 집으로 돌아왔고 그 이후로 새벽 운동의 횟수가 줄어들었다.

이북에서 넘어와 지독한 가난에 찌든 삶을 살았던 아버지는 자식들이 자신처럼 살지 않기를 바란 것인지 아니면 자신의 화풀이였는지 지금도 알 수는 없지만, 엄마와 자식들을 향한 아버지의 횡포는 계속되었다.

막내인 나는 유난히 몸이 허약하고 성격도 까칠했다. 생선 비린내만 맡아도 토하고 돼지고기를 먹으면 온몸에 두드러기가 났다. 한번은 형제들이 점심을 먹고 있는데 아버지가 왜 화가 나셨는지 알 수 없지만, 갑자기 "모두 대가리 박아!"라고 소리를 지르서서 우리 6남매는 모두 겁에 질려 마당으로 내려가 시멘트 바닥에 순서대로 대가리를 박았다. 그 순간 막내인 나는 어디서 그런 용기가 나왔는지 벌떡 일어나 아버지께 소리쳤다. "아이, 씨발! 아버지도 밥 처먹다 대가리 박아 봐라. 먹은 거 다 넘어온다." 그 순간 아버지는 당황하셨고 하시던 행동을 멈추셨다. 언니, 오빠들은 내게 구세주라고 고마워했다. 그런 남편과 자식들을 바라보며 엄마는 늘 눈물 마를 날이 없으셨다. 내가 막내라서일까? 그래도 아버지는 내게는 조금 너그러우신 편이었다.

이왕 아버지 흉을 보기로 했으니 하나만 더 보자.

소풍 가는 날이었다. 가난했던 우리 집은 소풍 간다고 김밥을 한 번도 싸 본 적이 없다. 그런데 옆집 내 친구 아버지는 이발소를 하셨다. 늘 현금이 도니 넉넉했던 친구 엄마는 지독하게 가난하고 형제는 많은 우리가 불쌍했는지 소풍 가기 전날 밤에 다음 날 아이들 소풍 갈 때 주라고 김밥을 싸서 가져오셨다. 김밥을 본 우리는 먹고 싶은 것을 꾹 참고 잠자리에 들었다. 그런데 이것은 또 무슨 일인가? 아침에 일어나 보니 그 김밥은 아버지 배 속으로 다 들어가고 빈 도시락만 남아 있었다. 빈 도시락을 바라보던 나는 "아버지는 어른도 아니고 아버지도 아니고 사람도 아니야!" 하고 아버지께 소리를 질렀다.

이런 아버지 밑에서 자란 우리 6남매는 어린 시절 편안하게 TV를 본 적도 없고 농사일부터 붕어빵 파는 것까지 안 해 본 일이 없을 정도다.

나의 독립운동 그리고 광복절

    그렇게 독하게 훈련을 시킨 아버지 밑에서 우리의 소원은 독립이었다. 나는 상고를 다녔다. 여전히 가정 형편은 어려웠지만, 공부를 잘했고 막내였던 내게 아버지는 대학을 가면 보내 준다고 하셨고 학교 선생님도 대학을 권유하셨다. 그러나 나는 완강하게 거절하고 취업을 준비했다.

    그 무렵 서울에서 신발가게를 운영하는 언니에게서 걸려 온 전화 한 통이 내게는 아버지에게서 벗어나는 독립운동의 기회였다.

    "따르릉~~~." 전화가 울렸다. "여보세요?"

    수화기 너머에서 들려오는 언니의 울음 섞인 다급한 목소리가 전화기를 타고 들려왔다.

    "미영아! 언니가 쌍둥이를 임신했어. 너무 힘들어서 가게를 할 수가 없는데 우리 막내가 와서 언니를 도와줄 수 있을까?" 나는 언니의 말을 듣는 순간 숨도 쉬지 않고 바로 대답했다.

    "당연하지, 언니. 내가 도와주어야지." 나는 전화를 끊고 학교에 취업 통보를 하고 아버지와 어머니께 말씀을 드렸다.

    내 나이 19살, 다른 친구들은 부모님 옆에서 사랑을 듬뿍 받고 있던 시절 나는 아버지 곁을 떠나고 싶은 마음이 간절했다. 어머니와 아버지가 매일 싸우는 것도 싫었고, 자식들은 일을 시키기 위해 낳은 듯한 아버지도 싫었다. 아버지는 내가 떠나는 것을 무척 아쉬워하셨다. 일꾼이 하나 사라지니 당연히 그러실 것이다. 하지만 엄마는 막내딸이 그동안 아버지 밑에서 얼마나 힘들었는지 아시기에 자유롭게 살아가는 길이라 생각하시고 응원해 주셨다.

드디어 해방이다. 자유를 얻은 이 기분은 10년 묵은 체증이 내려간 것처럼 시원하다. 바로 짐을 챙겨 서울 삼각지에 있는 언니 집으로 갔다. 언니 집에 도착하자마자 나는 쌍둥이를 임신한 언니를 대신해 언니가 운영하던 신발가게를 대신 운영하게 되었다. 장사가 잘되는 가게여서 내놓기에는 아쉬웠는데 막내인 내가 와서 맡아 주니 언니도 매우 좋아했다.

나의 장사 경험은 초등학교 2학년 때 아버지가 학교에 가는 딸에게 붕어빵과 번데기를 팔아 오라고 하시면 그것을 학교 교무실에 가서 선생님께 팔아 온 것이 전부였다.

신발가게는 일주일에 4번은 동대문시장에 가서 물건을 해 와야 했다. 예쁜 신발을 골라 배달을 시키고 급한 것은 직접 작은 어깨에 메고 왔다. 이런 내 모습을 본 사장님들은 어린 아가씨가 애쓴다며 새벽시장에서 빵과 우유, 요구르트 등을 사 주시며 예뻐해 주셨다.

장사는 매우 잘 되었다. 가게에 와서 새로 들여온 신발들을 예쁘게 진열하고 손님들이 와서 기분 좋게 그 신발을 사 가실 때 나는 딸을 시집보내는 듯 뿌듯하고 즐거웠다.

하루는 새벽시장 다녀와서 너무 피곤했는지 나도 모르게 가게에서 잠이 들었다. 언니의 신발가게 옆에 국수가게가 있었는데 사장님이 잠든 나를 보고 아무리 불러도 일어나지 않자 동네 사람들을 불러오고 나를 흔들며 깨우는 시끄러운 소리에 나는 "무슨 일이세요?" 하며 눈을 떴다. 사람들은 내가 죽은 줄 알고 많이 걱정했다며 한바탕 소동이 일어났다.

19살 어린 나이에 동대문 새벽시장을 다니고 장사를 한다는 것이 쉬운 일은 아니다. 작은 체구로 이렇게 애쓰는 나에게 형부는 많이 미안해하셨다.

2년 정도 지난 후 형부는 내게 취직을 하는 것이 좋겠다며 인천 연수동에 신협을 추천해 주셨고 나는 면접을 보고 당당히 합격했다. 신협에서 근무할 때도 일을 마치고 숙소에 들어오면 친구들은 엄마가 보고 싶다고 울고, 일하면서도 힘이 든다고 우는 모습을 보며 그 정도 일이 뭐가 힘들고 엄마가 보고 싶어 우는지 아버지한테 벗어나고 싶었던 나는 그들을 이해할 수가 없었다. 그러나 돌아보면 아버지께 혹독한 훈련을 당한 덕분에 신발가게에서 2년을 일하면서도 즐겁게 할 수 있었고 신협에서 하는 일은 신발가게에서 하는 일에 비하면 서비스업이기 때문에 내게는 식은 죽 먹기였다. 세상 모든 일에는 장단이 있다. 나의 어려운 환경이 결국은 내가 성장해서 사회생활을 하는 데는 큰 버팀목이 되어 주었고 그것은 내가 그렇게 미워했던 아버지의 덕이었다. 이 글을 쓰며 아버지께 감사의 마음을 전해 본다.

진짜 어른이 되게 한 나의 결혼 생활

아버지 같은 남자는 절대 만나지 않을 거라고 다짐했던 나는 신협에 근무하며 숙소 옆집에 사는 남자와 23살에 결혼을 했다. 숙소 반장 언니와 친하게 지내던 내 남편의 누나가 놀러 왔을 때 반장 언니가 장난삼아 "너희 호영이, 미영이한테 소개해 줘." 했던 말이 내가 관심 있는 것으로 오해가 되어 남편이 어느 날 신협으로 전화를 해 만나자고 했다.

운명이었을까? 21살에 만난 남자, 첫눈에 반한 것일까? 똑똑하고 순수하고 미소가 진심인 그 남자, 2년 연애 후 결혼하고 28년이 지난 지금도 나는 그 남자를 사랑하고 존경한다. 우리 자매들은 아버지를 벗어나고픈 마음에 더 결혼을 빨리했는지도 모른다. 23살에 결혼을 한다고 하니 고모가 "너희 식구는 연애 귀신이 붙었냐!"라고 말할 정도였다. 내 남편은 아버지와 다르게 많이 자상하고 따뜻한 사람이다. 그렇게 결혼을 해서 인천에 신혼집을 차렸는데 남편이 갑자기 포항제철 협력사로 발령을 받아 주말부부로 보내야 했다. 포항에서 여관에 묵으며 직장 생활을 하던 남편은 힘들었는지 내가 이사를 와 주기를 바랐다. 다니던 직장, 신협을 그만두는 것이 아쉬웠지만 그래도 사랑하는 남편을 혼자 여관 생활을 계속하게 둘 수는 없었다. 그리고 부부는 떨어져 살면 안 된다는 주변의 조언도 한몫해 나는 결단을 내리고 포항으로 이사를 했다.

이사를 하고 포항에서도 취직을 했는데 젊은 부부가 함께하니 감히 기대하지 않은 아니, 조금 안정을 찾으면 찾아오기를 바란 생명이 우리를 찾아왔다. 여러 가지 걱정이 되었지만, 신이 주신 생명을 우리는 감사히 받았다. 남편도 나의 임신 소식에 매우 기뻐하며 눈물까지 흘렸다. 임신 6개월쯤 되었을 때 IMF가 시작되었고 남편은 월급이 6개월째 나오지 않았다. 아이 출산일은 다가오고 남편의 월급은 나오지 않고 나는 입덧이 심해 직장을 그만둔 상태이다 보니 먹고사는 것이 정말 막막했다.

1997년 3월 2일 나를 엄마로 남편을 아빠로 처음 불러 주는 아들이 태어났다. 인천 시어머니 댁 근처에서 아이를 낳고 서울 오빠 집에서 친정엄마가 몸조리를 해 주셨다. 걱정근심이 많았는데 아이를 보니 신비로움과 기쁨이 가득 올라왔다. 하지만 새로운 생명을 잉태하고 낳고 기른다는 것은 정말 쉬운 일이 아니었다. 입덧도 심했는데 아이를 낳은 후 훗배앓이와 젖몸살이 심해 아이에게 젖을 먹이는 것도 힘들었다. 20여 일 몸조리를 하고 포항으로 돌아가는 나를 바라보는 엄마는 마음이 아파 하염없이 눈물을 흘리셨다. 아버지를 만나 고생만 하시며 살아온 어머니의 눈물은 내 마음을 더 아프게 했다. 그렇게 포항으로 돌아와 나는 헛구역질을 하고, 하품이 계속 나오고, 5분 이상을 걸을 수 없는 저질 체력으로 변하며 체중도 빠지고 젖도 나오지 않고 계속 울기만 했다. 병원에 가도 혈관주사(영양제)만 주고 피검사를 하자는 말은 하지 않았다.

그러던 나를 안타깝게 지켜보시던 옆집 아주머니께서 "새댁, 아무래도 우울증인 것 같아."라고 하시더니 걱정이 되어 남편에게 이야기했다. 매일 늦게 들어오는 남편은 목구멍이 포도청이라 일을 해야 하기에 내게 해줄 수 있는 게 없었다.

인생은 홀로서기다. 나는 괴로운 시간을 울면서 지새웠고 죽을 것 같아서 성경 말씀을 찾게 되었다. 나만의 골방 속 기도를 하며 조용히 성경을 읽어 갔다. '저녁이 되며 아침이 되니' 창세기 1장의 이 말씀을 통해 나는 어둠 속에서 빛으로 한 발 내딛을 수 있었다. 깜깜했던 마음에 빛이 찾아왔다. "미영아, 공중에 나는 새를 보라 심지도 거두지도 않고 곳간에 들이지 않아도 하나님께서 먹이시지 않겠느냐?" 나를 사랑하고 계신 하나님의 눈동자가 나를 지키고 있다는 약속으로 내 가슴에 들어왔다. 나도 모르게 우울했던 마음이 기쁨으로 한순간에 바뀌었다.

이렇게 나는 아이를 낳고 힘든 여정 속에서 진짜 어른이 되어 갔다. 어른이라는 것은 어떤 어려움과 고난이 있어도 자신의 역할을 감당해 내야 했다. 아내라는 자리, 엄마라는 자리 그 자리에서 모진 비바람에 흔들려도 쓰러지지 않고 깊이 뿌리를 내리는 든든한 나무로 서 있어야 한다.

부부 다단계쟁이

'닭이 먼저인가? 알이 먼저인가?'의 물음이다.

내 아이가 먼저인가? 내 아이를 키우고 가르치기 위한 돈이 먼저인가?

30대 후반 아이들이 성장해 가면서 들어오는 수입은 한정되어 있고 지출은 늘어가고 '어떻게 하면 돈을 더 많이 벌 수 있을까?' 고민하는 내 마음을 알았을까? 그때 남편은 프로그래머로 일했고 나는 법인회사 경리 회계팀장으로 일할 때다. 우리 회사 제품을 구매하면서 박람회에서 나를 보았는데 마음에 들었다며 자기 집에 놀러 오라는 고객의 말에 나는 운명처럼 무엇인가에 끌리듯 고객의 집을 방문했다.

그 고객은 글로벌 사업 A** 다단계 사업을 하는 분이셨다. 자연스럽게 설명을 들었고 돈을 벌고 싶다는 욕구를 채우기에 충분한 설명에 나는 다단계라는 늪에 빠져들고 말았다. 집에 와서 남편에게 설명을 했고 다단계에 거부감을 가지고 있던 남편까지 설득하는 데 성공했다. 그렇게 시작된 다단계 사업은 별천지, 신천지가 되었고 부부가 퇴근하면 정장으로 갈아입고 사업에 몰입하기 시작했다. 무엇을 하든 열심이고 최선을 다하는 우리 부부, 남편은 전문적으로 설명을 잘했고 나는 사람의 감정을 흔들어 클로징을 잘했다.

안성에서 경남 고성까지 매주 후원을 갔다. 그런 열정 덕분에 팀이 급성장을 했고 필리핀, 일본, 중국, 한국 파트너들이 점점 늘어가며 신나게 일을 하다 보니 승급도 빠르게 했다. 직급이 올라가면 올라갈수록 후원도 많이 해야 하고 시간이 부족했다. 직장을 다니면서도 어느 정도 수입이 되었기에 우리 부부는 몰입하면 더 잘할 거라는 확신을 가지고 둘 다 회사를 그만두었다. 어쩌면 그 순간부터 우리 부부의 제대로 된 인생 공부가 시작되었다.

사업이라는 것이 시간이 많으면 더 잘될 줄 알았다. 나의 착각이었다. 직장 생활을 하며 월급을 받을 때 부업으로 한 일은 보너스지만 본업이 되고 나니 현실은 혹독했다. 후원을 다니며 길거리에 뿌리는 돈도 많았고, 상위 사업자라고 밥값, 커피값, 모든 비용을 모두 부담해야 했다. 늘 잘되는 모습, 긍정적인 모습, 없어도 있는 척해야 하는 현실에서 우리 부부는 좌절하기 시작했다. 아이들은 아이들대로 엄마, 아빠에 대한 불만이 늘어갔다. 어느 날 딸이 "엄마, 제발 아이들 있는 집 엄마들은 리쿠르팅하지 마세요. 부탁이에요. 아이들이 너무 불쌍해요."라는 말을 할 때 내 가슴은 또 한 번 무너져 내렸다. 그리고 한없이 바라기만 하는 파트너들의 거짓말, 상위 사업자와의 이간질, 1번 사업자의 욕심 속에서 끝없는 희망 고문에 지친 우리 부부는 다단계에 종지부를 찍었다.

다단계를 하며 보낸 10년의 세월 아이들을 위해 돈을 많이 벌어야겠다고 다짐했던 일이 결국은 아이들을 돌봐야 할 시기에 제대로 돌보지 못하고 사랑을 주지 못해 미안한 마음만 남았다. 내 아이들을 희생시키고, 사람에 대한 상처와 스트레스로 인해 살이 찌고 건강까지 잃었다. 그렇게 모든 것을 잃은 후에 '삶은 경험하면서 깨달은 것이 진짜 내 것이다.'라는 진리를 깨달았다.

나의 천직 사명을 찾다

내 나이 40 중반을 넘어서며 두 아이의 엄마가 되고 인생의 쓴맛을 제대로 맛보면서 어린 시절 "아버지는 아버지도 아니고 사람도 아니다. 아버지는 정신병자다."라고 대못을 박았던 아버지를 조금은 이해할 나이가 되었을 때 아버지가 뇌경색으로 쓰러지셨다. 병원에 계시는 3주 동안 간호하며 아버지의 마지막 삶을 지켰다. 어린 시절 참 크게만 느껴졌던 아버지, 의식 없이 누워 계시는 모습을 지켜보며 '얼마나 힘드셨을까? 얼마나 고단하셨을까?' 생각하니 죄송하고 마음이 아팠다. 3주 동안 아버지와 함께하며 그동안 못되게 굴었던 일들에 대해 용서를 빌고 다른 가족들과도 영상통화로 소통하게 하여 아버지를 편안하게 보내 드렸다.

다단계도 정리하고, 아버지도 보내 드리고 난 후 코로나가 찾아왔다. 여전히 먹고사는 것은 만만하지 않고 나의 몸은 아이 낳고 앓았던 갑상선 저하증이 재발되어 체중이 18kg이 늘었다. 예전의 야리야리하고 야무지던 나의 모습은 사라지고 뚱땡이 아줌마에 온몸은 통증으로 시달리다 보니 나 자신이 참 한심하고 싫었다. 등이 너무 아파 살기 위한 몸부림으로 등 관리를 받기 위해 마사지 샵을 찾아갔다. 등 관리를 받고 원장님이 따뜻한 차 한 잔을 주셨다. 맛이 괜찮았다. 1주일 후 다시 원장님을 찾아갔을 때 그 원장님은 몸이 아주 날씬해져 있었다. 굴러가게 생긴 내 몸을 알기에 나는 호기심을 가질 수밖에 없었고 다이어트를 어떻게 하셨냐고 물으니 단식을 권하셨다. 간절한 나는 지푸라기라도 잡는 심정으로 원장님과 함께 2박 3일 단식 캠프에 들어갔다.

갑상선 질환이 있는 사람은 쉽게 살이 빠지지 않는다. 그리고 늘 부어 있다. 그런데 2박 3일 단식 캠프를 하며 내가 원장님을 처음 만날 때 주셨던 그 차, 일명 물밥을 먹었다. 그냥 물이 아니라 미네랄과 비타민, 식물 영양소가 들어 있는 물이었다. 그 물을 먹으면 단식을 하는 데 전혀 지치지 않았다. 3일 만에 2Kg 감량을 했고 하는 김에 7일 도전으로 또 7Kg를 감량하게 되었다. 몸이 정말 가벼웠고 단식을 하며 집안 대청소를 해도 거뜬했다. 그 경험이 나의 삶을 바꾸었다.

지금 나는 다이어트와 해독 전문가다. 우리 몸은 음식을 먹고 나면 소화를 시키기 위해 가장 많은 에너지를 사용한다. 식곤증이 오는 이유도 모든 에너지가 소화력을 시키는 데 집중해 다른 곳에 사용할 여력이 없기 때문이다. 그런데 공복 상태를 유지하면서 몸에 필요한 비타민과 미네랄, 식물 영양소를 공급해 줄 수 있는 물밥을 먹으면 우리 몸속에 잠자고 있는 의사들이 깨어나 몸의 염증세포나 바이러스 균을 잡아먹으니 우리 몸이 더욱 건강해지는 것이다. 40대 후반 내 몸이 아파서 시작한 이 일은 내게 천직이다. 만 5년의 나의 경험이 비만과 지질대사로 고통받는 대한민국 국민에게 꿈과 희망을 전달하고 있다.

내 인생의 멘토를 만나다

사람은 누구를 만나느냐에 따라 삶이 달라진다고 한다. ㈜봉숭아학당 문화혁신학교 성창운 총장님과 오행자 교수님을 만난 것은 내 인생의 새로운 도약의 바람을 불게 했다. 코로나로 모두가 어려울 때였지만 나는 다이어트 전문가로 2박 3일 캠프를 통해 비만과 지질대사로 고통받는 사람들에게 희망을 전하며 활동하고 있었다. 내가 성창운 총장님을 처음 만난 것은 대전에서 리더 교육이 있을 때이다. 강의도 좋았고 에너지가 장난이 아니었다. 강의 여운이 오래 남아 유튜브를 통해 성창운 총장님의 영상을 많이 보며 힘을 얻었다.

그러던 어느 날 안성 돗자리 콘서트에서 운명처럼 성창운 총장님과 오행자 교수님을 만나게 되었다. 나는 반가움에 인사를 했고 유튜브를 배우고 싶다는 마음을 이야기했다. 성창운 총장님은 명함을 주시면서 다음 주 화요일에 방송스피치 수업 오리엔테이션이 있다고 참석해 보라고 하셨다. 나는 그때 함께 일하던 지금의 윤진희 재무이사와 함께 가 보자고 했고 우리는 그다음 주 화요일 서울 봉천역에 있는 ㈜봉숭아학당 문화혁신학교로 향했다.

학교 문을 열고 들어가는 순간, 크지 않은 교육장이지만 예사롭지 않은 분위기에 잠시 어안이 벙벙해졌다. 빼꼼히 문을 열고 들어가는 우리를 보신 성창운 총장님과 오행자 교수님은 처음 참석하는데도 어제 본 듯 반갑게 맞이해 주셨다. 얼떨떨한 느낌으로 수업에 참여했다. 수강생 중에는 영업하는 사람, 강의하는 사람 다양한 사람들이 모였다. 수업을 들으며 나는 나의 목마름을 채워 줄 오아시스를 만난 듯했다. 성창운 총장님이 말씀하셨다. 지금은 구두가 닳도록 쫓아다니는 시대가 아니다. 누구나 방송을 하는 시대다. 영상 하나로 삶이 변화할 수 있다고 하셨다. 많이 공감했다.

그리고 오행자 교수님의 강의가 시작되었다. 사람의 마음을 움직이는 힘이 있었다. 대한민국 여성들을 행복하게 하는 데 사명을 찾으셨다는 교수님의 말씀에는 진실함과 사랑이 있었다. 같은 여성으로서 닮고 싶은 분이었다. 강의를 들으며 가슴이 뛰었다. 살면서 가장 중요한 것은 나를 아는 것, 나다움을 찾는 것이라고 하시면서 '시방 느낌'을 물었다. 지금 내 마음, 한 번도 물어본 적이 없었다. 그런데 시방 느낌을 물으니 내 마음에 관심을 갖게 되었다. 가슴이 터질 듯 설레고 기대가 되었다. 방송스피치 수업은 3개월 과정이지만 한 번 등록하면 평생 회원이다. 이 또한 매력이다. 오리엔테이션이 끝나고 나와 같이 간 윤진희 재무이사님은 비장한 각오로 적지 않은 금액 1,950,000원을 카드로 결제하고 등록을 했다.

그렇게 나와 윤진희 재무이사는 매주 화요일 안성에서 서울 봉천역까지 버스를 타고 다니며 정말 열심히 공부했다. 처음에는 웃는 것도, 앞에 나가서 말하는 것도 모든 것이 어색하고 낯설고 힘들었지만 혼자가 아닌 둘이어서 서로 의지하고 도우며 HHCC(하라면 하고 시키면 시키는 대로 한다)라는 레전드를 만들었다. 그 결과 수업 들으며 한 달 만에 유튜브 구독자 1,000명 달성, 8개월 만에 1만 명 달성, 1년이 6개월이 넘은 지금은 구독자가 5만 명을 향해 달리는 유튜버로 성장해 수익도 창출하고 내가 하는 다이어트 사업에도 많은 도움이 되고 있다. 성창운 총장님은 당신이 잘되는 것보다 제자들이 잘되는 것을 더욱 기뻐하신다. 제자들을 위해서 오행자 교수님과 함께 토크쇼를 촬영해 주시고 편집까지 해서 유튜브에 올려 주신다. 세자들 입장에서는 감사하고 또 감사하다.

나는 이제 봉숭아학당 문화혁신학교 중심에 있다. 안성봉숭아학당 문화혁신학교 부학장이다. 나의 천직 다이어트 사업도 더욱 확장되고 있다. 매주 월요일이면 만사 제치고 서울 봉천역으로 향한다. 매주 월요일은 성창운 총장님이 무료로 11년째 웃음치료와 다양한 강의를 재능기부로 진행해 오셨다. 그리고 일찍 오시는 분들께는 저녁까지 대접하신다. 참 쉽지 않은 일이다. 내가 할 수 있는 것은 일찍 가서 교수님 저녁 준비 하시는 것을 돕는 것이다. 감사하다.

윤진희

[주요 약력]

㈜소소우아 교육홍보이사/다이어트 힐링캠프(2박3일)
㈜봉숭아학당 문화혁신학교 안성 재무이사
에어로빅전문 강사
라인댄스 실버전문강사
다이어트댄스전문강사
방송스피치지도사 1급
소통공감 박사
유튜브: 태리TV
인스타: wlsgml_____

[방송 경력]

OBS 〈가족〉
MBC 〈특종 놀라운세상〉-최연소 남사당 단원
현대기프트카 홍보영상, KBS 〈인간극장〉-엄마 힘내세요
KBS 〈강연100℃〉-당신의 울타리
MBN(LG헬로우비젼) 〈엄마는 예뻤다〉

아픈 만큼 성장했고 아픈 만큼 현명해졌다.
내 인생의 주인공은 바로 나.
힘이 들 때면 저 높은 하늘을 보고
행복할 땐 내가 서 있는 주위를 돌아본다.

우리 가족의 첫 방송 OBS 〈가족〉

며칠째 매일 걸려 오는 전화.

오늘도 어김없이 전화벨이 울리고 상대를 확인한 나는 냉정하게 "안 합니다." 하고 전화를 끊었다. 그리고 한 달 정도 지났을까? 네일샵을 운영하는 가게로 20대 후반쯤의 남자가 찾아 왔다. "관리 받으러 오셨나요?"라는 물음에 긴장된 목소리로 계속 전화 드린 OBS 〈가족〉 방송작가라며 들어와 명함을 내밀었다. 나는 계속 거절을 했었기에 멍하니 바라보고 있었고 그는 떨리는 목소리로 말을 시작했다. "이번에 방송작가가 된 신인입니다. 우연히 취재를 나갔다가 따님의 남사당패 공연과 인터뷰를 보고 촬영을 꼭 하고 싶습니다. 도와주세요." 자식을 키우는 부모 입장에서 더 이상 거절을 할 수가 없었다.

나는 세 딸의 엄마다. 2008년 남편은 가족 여행을 위한 답사를 다녀오다 교통사고로 하늘나라에 갔다. 세 딸은 한국무용을 하고 있었다. 아이들 한국무용을 가르치시는 교수님이 아이들이 아빠를 잃은 상실감을 잘 견뎌 낼 수 있도록 도움을 주기 위해 안성 남사당패 단장님을 소개해 주셨다. 아이들은 단장님의 테스트를 거쳐 남사당패 단원이 되었고 막내 예나는 최연소 단원이 되었다. 남사당패 1년 행사 중 첫 행사는 각 방송국에서 나와 촬영을 할 만큼 대단했다. 칠무등 양쪽 날개에 초등학교 3학년 첫째 딸과 초등학교 1학년 둘째 딸이 서고 꼭대기 칠무등에 여섯 살 막내 예나가 섰다. 방송국에서 나온 취재진들이 "그렇게 높이 올라가면 무섭지 않니?" 하며 막내 예나에게 물었다. "저는요. 하늘 높이 올라가도 무섭지 않아요. 높이 올라가면 올라갈수록 아빠와 가까워지니까요." 막내의 대답에 가슴 뭉클해진 방송국 취재진들이 무슨 말인지 궁금해 단장님께 물어 아이들 아빠의 사연을 알게 되었다. 그 이후로 많은 방송국에서 취재 연락이 왔지만 거절한 것이었다.

아이들이 아빠가 없다는 것도 내가 남편이 없다는 것도 다른 사람들에게 알리고 싶지 않았던 마음을 접고 그렇게 OBS 〈가족〉 방송 촬영을 하게 되었다.

현모양처였던 나의 꿈은 사라졌다

나는 한때 금수저였다. 전남 곡성군 석곡면에서 생선가게를 하시는 어머니, 아버지의 막내딸로 태어났다. 아버지는 내가 태어난 후 돈을 더 많이 벌어 집도 사고, 차도 사고 모든 것이 잘 풀려서서 나를 복덩이라고 부르셨다. 엄마 아버지가 5일장으로 장사를 다니다 보니 언니와 오빠들은 순천 할머니 댁에서 자랐고 나만 어머니, 아버지와 함께 살았다. 하지만 5일 장으로 생선 장사를 나가시는 어머니, 아버지는 새벽에 나가셨고 나는 우리 집 강아지 복실이와 둘이서 엄마가 끓여 놓은 생선찌개에 같이 밥도 먹고 잠도 자며 놀았다.

그러나 인생사 새옹지마라 했던가? 어머니, 아버지는 장사가 망해 그 큰 집과 자동차 모든 것을 두고 보따리 세 개만 가지고 울산으로 이사를 했다. 나의 삶은 크게 달라지지 않았지만 울산에서 어머니, 아버지는 많이 힘들어 하셨고 중학교 때 서울 영등포로 이사를 왔다. 우리 어머니는 생활력이 아주 강했다. 영등포에서 식당을 해 돈을 다시 벌기 시작했고 다시 집도 사고 나를 결혼도 시키셨다. 결혼하기 전 나는 예쁜 옷과 액세서리를 좋아하고, 나를 예쁘게 꾸미는 것을 좋아했다. 고집을 부려서라도 내가 사고 싶은 것은 어떻게든 사고 말았다. 그런데 늘 살이 쪄서 예쁘게 꾸며도 만족스럽지 못한 나는 에어로빅을 시작했다. 살이 빠지고 예뻐지니 스스로 만족감을 느꼈고 에어로빅 강사로 10년이나 일했다. 그리고 결혼을 하면서 현모양처를 꿈꿨다.

달콤한 결혼 생활은 5개월도 채 가지 못했다. 갑자기 일하다 신랑이 쓰러져 병원에 실려 갔다. 간 수치는 40 이하가 정상인데 80이 넘어 지금 이대로 퇴원하면 죽을 수 있다고 두 달을 입원해 치료를 받았다. 퇴원해서도 정상이 아니어서 늘 집에서도 주사를 맞고 관리했지만, 남편은 음료 총판을 하며 극심한 스트레스와 잦은 술자리로 다시 입원했다. 간경화로 진행되어 다시 간암으로까지 진행이 되었다. 그렇게 나의 현모양처의 꿈은 산산조각이 나고 말았다. 결국, 10년 만에 남편은 하늘나라로 갔다. 야속하게도 병이 아니라 아이들과 오랜만에 떠나는 여행 장소 답사를 갔다 돌아오는 길에 갑작스러운 교통사고로 떠난 것이다.

홀로서기의 첫걸음 현대 기프트카

현모양처가 꿈이었던 나는 남편의 죽음으로 세 아이를 데리고 살아야 하는 가장이 되었다. 갑작스러운 남편의 죽음, 남편의 건강이 안 좋아 늘 걱정이었지만 예상하지 못한 남편이 떠난 빈자리는 내게 너무 컸다. 가지고 있던 돈 모두 병원비로 들어가고 남편이 음료수 총판하면서 진 빚까지 있었다. 교통사고가 났지만, 전날이 보험 만기였는데도 다시 가입하지 못해 우리에게 남은 돈은 현금 5만 원이 전부였다. 그때 나는 세 아이의 엄마임에도 불구하고 두려움에 숨고만 싶었다. 집의 커튼을 열지 않았고 나 혼자만의 세계에서 삶을 포기 하고 싶은 마음만 간절했다. 아무런 희망이 없는 내게 기초수급 담당하는 사회복지사님이 나타났고 여자 혼자 아이를 키우고 살면서 받을 수 있는 복지 혜택을 안내해 주셨다. 그리고 현대 기프트카의 원서를 주시며 지원해 보자고 하셨다.

현대 기프트카는 현대차 그룹이 기프트카 캠페인을 통해 국민들의 안전한 일상 만들기를 위해 만든 제도다. 나는 "될까요?" 하고 물으며 주저하자 사회복지사님은 일단 원서를 넣어 보자며 내게 용기를 주셨다. 서류를 준비해 1차, 2차 서류를 접수했는데 통과했다. 3차 면접은 현대 10개의 계열사 대표님들과 담당자들이 나와서 면접을 했다. 나의 아이템은 구제 옷이었는데 타산이 맞지 않는다고 면접관들이 판단했지만 내가 배운 핸드페인팅을 접목해 그들을 설득했고 최고의 점수로 3차까지 통과하게 되었다.

현대에서 주최하는 담당자는 1년이 걸린다고 했는데 한 달 만에 윙바디 트럭이 안성시에 전달이 되었고 시장님과 현대자동차에서 윙바디 트럭과 창업비 500만 원, 차량 등록에 대한 비용 500만 원까지 큰 선물을 전달해 주셨다. 남편을 보내고 처음으로 내 이름 소유의 차가 생겼다. 차를 받고 아이들과 밤새 차를 보고 또 보며 행복한 미래를 꿈꾸었다. 그렇게 선물을 받은 차에서 나는 구제 옷과 신발, 가방 그리고 액세서리 등 차를 예쁘게 꾸며서 구제 의류 판매를 시작했다.

남편이 살아 있을 때 나는 헤어, 네일아트, 비즈공예, 핸드페인팅 등 많은 자격증을 따 놓았다. 그때 남편은 내게 4층짜리 뷰티토탈샵을 내주겠다며 다 필요하니 열심히 자격증을 준비하라고 했다. 그때 준비한 핸드페인팅 자격증이 구제 옷 사업을 하는 데 한몫을 톡톡히 했으니 이 또한 남편의 선견지명이었을까 생각해 본다.

방송인이 될 수밖에 없는 운명 〈인간극장〉

나는 방송인이 될 수밖에 없는 운명을 타고난 듯하다. 애들 아빠를 하늘나라에 보내고 남사당에서 공연을 하던 막내의 멘트 덕분에 OBS 〈가족〉에 출연을 했다. 그런데 현대 기프트카 캠페인에서 차량과 등록 비용 그리고 창업 비용까지 지원을 받는 약관에 방송 섭외가 들어오면 출연을 한다는 조건이 있었다. 그것도 아무나 출연을 하는 것은 아니고 최우수 기프트카로 선정이 되어야 한다고 했다.

운명처럼 나는 구제 의류 사업을 하며 최우수 기프트카로 선정이 되었고 먼저 〈동행〉 프로그램에서 촬영 섭외가 왔다. 그런데 〈동행〉 프로그램을 보니 너무 가난하고 불쌍한 모습으로 보일 나를 생각하니 도저히 자신이 없었다. 현대 기프트카 캠페인 팀에 〈동행〉 프로그램은 정말 못 하겠다고 말씀을 드리고 거절을 했다. 그런데 〈인간극장〉에서 바로 다시 연락이 왔다. 〈인간극장〉은 내가 살아가는 삶을 촬영하니 그냥 나의 일상을 있는 그대로 보여주면 될 것 같았다. 그래서 촬영을 결정하고 한 달여 촬영이 진행되었다.

〈인간극장〉은 많은 사람이 출연하고 싶은 프로 중에 하나라고 이야기하는데 난 많이 힘들었다. PD님과 촬영감독 남자 두 분과 1달 동안의 동거가 시작된 것이다. 새벽부터 밤에 잠들 때까지 집은 오픈되었고 방 한 칸에서 우리 가족의 촬영이 시작되었다.

첫 촬영 날부터 문제가 터졌다. 남을 많이 의식했던 나는 새벽부터 일어나 화장을 하고 자는 척하고 있었다. 집 비번을 공개한 상황이라 두 분은 들어오셨고 네 모녀가 방 한 칸에서 자고 있는 모습부터 촬영이 시작되었다. 그런데 갑자기 PD님이 깜짝 놀라 NG를 외치셨다. 그리고 물으셨다. "화장하고 주무셨어요? 아침에 일어나면 세수하고 화장을 하는 게 맞는 거 아닌가요?" 난 당황스럽고 난감해지기 시작했다. 화장기 없는 얼굴로 방송을 한다는 것이 창피하고 부끄러웠다. 내 마음과는 다르게 화장을 지우고 잠자리에서 일어나는 것부터 다시 촬영이 시작되었다.

그렇게 대본 없는 나의 삶은 화장기 없는 민낯처럼 날 것으로 카메라에 담기기 시작했다. 노점에서 현대 기프트카를 가지고 장사를 하는 것, 사실 장사를 하는 것은 그리 어렵지 않았다. 하지만 가게 문을 열 때 옷과 행거, 그리고 천막 등을 차에서 내려 피고 저녁에 문을 닫을 때는 다시 차에 다 실어 올리는 일들이 척추 분리증으로 허리가 약한 나에게는 가장 힘든 일이었다.

내가 이렇게 장사를 하는 동안 집에서 아이들의 일상도 촬영이 계속되었다. 청소기가 고장이 나서 테이프로 돌돌 말아 한 명은 그것을 잡고 있고 한 명은 청소기를 미는 모습, 햄을 먹으며 서로 큰 것 먹으려고 경쟁하는 모습, 그리고 엄마를 위해 춤과 노래로 이벤트를 준비하는 아이들, 그렇게 한 달여의 촬영을 마치고 아이들과 함께 방송을 보며 아이들을 더 많이 이해하게 되고 비록 가진 것은 없고 힘들지만 아름다운 추억을 만든 우리 가족, 엄마를 생각하며 구김살 없이 자라 주는 세 딸이 있기에 희망이 있었다. 그 어려운 환경에서 내가 견딜 수 있게 도와준 나의 세 딸, 지금은 잘 자라 엄마를 많이 도와주는 아이들이 참 고맙다.

〈강연 100℃〉 그리고 〈엄마는 예뻤다〉

참 신기하다. 〈인간극장〉 촬영 후 평범한 일상을 보내는 내게 방송국에서 〈강연 100℃〉 작가라고 출연 요청이 왔다. 나는 거절했다. "그 방송은 성공하고 훌륭한 사람들이 나오는 프로 아닌가요?" 나는 아직 성공하지도 못했고 여전히 힘든 삶을 살고 있다고 말했다. 작가는 그냥 세 딸 데리고 열심히 살아가는 이야기를 해 주면 나처럼 힘든 삶을 살아가는 사람들에게 희망이 된다고 설득했다. 그래서 나는 내 삶의 이야기를 통해 단 한 사람이라도 희망을 얻고 위로가 된다면 그것이 지금까지 내가 받은 후원과 사랑에 대한 보답이라고 생각하며 〈강연 100℃〉에 출연하기로 했다.

그렇게 나는 다시 〈강연 100℃〉에 출연해 '남편의 울타리'라는 주제로 내 삶을 이야기했다. 몇천 명의 사람들이 방청석을 가득 채웠고 리허설하는 동안 심장이 터져 나가는 것 같았다. 그래도 나는 엄마였다. 방청석에서 엄마가 잘해 내길 바라며 나보다 더 긴장하고 응원하는 세 딸에게 희망이 되고 싶었다. 하늘나라에 먼저 간 남편에게도 내가 잘 살아가고 있다는 것을 보여 주고 싶었다. 그렇게 나는 힘을 내서 강연을 마쳤고 방청객의 뜨거운 박수 소리에 자신감과 용기라는 큰 선물을 받게 되었다.

그리고 마지막이자 나의 가장 최근 방송은 〈엄마는 예뻤다〉이다. 이 방송 역시 거절했다. 그리고 나는 설득을 당해 또 방송 출연을 하니 거절이 나의 특기인 듯한 느낌이다. 그 무렵 나는 또 한 번의 상실감으로 몸과 마음이 모두 만신창이가 된 상태였다.

〈엄마는 예뻤다〉 촬영 4개월 전 남편을 하늘나라에 보내고 내가 가장 사랑하고 의지하고 아끼던 오빠가 남편처럼 하늘나라에 갔다. 3년 전 엄마가 뇌경색으로 쓰러지시고 두 달 후 오빠가 또 뇌출혈로 쓰러졌다. 어려운 경제적 상황으로 간병인을 쓸 수 없는 언니와 나는 오빠와 엄마를 같은 병원 201호, 202호에서 언니는 엄마가 오빠는 내가, 두 분이 빨리 건강을 회복해 집으로 돌아가기만을 간절히 기도하며 병간호를 했다. 그렇게 병원 생활 3년 반쯤 되었을 때 오빠도 엄마도 많이 좋아져 퇴원 얘기가 오고 갔다. 보름쯤 후면 퇴원할 수 있을 것 같은 희망과 기쁨도 잠시였다.

병원에만 있던 오빠가 코로나에 걸렸고 언니와 오빠는 1인 병동으로 옮겼다. 오빠를 꼭 살려서 나오겠다던 언니는 5일 만에 오빠를 하늘나라에 보내고 혼자서 돌아왔다. 내가 가장 사랑하는 우리 오빠, 그때 그 슬픔을 어떻게 말로 표현할 수 있을까? 코로나는 장례식도 정말 비참하게 만들었다. 오빠의 시신을 비닐봉지에 꼭꼭 싸매서 관에 넣었고 화장도 밤늦게 진행을 했다. 그렇게 오빠를 보낸 나는 망연자실할 수밖에 없었다.

나와 오빠는 서로 껌딱지처럼 꼭 붙어서 지냈다. 더군다나 먼저 하늘나라에 간 남편은 오빠의 친구였다. 오빠의 소개로 남편을 만나 결혼을 했다. 결혼해서 누구보다 잘 살기를 바라며 소개한 친구가 결혼하고 바로 간염이라는 병을 알게 되었고 사고로 하늘나라에 가고 난 후 남은 건 빚밖에 없었기에 오빠는 나에게 더 미안해했다. 그렇게 남편의 빈자리를 채워 주던 오빠를 코로나로 처참하게 보낸 나는 삶의 희망을 완전히 잃었을 때 〈엄마는 예뻤다〉에서 연락이 왔으니 당연히 거절이었다.

그런데 〈엄마는 예뻤다〉 작가의 "저희는 건강 프로그램입니다."라는 말에 나는 귀가 솔깃했다. 그때 나는 잇몸이 모두 내려앉아 이빨이 전체가 흔들리는 상태였고 정신적으로도 모든 것을 놓아 버린 매우 피폐한 상태였다. 결국, 내가 〈엄마는 예뻤다〉에 출연하며 치과, 정신과, 성형외과 그리고 전반적인 건강 체크까지 모두 해 준다는 이야기에 출연했고 큰딸 리나도 적극적으로 응원하며 함께 출연하기로 했다.

딸의 출연으로 방송국은 더욱 눈물바다가 되어 촬영을 30분 중단할 정도였다. 촬영 중 진행자들과 스텝들이 모두 눈물바다가 되는데 큰딸 리나는 아무 표정이 없었다. 그때 황신혜 님이 "모두가 눈물바다인데 어떻게 그렇게 무표정하게 있을 수 있는지 궁금해요?"라고 리나에게 물었다. 그때 리나의 대답은 "제가 절대 엄마 앞에서는 우는 모습, 흔들리는 모습 보이지 않고 씩씩한 모습만 보이겠다고 아빠랑 약속했어요."라고 대답해 5명의 MC와 스튜디오는 눈물바다가 되었고 촬영을 중단하는 상황이 된 것이다.

그때 나는 큰딸 리나의 마음을 알게 되었다. 나의 슬픔에 빠져 딸의 아픔과 슬픔을 돌보지 못한 마음에 미안해서 더 많이 울었다. 리나는 엄마와 동생들에게 죄책감을 가지고 있었다. 자신이 아빠한테 가족 여행 가자고 하지 않았다면 아빠가 여행 장소 답사를 가지 않았을 것이고 사고가 나지 않았을 것이라고 생각하기 때문이다. 어느 날 두 동생에게 미안하다는 말로 빼곡히 채워 놓은 큰딸 리나의 일기장을 보며 많이 반성했다. 그렇게 〈엄마는 예뻤다〉의 출연으로 큰딸 리나의 마음도 많이 알게 되었고 나도 몸과 마음을 치유 받고 훨씬 예뻐진 모습으로 새로운 삶을 살게 되었다.

그렇게 나는 다 소개하지 못한 방송까지 엄청난 방송 출연을 했지만 가장 평범한 민간인으로 살아가는 특이한 사람이 되었다. 어쩌면 방송 이후 내 삶을 궁금해하는 사람도 있을 것이다. 나는 밝은 미소와 건강을 되찾아 잘 살고 있다는 소식을 이 글을 통해 전해 본다.

내 마음의 가나안 땅

아무리 각박하고 힘들다 해도 세상에는 좋은 사람이 참 많다. 남편이 떠나고, 오빠가 떠나고, 엄마와 언니, 그리고 세 딸의 가장으로 살아야 했던 나, 힘든 순간마다 도움의 손길들이 있었다. 어쩌면 그 인생의 화룡점정을 찍게 해 준 곳이 성창운 총장님과 오행자 교수님이 계신 봉숭아학당 문화혁신학교다.

각자의 아픔의 크기는 다 다르겠지만 나의 아픔도 만만하지 않았다. 원하지 않은 현실이 나다움을 잃어버리고 오직 생존만을 위해서 몸부림치게 했다. 그런 내가 봉숭아학당 문화혁신학교에서 방송스피치를 배우며 웃음을 찾고, 구독자 6만 명이 넘는 유튜버가 되고, 내가 좋아하던 에어로빅댄스 강사가 되었다.

2022년 10월 지금 안성 봉숭아학당의 이미영 부학장과 방송스피치 5기에 등록하고 수업을 들으며 가장 힘든 것은 웃음이었다. 내가 언제 소리 내어 웃어 봤던가? 기억이 없다. 첫 수업 하던 날, 웃으면서 짝꿍과 인사하는 시간이 있었다. "잘될 사람을 만나 가문의 영광입니다." 이렇게 말하고 짝꿍이 잘될 것 같은 만큼 웃어 주는 것이다. 그런데 나는 웃음이 나오지 않았다. 아니, 울고 있었다. 정말 집에 가고 싶었다. 그러나 내가 포기하면 어떻게 될까? 나를 믿고 있는 언니와 엄마, 아이들에게 희망을 뺏는 것 같았다. 또 함께하는 이미영 부학장에게도 미안해서 그럴 수가 없었다.

그때부터 나는 계속 웃는 연습을 했다. 차 안에서, 집에서 시간 날 때마다 연습했다. 그래도 수업 시간이 되면 나는 쉽게 웃어지지 않았다. 내가 힘들어하는 것을 아시는 오행자 교수님은 내게 더 많이 웃는 연습을 시키셨다. 앞에 나와서 웃게 하고 나를 바라보며 입을 크게 벌리고 웃으시면서 내가 따라 웃을 수밖에 없게 하셨다. 그렇게 반복되는 수업 속에서 나는 어느새 입을 벌리고 웃고 있는 나를 발견했다. 물론 한없이 어색하고 낯선 나의 모습이지만 그렇게 웃고 있는 내가 신기했다. 그렇게 1년이 넘는 세월이 흐르고 이 책을 위해 글쓰기 수업이 있는 날 둘째 유나가 수업에 함께 참석했다. 그때 유나가 자기소개 하는 시간에 "웃음을 잃어 가던 저희 엄마의 미소를 찾아 주셔서 감사하다."는 인사를 했다. 총장님도 교수님도 그리고 함께 공부하는 선생님들도 모두 감동하는 시간이었다.

나의 '태리TV' 유튜브 구독자가 6만 명이 넘었고 월수입도 일정하지는 않지만 제법 짭짤하게 들어온다. 그리고 나를 좋아하는 팬덤이 늘어나고 후원회장을 자처하시는 분도 계신다. 이 또한 봉숭아학당 문화혁신학교 방송스피치 과정을 통해 이룬 성과다. 성창운 총장님과 오행자 교수님의 적극적인 지지와 응원으로 안 할 수가 없었다. 성창운 총장님은 수시로 전화하셔서 "미쳐야 산다. 인생을 고결하게 살려고 하지 마라. 쭉~~ 막

~~ 미친 듯이 해봐라. 꿈을 가져라. 자신의 일에 충실해야 한다. 절대 핑계나 변명을 대지 마라. 아주 잘하고 있다."는 주옥같은 말씀으로 응원을 해 주셨다.

그리고 내게 또 한 번의 기회를 주셨다. 매주 월요일 무료로 10년 동안 웃음과 희망을 전달하며 사람들에게 위로가 되어 주는 월요 행사에서 힐링 타임을 할 수 있게 해 주신 것이다. 처음에는 자신이 없었다. 그런데 일단 해 보기로 했다. 난 결혼하기 전 에어로빅 강사였다. 그때 참 즐겁고 재미있게 일을 했었다. 그때 추억을 떠올리며 하다 보니 즐기는 내 모습에 나도 깜짝 놀랐다. 그렇게 나는 봉숭아학당 문화혁신학교에서 새롭게 거듭나고 있다. 성창운 총장님과 오행자 교수님께 참 감사하다. 이런 나의 모습에 언니와 엄마, 그리고 나의 소중한 세 딸은 더불어서 봉당을 좋아한다. 엄마를 행복하게 하고 웃을 수 있게 한 곳이기 때문일 것이다.

이제 나는 세상이 두렵지 않다. 그리고 진정한 삶의 의미와 감사를 봉당에서 배웠기 때문이다. 무너지고 쓰러질 때마다 엄마를 지키며 버팀목이 되어 준 나의 언니, 아프지만 삶의 끈을 놓지 않고 내 곁에 계신 우리 엄마, 자신이 가족 여행을 가자고 해서 아빠가 답사 다녀오다 사고가 나는 바람에 동생들에게 죄책감을 가졌던 큰딸, 우리 집안에 중심으로 엄마와 언니가 없을 때는 막내를 챙기며 엄마 역할을 해 준 둘째 유나, 아빠와 함께 한 시간이 가장 짧은 막내 예나는 내게 웃음을 많이 주는 애교쟁이면서 바쁜 엄마를 대신해 자신을 잘 돌봐 준 둘째 언니 유나의 껌딱지다. 엄마의 말에 의하면 막내 예나가 내 어릴 때 모습을 가장 많이 닮았다고 한다. 이렇게 소중한 가족들이 이제는 나를 믿고 응원한다. 그만큼 내가 성장했다는 것이다.

나는 지금 새로운 또 하나의 꿈을 현실로 이루어 가고 있다. 이미영 부학장과 ㈜소소우아에서 다이어트 전문가로 지질대사로 힘든 대한민국 국민에게 건강과 아름다움을 전하는 일을 통해 나다움을 찾아가고 있다. 내가 기쁘고 그 기쁨이 세상에 넘쳐흘러 자연스럽게 스며들기를 기대한다.

안숙희

[주요 약력]

㈜봉숭아학당 문화혁신학교 자문위원

거리공원 100세 놀이터 지킴이

소통공감 박사

유튜브: 안숙희TV

황금, 소금, 지금 중에 제일 소중한 금은
지금입니다.
지금을 살아가는 54년생 안숙희입니다.
영접하는 자,
그 이름을 믿는 자들에게는
하나님의 자녀가 되는 권세를 주셔서
하나님을 아버지로 축복을 누리는
오늘을 감사로 살아갑니다.

내가 만난 첫 죽음

중학교 1학년 여름 나는 사랑하는 언니를 통해 죽음을 온전히 홀로 만났다. 1남 5녀 중 둘째 딸인 나는 말이 없고 조용한 아이였다. 내 고향은 양평이다. 언니와 나는 두 살 터울이지만 언니는 7살에 학교에 갔다. 그래서 내가 중학교 1학년일 때 언니는 고1이었다. 언니는 서울에 있는 영등포 여고에 다녔다. 그런데 그해 여름 언니는 목 주변에 몽우리가 있고 머리가 아프다고 했다. 언니가 아파 입원을 했지만, 엄마는 어린 동생 넷을 돌봐야 했다. 마침 여름 방학이어서 엄마 대신 내가 언니 병간호를 했다. 언니의 병명은 지금 정확히 기억나지 않지만 임파선 암이었던 같다.

어려서부터 언니는 몸이 약했다. 언니지만 동생처럼 보호해야 하는 느낌이다. 그래서였을까? 병원에서 언니를 돌보면서도 아픈 언니의 대한 애잔한 마음보다 "언니니까 언니가 이렇게 좀 해야지?" 하고 잔소리를 했다. 지금 기억하면 아마도 언니가 많이 안 좋아서 1인실에 있었던 것 같다. 나는 그 심각성을 몰랐고 언니는 짧은 삶을 마감했다. 그런데 참 신기하다. 언니가 죽음을 만나고 있는데 나는 이미 언니의 죽음을 알고 있는 듯이 당연한 듯이 너무 담담하게 좋은데 잘 가라고 이야기했다. 그렇게 언니의 숨이 멎을 즈음 형언할 수 없이 아름다운 음악 소리가 들렸다. 그때 나는 '이 병원에서는 사람이 죽는 것을 미리 알고 이렇게 음악을 들려주는구나!'라고 생각했다. 언니의 시신에 하얀 천을 씌워 끌고 가는데도 나는 울지 않았다. 정말 언니가 좋은 곳에 간다고 생각했다. 그때 언니는 병원에 있으면서 찬송가를 불렀다. 혼자서 교회에 다녔다고 했다. 그리고 아버지가 오셨다. 이미 언니의 시신은 안치실로 들어갔고 나는 집에 가서 엄마한테 언니의 죽음을 담담하게 알렸다. 엄마도 잠깐 우시긴 했지만 담담하게 받아들이시는 듯했다. 그렇게 언니는 죽었고 아버지가 혼자서 언니를 화장해 장례를 치렀다. 그렇게 우리의 가족들은 언니의 죽음을 담담하게 받아들였고 그 누구도 언니의 죽음에 대해 더 이야기하지 않았다.

결혼해서 3년쯤 후에 나는 이유를 알 수 없는 복막염으로 세브란스병원에 입원했다. 병실에 누워 있는데 아름다운 음악 소리가 들렸다. 그 순간 언니가 죽음을 맞이할 때 들었던 음악이 생각났다. 그때 깨달았다. 하나님은 이미 나를 선택하셨고 언니의 죽음을 통해 그것을 증명해 주신 것이다. 남편을 만난 것도 하나님의 뜻이었음을 알지 못하고 이기적이고 교만한 나는 남편이 나를 좋아하니 내가 봐 주듯이 결혼을 했다고 생각했다. 그리고 그것을 깨닫지 못하니 나를 이유 없는 복막염을 앓게 하시고 언니의 죽음을 지켰던 그 병원에 입원해 다시 기억하게 하신 것이다. 목사의 사모로서 만나야 하는 죽음도 많았다. 하나님은 내가 그런 죽음을 잘 만나고 감당해 낼 수 있도록 이미 훈련시키신 것이다.

남편은 결혼 초부터 개척교회를 시작했다. 그리고 얼마 되지 않아 한 성도의 죽음을 만났다. 성도의 남편은 사업 부도로 가출해 소식이 없고 초등학교 4학년과 5학년 남매를 둔 엄마가 달려오는 기찻길에 뛰어들어 삶을 마감한 것이다. 아이들 이모가 이웃에 살고 있었지만, 장례를 치를 수 있는 형편이 되지 않았다. 우리도 처음 개척한 교회라 여력이 없었다. 한 청년이 마침 월급을 받아 그 돈을 빌려주어 장례를 치를 수 있었다. 그런데 장지에 도착해 운전기사가 관을 내리는데 움직이지 않는다는 것이다. 순진한 우리 남편과 교회 성도들은 힘을 합해 관을 들었지만 움직이지 않았다. 기사가 죽은 망자를 핑계 삼아 돈을 요구한 것이다. 그때 남편이 화를 냈다. "저 어린 상주들이 안 보이냐? 어떻게 죽은 망자를 핑계로 돈을 챙기려 하느냐?" 화를 내며 무사히 관을 내리고 장례를 마쳤다. 삶과 죽음 사이는 멀지 않다. 아니, 동전의 앞면과 뒷면이다. 남의 일만 같은 죽음은 곧 나의 일임을 잊지 말아야 한다. 하나님은 내가 교회 사모라는 직분을 감당하게 하시기 위해 중학교 1학년 때 언니의 죽음을 담담히 받아들이게 하신 것이다.

"영생은 곧 유일하신 참 하나님과 그의 아들 예수 그리스도를 아는 것이다." (요 17:3)

나만의 100세 놀이터

지금은 100세 시대, 2025년이면 우리나라는 초고령 사회가 된다고 한다. 노인 인구가 많아지면 많아질수록 가장 먼저 떠오르는 키워드는 건강이다. 나이 먹고 자식들에게 피해가 되지 않으려면 내 건강은 스스로 지켜야 한다. 집 근처 도림천이나 공원에 나가 보면 건강을 위해 열심히 걷는 사람들이 많다. 우리 외할머니도 102세를 사셨고 이모할머니들도 100세를 넘게 사셨다. 장수 집안이지만 엄마는 파킨슨병이셨다. 그래도 87세까지 살다 가셨다. 나도 100세까지는 건강하게 살고 싶다. 그래서 더 건강을 챙겨야 하기에 나는 무슨 운동을 하며 건강을 지켜야 할까 고민하게 되었다.

헬스장도 1년씩 회원으로 등록해 다녔지만 런닝머신과 자전거 타기, 다양한 기구를 조금씩 하다 샤워하고 끝이었다. 그리 즐겁지 않았다. 누우면 죽고 걸으면 산다는 '누죽걸산'이라는 말을 가슴에 새기며 도림천에서 안양천까지 열심히 걷기도 하고 수영도 다녀 봤다. 그러던 중 지인이 배드민턴을 해 보면 어떠냐고 추천을 했다. 일단 내가 즐겁게 할 수 있는 운동을 찾고 있었기에 해 보겠다고 했다. 처음에는 지인이 라켓을 빌려주었다. 상대와 주거니 받거니 하면서 쳐 보니 재미있었다. 나는 라켓을 사서 본격적으로 배드민턴을 시작했다.

배드민턴장은 집에서 5분 거리인 거리공원에 있다. 새벽 6시에 나가서 배드민턴을 치기 시작한다. 연령층도 50대에서 90대까지 다양하다. 동네에서 30년 이상씩 살아오신 터줏대감들이어서 처음에는 적응하기가 쉽지 않았다. 연세들도 있다 보니 각자 자기주장도 강하고 신입 회원에 대한 텃세도 심했다. 어느 조직이나 있을 수 있는 일이기는 하지만 나이를 먹을수록 아집이 심해지는 어른들의 모습을 보며 살며시 나를 돌아보기도 한다. 그래도 신입이니 납작 엎드려 인사도 잘하고, 결석하지 않고, 배드민턴도 제법 잘 치다 보니 어느새 나의 입지도 자리를 잡아갔다. 매일매일 모여 운동을 하다 보니 어느새 6년의 세월이 흘렀고 이제는 모두 가족이다.

일찍 일어나 내 피부를 보호하기 위해 얼굴에 선크림을 듬뿍 바르고 집을 나서는 발걸음이 가볍다. 새벽 6시부터 열심히 공을 치며 시작하는 하루는 날마다 새롭고 즐겁다. 특히 스매싱으로 한 대 내리꽂는 느낌은 속이 뻥 뚫린다. 죽어 가는 공을 살리며 함께 환호하고 웃고 즐기는 배드민턴은 100세 인생을 살면서 건강을 지키는 데 최고의 운동이다. 배드민턴을 하면 좋아진 점을 몇 가지 얘기하며 이 책을 읽는 독자들에게 강력하게 추천해 본다.

첫째, 늘 피곤을 빨리 느끼던 내가 체력이 강해졌다. 쉽게 피로를 느끼지 않는다.

둘째, 다이어트가 된다. 비만은 모든 질병의 원인이라고 한다. 60kg

나가던 몸이 53kg가 되었다. 하루아침에 빠지는 것이 아니라 계속 배드민턴을 하다 보니 서서히 자연스럽게 빠졌다.

셋째, 아침에 눈을 뜨면 활기가 넘치고 생기가 돈다. 덕분에 하루가 감사하고 마음이 넉넉해져 행복감을 느낀다.

넷째, 좋은 친구들을 만나게 된다. 나이를 먹으면 더욱 외로워지고 고립감을 느끼는데 함께 운동을 하다 보니 모두 친구가 된다. 유안진의 『지란지교를 꿈꾸며』가 생각난다. 반경 1km~2km 사이에 언제나 달려가 만날 수 있는 친구가 같이 운동을 한다는 것은 행운이다.

그래서 내게 배드민턴장은 나만의 100세 놀이터가 되었다. 가까운 근처에 배드민턴장을 찾아 여러분만의 100세 놀이터를 만들어 보시길 강력하게 추천한다. 가성비도 짱이고 아주 좋다. 건강한 우리의 100세를 응원하며….

묻어 둔 앨범 속에서 발견한 사랑

며칠 전 TV조선 〈신의 한 수〉 건강 프로에 출연하게 되었다. 녹화를 하며 어린 시절 사진을 한 장 찾아 달라는 PD의 부탁으로 장롱 속에 처박아 둔 때 묻은 앨범을 꺼내 보게 되었다. 앨범을 뒤적이다 중학교 1학년 때 찍은 사진이 눈에 들어왔다. 아버지는 큰딸 중학교 입학 선물로 손목시계를 사 주시고 양장점에 데리고 가서 보라색 원피스를 맞춰 주셨다. 그때는 왜 그리 철이 없었을까? 아버지의 사랑이 담긴 그것이 얼마나 큰 선물인지 알지 못했다. 감사하지도 않고 당연하다고 생각했다. 큰딸을 끔찍하게 사랑하신 아버지께 살갑게 애교 한 번 부리지 못하고 그렇게 당연한 듯 받고 살아온 세월이 얼마나 어리석은 삶이었는지 얼마나 미련했는지 재미없는 맏딸이 지금에야 아버지께 고백한다.

앨범 속에는 나를 아버지 이상으로 사랑하고 하나님 곁으로 돌아갈 때도 이 철없는 아내를 가장 걱정하고 염려하던 남편의 편지도 있었다. 40년 전 남편이 미국 목회자 세미나에 한 달 동안 가 있을 때 보낸 편지였다. '사랑하는 아내에게'라고 시작한 편지에는 자식과 아내, 교회에 대한 안부, 걱정과 염려로 글이 가득했다. '그랬구나. 그랬었구나. 내 남편이 나를 이렇게 사랑했었구나!' 그리움이 구름처럼 밀려왔다. 그때는 몰랐다. 하나님은 내 아버지가 내 남편이 나를 이렇게 사랑했음을 지금 내가 겪는 고난을 통해 알게 하신다. 인간은 가지고 있을 때는 그 소중함을 모른다. 잃어버린 후에 깨닫는다. 하나님은 나의 남은 삶이 교만하지 않고 더욱 겸손해지도록 고통을 주시고 그 고통을 통해 나를 깨닫게 하신다.

지금 돌아보면 70 평생 나의 삶은 한순간도 소중하지 않은 적이 없었다. 어린 시절, 학창 시절, 결혼 전, 결혼 후, 목회자의 아내로 살아갈 때도 하나님은 한 번도 나를 사랑하지 않은 적이 없으셨음을 오랫동안 잊고 있던 앨범 속 추억을 보며 알 수 있었다. 지금은 하늘나라에 간 나의 남편은 내게 용기를 주기 위해 "목회의 70%는 아내가 한 것이다."라고 말해 주었다. 그때는 정말 그런 줄 알고 의기양양했다. 그러나 그것은 목사인 내 남편이 있어 교회가 부흥하고 내 자리가 빛났음을 남편이 죽고 난 후에 깨달았다. 그래서 더 남편이 그립고 미안하다.

70을 넘긴 지금 나는 황금, 소금, 지금 중 가장 중요한 금은 지금이라는 신념을 외치며 살아가는 나의 신념에 책임지는 삶을 살아가고자 최선을 다한다. 나이를 먹을수록 늙어 노인이 되어 가는 것이 아니라, 비우고 나누는 삶을 통해 어른이 되고자 한다. 얼마 전 스승의 날 내가 존경하는 목사님께 "목사님이 제 스승이어서 행복합니다. 고맙습니다." 하고 문자를 드렸다. 그랬더니 "내 인생에 만나는 모든 사람이 나의 스승입니다." 하고 답이 왔다. 지금이라도 더욱 낮아지고 겸손한 자세로 섬기고 배우며 살다가 내 남편 만나는 날 나 당신 없이도 잘 살다 왔다고 당당하게 말할 수 있는 나의 남은 삶을 기대하고 축복한다.

우리 엄마도 여자였다

　엄마, 우리 엄마는 아버지한테 사랑받지 못한 아내였다. 외갓집은 그래도 괜찮은 집안이었다. 그 시절 외삼촌들 공부시켰고 큰삼촌은 일본 유학까지 보내실 정도였다. 엄마한테도 공부하라고 하셨지만, 엄마가 싫어서 안 하셨다고 들었다. 아마도 엄마는 아버지와 결혼해 살면서 '내가 왜 그때 공부를 하지 않았을까?' 하고 '많이 후회하지 않으셨을까?'라는 추측을 해 본다. 연애가 아닌 중매결혼을 하셨기에 아버지는 당신의 기대에 미치지 못하는 엄마를 사람 취급도 하지 않으셨다. 그러다 보니 자연스럽게 부부싸움은 잦았고 밥상 엎어지는 모습도 일상이 되었다. 그런데 신기하다. 어떻게 아버지는 딸 넷에 아들 하나, 5남매를 두셨을까?

　아버지는 공무원이셨고 권위적이셨다. 그러니 꽤 똑똑한 분이셨고 술, 담배를 전혀 하지 않으셨다. 퇴근해서 집에 오시면 온 가족이 긴장하고 거의 공포 분위기였다. 엄마는 늘 주눅이 들어 있었고, 행복하지 않은 삶이다 보니 자녀들에게도 살가운 엄마가 아니었다. 결국, 아버지는 다른 여자를 얻어 딴 살림을 차리셨다. 이 사실을 안 삼촌들은 공무원이셨던 아버지를 직장 다닐 수 없도록 고발하겠다고 협박을 했지만 그래도 정년까지 성실하게 직장을 다니셨다. 내가 사춘기 때 엄마가 안타까워 이혼하고 따로 살자고 했지만, 엄마는 아버지와 평생을 사셨다. 아마도 당신을 그렇게 무시하는 아버지였지만 엄마는 아버지를 참 사랑하신 듯하다. 아버지가 직장을 무사히 다닐 수 있었던 것은 엄마의 그런 마음 덕이 아니었을까?

세월이 흘러 나도 남편을 만나 결혼을 했고 친정에 엄마 아버지한테 마음을 쓰지 못했다. 자식이라는 것이 그렇다. 자기 자식 키우고 사느라 부모는 뒷전이다. 그래서 "자식한테 하는 것 10분의 1만 해도 효자, 효녀 소리 듣는다."는 옛말이 있다. 내 나이 마흔여섯에 아버지가 돌아가시고 엄마는 혼자 지내셨다. 엄마 나이 80에 파킨슨병으로 팔, 다리가 많이 떨리고 경도 인지 장애가 있어 우리 집으로 모셨다. 집에만 계시면 심심하실까 봐 엄마를 경로당에 모시고 다녔다. 몸이 불편하시니 모셔다 드리고 모셔 왔다. 동생들은 그런 나를 고마워하며 엄마는 언니가 있어 다행이라고 나를 위로했다. 친정엄마를 모시고 산다는 것이 쉬운 일은 아니었다. 그렇지만 딸로서 엄마와함께 있었던 시간이 있어 엄마가 돌아가신 지금 돌아보면 참 감사하다. 엄마가 뭘 좋아하시는지 어떤 음식을 잘 드시는지도 그때 알았다. 나도 어느새 70을 넘겼다. 엄마를 조금은 이해하는 나이가 되며 그때 내가 엄마를 모시기 참 잘했다는 생각을 한다.

하루는 경로당에 가는 길에 엘리베이터에서 아래층 할아버지를 만났다. 나는 엄마와 할아버지를 인사시키며 같이 경로당에 다니시며 친구하면 좋겠다고 말씀드렸다. 할아버지는 유머 있게 "딸이 엄마한테 남자친구 만들어 주니 고맙다."는 말씀을 하시며 두 분은 노인정 같이 다니는

112

친구가 되셨다. 노인정에서는 엄마 옆에서 식사하실 때 반찬도 밥 위에 올려 주시고 놀아 주시기도 하고 부축해서 함께 다니셨다. 참 감사했다.

그러던 어느 날 밤 키우던 강아지가 짖어 나가 보니 엄마가 화장실 가다 넘어져 오줌을 싸시고 꼼짝도 못한 채 누워 계셨다. 119를 불러 병원에 가 보니 허리뼈가 부러져 앉지도 서지도 못하셨다. 시술까지 받고 한 달을 병원에 입원해 있었는데 아래층 할아버지가 병문안을 오셨다. 한여름이었는데 하얀 모시 한복에 베이지색 중절모를 쓰신 할아버지의 모습은 내가 봐도 참 멋지셨다. 그런 할아버지를 본 엄마는 하얀 이를 환하게 드러내며 세상에서 가장 행복한 표정으로 "멋있다." 하시는 것이다. 젊어서 아버지한테 구박만 받고 사신 삶을 보상하듯 엄마의 짧은 로맨스는 매우 아름다웠다. 그때 할아버지는 엄마 맛있는 것 사 드시라고 용돈도 주고 가셨다. 엄마가 돌아가시고 한 달 뒤 할아버지도 돌아가셨다. 할아버지도 엄마를 정말 사랑하셨을까? 이런 의문도 있지만, 엄마가 돌아가시고 8년이 지난 지금 우리 자매들은 그때 그 사건을 얘기하며 많이 웃는다. 우리 엄마는 하늘나라에서 나쁜 남자인 아버지를 사랑할까? 나이 들어 짧은 만남이지만 아래층 할아버지를 사랑할까?

인생 70을 넘기며 만난 봉당

어느새 내 나이 70을 넘기며 어쩌면 70년을 살아온 그 세월 못지않은 삶의 경험을 하게 된 이곳은 서울 봉천역 4번 출구에 자리한 ㈜봉숭아학당 문화혁신학교다. 인생 고난의 기준은 주관적인 생각으로 다 다르겠지만 내가 생각하는 나의 삶은 그다지 어렵지도 그렇다고 아주 부유하지도 않았다. 특별히 잘하는 것도 없고 큰 아쉬움도 없는 평범한 나에게 잘 아는 지인이 봉숭아학당 문화혁신학교를 소개했다. 줄여서 '봉당'이라고 부른다. 집은 봉천역과 같은 2호선의 대림역이니 교통편이 최고다.

봉당에 와서 처음에는 당연히 낯설고 '뭐 이런 곳이 있나?' 했다. 그러다 1년 전 봉당 1박 2일 야유회에서 나는 먼저 성창운 총장님께 완전히 반하고 말았다. 그리고 내 마음에 봉숭아 물을 아름답게 들이는 귀한 시간이었다. 총장님은 야유회에 참석한 50명 이상 되는 사람의 사진을 찍어 주셨다. 귀찮아하거나 나중에 편집할 생각에 조금도 머뭇거림 없이 찍고 또 찍었다. 나중에 무심코 내가 보고만 그 장면, 얼마나 셔터를 누르셨는지 손에 쥐가 나 손을 흔들고 계시는 모습에 나는 반하지 않을 수 없었다. 많은 사람이 움직이는 행사여서 긴장과 갈등이 있을 수 있지만 일사분란하고 체계적으로 진행되는 야유회였다. 그때부터 나는 봉당 매니아가 되었다.

월요일은 누구나 참여하는 무료 프로그램이지만 화요일과 수요일에는 방송스피치지도사 1급 자격 과정이 진행된다. 나는 당연히 그 과정에 등록했다. 3개월 과정 동안 특별히 기대하는 것은 없지만 좋아하는 사람들이 있고 좋아하는 문화에 들어오기 위해 등록한 것이다. 방송스피치 과정은 말을 예쁘게 잘하는 것, 발음, 발성, 나를 찾아가는 인문학, 1인 유튜브 과정 모두가 포함된 종합예술이다. 오행자 교수님은 월요일에도 일찍 오시는 분들에게 저녁을 해서 주시지만, 화요일, 수요일에도 수업하기 전 맛있는 집밥을 해서 교육생들을 먹이고 수업을 하신다. 방송스피치 과정을 통해 내 마음을 들여다보고 나의 감정을 알아차리고 생각을 표현하는 훈련을 통해 나는 그동안 알려고 애쓰지 않았던, 아니, 외면했던 나를 찾아가는 귀한 시간이었다.

하나님은 내가 이렇게 견뎌 내고 힘이 되어 줄 봉당을 만나게 하시고 인생의 쓴맛을 보게 하는 아니, 내 삶에서 가장 어려운 고비를 만나게 하셨다. 그냥 큰 무리 없이 정말 평범한 삶에서 감히 상상할 수 없었던 내 삶의 최악의 경험이다. 그리스도인이라는 목사 사모로의 교만과 먼저 하늘나라에 간 내 남편의 사랑받는 아내로서의 자만, 내가 아닌 누군가를 위한 것이었다고 포장하며 숨겨 온 내 안의 욕심과 가식을 온전히 발가벗겨 보란 듯이 내 눈앞에 펼쳐 주신 것이다.

덕분에 나는 다시 한번 무릎 꿇고 주님 앞에 엎드려 통곡하며 회개하고 기도할 수 있었다. 이것이 나를 향한 아버지의 사랑임을 다시 한번 깨닫는다. 세상은 음양의 조화가 있듯이 선과 악이 있다. 선은 악의 존재를 악은 선의 존재를 비추는 서로의 거울이다. 나를 힘들게 한 사람들을 통해 나를 바라보는 거울이 되게 하여 주신 하나님께 감사하다.

최일례

[주요 약력]

㈜봉숭아학당 문화혁신학교 친교이사

오렌지다이어트클럽 샵매니저

오렌지다이어트클럽 전문 MC

㈜인카금융(보험, 재무)서비스 미래전략 마이다스사업단 지점장

소통공감 박사

방송스피치지도사 1급

스마트폰활용 전문 강사 1급

웃음건강지도사 1급

건강지도사 1급

유튜브: 최일례TV

잘되는 사람이 잘되는 이유는
잘되는 생각을 하기 때문이고
안 되는 사람이 안 되는 이유는
안 되는 생각을 하기 때문이다.
나는 날마다 모든 면에서 점점 더 좋아지고 있다.
오늘도 당당하게 일내는 일례가 되자.

초등학교 졸업식장을 뒤집어 놓은 똑순이

1960년 호롱불을 쓰던 시대에 태어난 나는 전남 강진에서 가난한 집의 남동생 넷을 둔 맏딸이자 외동딸이다. 학교 다닐 때 공부도 제법 잘했다. 강진에서 초등학교를 입학해 2학년 때 서울로 이사를 했다. 나야 부모님이 하자고 하니 따라갈 수밖에 없는 어린 시절이다. 서울 문화촌, 지금의 홍은동으로 이사를 와 아버지는 건축일을 하시고 엄마는 다라이에 담은 생선을 머리에 이고 동네를 옮겨 다니며 파셨다. 엄마는 장사 수완이 좋아 머리에 이고 나가신 생선을 일찍 다 팔고 해 넘어가기 전에 돌아오셨다. 그렇게 생활하다 부모님은 내가 초등학교 5학년 때 다시 강진으로 이사를 하셨고 나는 내 의사와 전혀 관계없이 전에 다니던 학교로 전학을 했다.

전학 온 첫날의 기억이 아직도 선명하게 떠오른다. 두 갈래 끈이 달린 노란색 원피스를 입고 교실에 들어가니 시골 아이들의 눈이 휘둥그레졌다. 강진 시골에서 서울을 한 번도 가 보지 않은 아이들에게 나의 모습은 다른 세상 사람이었던 것이다. 그렇게 나는 모든 아이들의 선망이 되어 행복하게 학교생활을 했다. 공부도 잘해 자부심과 자존감이 꽤 높았던 것으로 기억된다. 그런데 6학년 졸업식 날 나는 졸업식장을 발칵 뒤집어 놓고 말았다. 시상식을 하는데 내가 아닌 나보다 공부를 못한 아이가 상을 받는 것이 아닌가? 중요한 것은 담임 선생님이 그 아이 집에서 자취를 하셨던 것이다. 어린 마음에도 선생님이 그 아이 집에서 자취를 하다 보니 그 아이에게 상을 준 것이라 판단했고 나는 두 손을 번쩍 들고 "저 아이가 상을 받는 것은 부당합니다. 공부도 제가 더 잘했고 훨씬 모범생이었는데 왜 그 아이가 상을 받나요?" 하고 당차게 말했다. 선생님들은 내가 2학년 때 서울로 전학을 가서 5학년 때 다시 왔기 때문에 나는 해당이 되지 않는다고 설득을 하셨다. 다시 내가 상을 받지는 못했지만, 그때부터 나는 어딜 가나 똑순이라는 별명이 따라다녔고 강진에서는 유명 인사가 되었다.

그렇게 초등학교를 마치고 중학교에 입학했다. 장흥과 강진은 경계에 있어 나는 장흥여중을 입학하게 되었다. 우리 집에서 학교까지는 20리 길이었다. 지금으로 따지면 8km 가까이 되는 거리다. 나는 야무진 똑순이답게 20리 길을 걸어 다니며 그냥 다니지 않았다. 종이에 영어 단어나 한자를 써서 페이퍼를 만들어 외우고 다녔다. 덕분에 나는 늘 우등생이었다. 그 먼 길 다니며 눈이 많이 오거나 폭우로 다리가 물에 잠겨 학교에서 등교하지 말라고 한 경우 외에는 한 번도 결석하지 않은 성실한 학생이었다. 2학년 때까지는 학교를 걸어서 다니고 3학년이 되면서 장흥에서 자취를 했다. 자취 집에는 나 외에도 다른 지역에서 온 남학생, 여학생 6명이 함께했다. 자취하는 집 주인 어르신도 나를 예뻐하시며 친구들에게 "너희들도 일례처럼만 해라." 하면서 훈계를 할 정도로 어디를 가나 인정을 받았다.

70년대 중후반 그 시절에는 부자도 있지만 대부분이 가난했던 시대다. 나와 친구들의 사정을 안타깝게 여기신 한문 선생님께서 낮에는 일하고 야간고등학교를 보내 주는 산업체 학교를 성적이 우수한 학생으로 5명을 추천해 주셨다. 그렇게 친구들과 나는 구로구 한국전자에 취직을 하게 되었다. 서울행 고속버스를 타고 아침에 출발해 동대문에 내리니 저녁이었다. 친구들과 저녁을 먹으러 식당에 들어가 백반을 시켰는데 깍두기와 오징어 젓갈, 콩나물국이 전부였다. 나도 모르게 눈물이 흘렀다. 그렇게 강진 똑순이의 서러운 서울살이가 시작되었다.

안 계시면 오라이

한국전자에 취업한 나는 열심히 일하면서 학교에 보내 주는 날만 손꼽아 기다렸다. 유난히 학구열이 높았던 나, 강진과 장흥에서의 그 열정은 멈추지 않았다. 그런데 회사에서는 1년이 지나도 고등학교를 보내 줄 생각을 전혀 하지 않았다. 그때 지인이 공부에 대한 나의 열정을 알고 산업체 학교를 보내 주는 운수회사를 소개해 주셨다. 그렇게 나는 "안 계시면 오라이~~!" 하는 버스 안내양이 되었다. 나는 지금도 체격이 작다. 18살 풋풋한 어린 소녀가 오직 공부에 대한 갈망으로 곤색 바지에 하얀색 카라가 있는 유니폼을 입고 머리에는 한쪽으로 핀을 꽂아 작고 앙증맞은 모자를 쓰고 석관동에서 여의도를 순회하는 커다란 버스에 하루 종일 매달려 다녔다. 사람을 콩나물시루처럼 꽉 채우고 버스에 매달려 다니던 모습이 힘들게 보이지만 난 언제나 밝은 미소로 늘 친절한 안내양이었다.

내 또래의 친구들이 교복을 입고 학교에 갈 때 나는 버스 안내양을 하면서 그 친구들이 부럽고 얄밉기도 했다. 그러나 내 가슴을 콩닥콩닥 설레게 했던 짝사랑의 경험을 선물한 남학생만은 예외였다. 그때는 토큰을 내기도 하고, 현금을 내기도 했다. 차비를 받고 거스름돈을 내주며 연애편지를 주고받듯이 떨리던 손길과 달아오르는 얼굴은 지금 생각해도 화끈거린다. 그 남학생이 타는 여의도역이 가까워지면 내 가슴은 심장이 터져 나올 듯이 두근거렸다. 그러다 여의도역에 도착했는데 그 남학생이 안 보이면 세상이 무너져 내리고 내 인생이 끝나 버린 듯한 절망감에 빠지기도 했다. 키도 크고, 피부는 하얗고, 번듯하게 잘생긴 그 남학생은 이제는 아련한 추억으로 빛바랜 그림이 되었지만, 지금은 경험해 볼 수 없는 귀하고 아름다운 추억이다.

버스 안내양을 하면서 꼭 좋은 경험만 있는 것은 아니다. 워낙 어려운 시절이니 '견물생심'이라고 현금을 만지는 일이다 보니 자신도 모르게 '삥땅'이라는 것을 치는 경우가 있다. 마감하고, 계산이 틀리면 삥땅을 쳤든 아니든 물어내야 했고 심하게 야단을 맞기도 했다. 어릴 적부터 똑순이라는 별명과 자존감도 높고 늘 밝은 에너지를 가진 나는 돈을 물어내거나 혼난 기억이 없다. 늘 정직하게 최선을 다해 회사에서도 인정받고 숙소에서 생활할 수 있었다. 때로는 대학생들이 나와 야학을 운영하며 공부를 함께하기도 했다. 그때도 난 인기도 많고 사랑받는 소녀였다. 그런데 중요한 것은 나는 공부를 해야 하는데 밤 10시만 되면 소등을 했다. 이불속에서 작은 스탠드를 켜고 책을 읽고 공부를 했다.

그렇게 운수회사를 다니며 야간고등학교를 다녔고 공부할 시간이 부족하여 회사를 퇴직했다. 그리고 아침에 초등학교 앞에서 소년한국일보 신문을 팔았다. 길 건너에서는 남학생이 소년동아일보를 팔았지만 언제나 환하게 웃는 내 모습에 반한 건지 학생들과 선생님들은 나에게 와서 신문을 샀다. 비가 오나 눈이 오나 소년한국일보를 3년 동안 신문이 쉬는 일요일만 제외하고 팔았다. 한 장에 20원 하는 신문을 팔고 장학금을 받아가며 고등학교를 졸업했다. 덕분에 졸업할 때는 소년한국일보상을 받았다. 초등학교 때부터 공부를 좋아한 나는 마부위침(도끼를 갈아 바늘을 만드는 신념)으로 고등학교를 졸업하고 학교 선생님의 추천을 받아 해태제과 대리점에 경리로 취업을 했다. 그리고 그곳에서 내 인생의 반려자인 남편을 만났다.

남편을 하늘나라에 보내고

지금 내 곁에 있는 사람이 가장 귀하고 소중하다는 것, 있을 때는 잘 모른다. 그래서 〈있을 때 잘해〉라는 노래가 나왔는지도 모르겠다. 마누라 없이는 살아도 술 없이는 못 산다던 남편은 결국 술로 인해 간경화로 병원을 들락거리다 42년을 함께 살아온 아내와 사랑하는 아들 그리고 자신을 낳아 길러 주신 어머니와 이생에서 마지막 이별을 했다.

"의연한 척, 괜찮은 척하며 잘 참아 보려 했는데 남편의 유품들을 보니 눈물이 자꾸만 나네요.
장례라는 절차가 죽음을 통한 이별을 경험하는 사람들이 모두 그렇겠지만, 준비 없이 찾아오기에 당황하고, 경황도 없고 무엇을 어찌해야 할지 모르는 가운데 치르게 됩니다.
그렇게 남편을 보내고 집에 돌아와 쓰러져 한숨 자고 일어나니 자기 몸이 아프니까 어린아이 같았던 남편의 행동들이 눈에 아른거리고 집안 곳곳에 남아 있는 남편의 흔적에 눈시울이 적셔지네요.
다행히 지난 일요일에 가까운 양평 '더그림'이라는 곳에 가서 셀카봉을 가지고 둘이서 사진을 많이 찍었습니다. 평소에는 사진을 찍자고 하면 무슨 사진을 그렇게 많이 찍느냐며 핀잔을 주던 사람이 그날은 유난히 저보다 사진 찍는 것을 더 좋아하고 "다음 주에는 어디 갈까?" 하며 환하게 미소를 지었습니다. 그래서 다음 주에는 광릉 수목원을 가자고 예약을 했습니다. 그런데 그 사람은 광릉 수목원을 가기 전에 더 먼 길을 떠났습니다. 양평으로 함께 간 그 시간이 이생에서 그 사람과 함께한 마지막 소풍이었습니다. 남편은 술을 좋아해 간경화로 복수가 차서 많이 힘들어했고 한 달에 한두 번씩은 병원에 입원과 퇴원을 반복했습니다. 옆에서 간호하고 지켜보는 저도 힘들었지만, 그 사람은 더 많이 아프고 고통스러웠을 것입니다. 다행히 죽는 복은 타고났는지 잠을 자면서 편안하게 영면했습니다. 천국에서 고통 없는 삶을 살며 이생에서 나한테 한 것처럼 큰소리 뻥뻥 치고 살 거라 믿으며 저를 위로해 봅니다. 진심으로 같이 슬픔을 나눠 주시고 위로해 주신 귀한 마음 기억하며 몸과 마음 추슬러 남편의 몫까지 어머님 모시고 잘 살아가겠습니다. 다시 한번 감사드립니다."

이 글은 남편을 하늘나라에 보내고 남편의 소식을 궁금해하실 지인들에게 보낸 글이다. 23살에 남편을 만나 아들을 갖고 결혼을 해서 어머니를 모시고 42년을 살았다. 남편은 하늘나라에 갔지만 지금 나는 어머니와 둘이 살고 있다. 대리점을 하면서도 유난히 술과 사람을 좋아하던 남편이 사람들과 술을 마시러 가면 나는 혼자서 무거운 물건을 배달해야 했다. 결국은 술로 인해 남편이 입원을 밥 먹듯이 해 간호하느라 병원에서 쪽잠도 많이 잤다. 늘 웃음을 잃지 않는 나의 웃음 뒤의 힘든 고충은 그 누구도 몰랐다. 아니, 남편도 그런 내 마음을 알지 못했다. 그런 남편이 하늘나라 가기 전 4개월은 어쩌면 내 결혼 생활 중 가장 행복한 시간이었다. 몸은 많이 쇠약해졌지만 나와 함께 어디를 가기를 원했다. 나는 남편과 함께하는 시간에 우선순위를 두고 40여 년 전 꽃다운 20대에 함께 여행했던 곳들을 찾아 남편과 데이트를 즐겼다.

남편은 자신에게 시간이 얼마 남지 않았음을 알고 있었던 것일까? 하늘나라에 가기 일주일 전쯤 출근 준비로 분주한 내게 침대에 누워 있던 남편이 환하게 웃으며 뽀뽀를 해 달라고 했다. 다른 날 같으면 "출근하느라 바쁜 사람한테 왜 이래?" 하고 쏘아붙였을 텐데 너무나도 천진난만하게 웃는 남편의 웃음을 보고 나도 환하게 웃으며 뽀뽀를 해 주었다. 그리고 하늘나라로 떠나기 3일 전날 밤에는 잠이 오지 않는다고 홈쇼핑을 보며 어머님이 좋아하시는 조기와 오징어를 주문했다. 그리고 하늘나라 가는 날에는 어머니 좋아하시는 홍시도 한 박스를 사다 드렸다. 장례를 치르고 집에 오니 조기와 오징어 택배가 도착해 있었다. 어머니는 그 조기와 오징어를 드시며 한동안 아들 생각에 눈물을 훔치셨다. 그렇게 자신이 떠날 준비를 한 것일까? 지금도 나를 보고 어린아이처럼 환하게 웃으며 뽀뽀해 달라고 하던 그 순간을 생각하면 나도 모르게 미소가 지어지고 그 사람이 많이 보고 싶다.

대한민국 최고의 춤꾼을 꿈꾸는 아들

내 아들은 무대에서 춤을 추다 죽고 싶다는 뮤지컬 배우다. 신은 인간에게 각자 자기만의 달란트, 즉 재능을 주셨다고 한다. 다만 그것을 발견하느냐, 발견하지 못하느냐의 차이가 있을 뿐이다. 과연 이 세상에 자신의 재능을 발견해 그것을 즐기며 살아가는 사람이 얼마나 있을까? 보통 사람들 대부분이 "나는 잘하는 것이 하나도 없어요. 내가 무엇을 좋아하는지 잘 모르겠어요." 이렇게 말하는 사람이 많다. 대한민국 최고의 춤꾼을 꿈꾸는 나의 아들은 스스로 자신의 재능을 찾은 행운아다.

아들이 중학교에 다닐 때 성남 은행주공아파트에서 살면서 남편과 오뚜기 대리점을 운영했다. 아들은 중학교 때 공부를 제법 잘했다. 그러면서도 그 시절 한창 유행하던 서태지와 아이들을 따라 비보잉을 해 가며 춤을 추고 다녔다. 맹모삼천지교라고 했던가? 나는 아들이 좀 더 괜찮은 학군에서 공부하기를 바라며 명문고인 서현고등학교를 보내기 위해 이사를 하고 분당으로 전학을 시켰다. 아들이 공부를 잘한다고만 생각했는데 분당으로 전학을 하고 나니 성남에서 상위권이던 성적이 중위권으로 뚝 떨어졌다.

결국, 내가 꿈꾸던 서현고는 못가고 수내고등학교에 입학을 했다. 그 시절 분당에는 백화점들이 오픈을 했고 오픈 행사로 댄스 페스티벌을 했다. 아들은 행사에 참여해 춤을 추고 비디오 등 많은 선물을 타 오곤 했다. 대학교도 가지 않고 자신은 춤으로 대한민국의 1인자가 되겠다고 했다. 생각이 확고한 아들의 꿈을 응원하지 않을 수 없었다. 나는 진정한 춤꾼이 되겠다는 아들의 꿈을 응원하기 위해 유명한 춤 선생님을 찾아 압구정 학원에 등록을 시켜 주었다. 그런데 아들은 거리가 멀다며 성남에 있는 학원에 다닌다고 하였다. 아들이 어떤 곳에서 춤을 배우고 있는지 궁금해서 성남 학원에 가 보았다. 그런데 환경이 압구정하고는 완전 다르고 열악했다. 나는 고민 끝에 하고 있던 대리점 지하를 아들이 춤 연습을 할 수 있도록 사방에 거울을 달아 친구들과 춤 연습을 하라고 장소를 제공했다. 지하니 음악을 아무리 크게 틀고 연습을 해도 민원 들어올 일이 없으니 안성맞춤이었다.

　　그런데 2학년 말쯤 아들은 자퇴를 하겠다고 폭탄선언을 했다. 앞이 캄캄했다. 아무리 춤꾼이 되기 위해 대학을 가지 않겠다고 했지만, 최소한 고등학교 졸업은 해야 하지 않는가? 하늘이 무너지는 듯한 이런 내 마음과 달리 아들은 다 계획이 있었다. 대학을 가지 않겠다던 마음이 변해 대학을 가려 하니 내신이 엉망이었던 것이다. 그래서 검정고시로 내신을 올리겠다고 나를 설득했고 나는 아들의 설득에 넘어갔다. 그렇게 아들은 자퇴하고 노량진 학원으로 등교를 했다. 인터넷 메일도 수신 거부하고, 그 시절 삐삐도 없애고 새벽 별 보고 나가서 달밤에 들어오며 열심히 공부해 자신이 목표한 대로 내신 1등급을 달성해 중앙대학교 경영학과에 당당히 합격했다. 그런데 기쁨도 잠시 경영학과를 다니는 아들은 얼굴이 어두웠다. 그리고 2학년 올라가면서 무용과로 전과했다며 환한 웃음으로 나에게 통보했다. 아들의 행복한 얼굴은 좋았지만 무용과는 작품비와 레슨비등 많은 돈이 들어가는 것을 걱정했는데 아들이 간절히 원해서인지 선생님을 잘 만나 그 선생님을 통해 뮤지컬 배우가 되는 초석이 되었다. 이 지면을 통해 그 선생님께 감사의 마음을 전해 본다.

그렇게 아들은 중앙대 무용과에서 타 학과로 전과한 학생은 있어도 타 학과에서 무용과로 전과한 전례는 없다는 전설을 남기며 대학을 5년을 다녔다. 대학교 4학년 하반기에 뮤지컬 〈노트르담 드 파리〉 한국 초연의 4차 오디션까지 당당히 합격해 그 시절 알바 하루 일당이 5~6천 원 할 때인데 아들은 한 달 수입이 6백만 원이었다. 대한민국 최고의 춤꾼으로 무대에서 죽음을 만나고 싶다는 아들은 자기관리도 철저하다. 〈캣츠〉 공연을 준비할 때는 고양이 관련 서적을 몇 권씩 사서 보고, 고양이를 직접 사다 놓고 기르고, 대화하며 준비를 했다. 공연에 따라 살을 빼기도 하고, 찌우기도 하는 아들을 통해 늘 배우고 끝없이 노력하는 모습은 내가 많이 배운다.

그런 아들이 이제는 40대. 그동안 〈노트르담 드 파리〉, 〈맘마미아〉, 〈시카고〉, 〈캣츠〉, 〈남한산성〉, 〈위키드〉, 〈로미오와 줄리엣〉, 〈록키호로쇼〉, 〈킹키부츠〉 등 대작들에 많은 출연을 했다. 그러나 엄마인 나는 공연을 보며 마음 졸이고 가슴 아플 때도 많다. 〈킹키부츠〉 공연할 때다. 지인들과 함께 공연을 보는데 다들 멋지다고 감동이다. 그런데 나는 남자의 체중으로 15cm의 하이힐을 신고 공연하는 아들을 보며 내가 아들의 발이 된 듯 마음이 아팠다. 여전히 자기관리에 철저한 아들, 그래도 자식은 아들 하나지만 딸 가진 엄마 부럽지 않게 곰살맞은 내 아들이 참 감사하고 자랑스럽다.

내 남은 삶의 영원한 동반자

나는 어떤 사람일까? 누군가 전화해서 나한테 꼭 맞는 곳이 있다며 와 보라고 하면 여러분은 선뜻 가실까요? 2023년 2월 지금의 안성 봉숭아학 당 문화혁신학교 이미영 부학장이 내게 전화해서 "사장님한테 꼭 맞는 봉 숭아학당이 있는데 한번 와 보세요?" 하고 말했다. 순간 '봉숭아학당? 개 그 프로인가?' 약간의 의문도 있었지만 전화한 사람의 성의를 봐서 일단 가 보기로 했다. 사실 봉천동이면 분당에서 가까운 거리도 아니었고 방 송스피치를 얘기하며 교육비가 195만 원이라고 하니 부담스럽기도 했다. 나를 초대한 날이 오리엔테이션 시간이라고 하니 한번 들어보고 그냥 와 야겠다는 생각으로 참여했다. 그런데 오행자 교수님의 강의를 들으며 저 조그만 체구에서 나오는 에너지와 입을 크게 벌리고 목젖을 보이며 시원 하게 웃는 모습에 반해 버렸고, 성창운 총장님의 환영사를 통해 봉당의 10년 역사를 들으며 '이런 곳도 있구나!' 하고 생각하며 등록을 하고 왔다.

방송스피치 수업을 들으며 남편을 하늘나라에 보내고 괜찮은 척하고 살았지만 괜찮지 않았던 나의 마음의 치유가 일어나고 자신감을 얻으면 서 성창운 총장님과 오행자 교수님의 매력에 더욱 빠져들고 있었다. 그 러다 보니 월요일 힐링데이도 늘 참여를 했다. 나의 성실함을 보신 총장님은 방송스피치 수료도 전에 월요일 메인 무대에서 교수님의 토크쇼에 초대해 주셨다. 자신이 없었지만 교수님의 자연스러운 진행으로 일내는 여자 최일례의 인생 이야기를 나누게 되었다. 어떻게든 제자들이 잘 될 수 있도록 최선을 다해 주시는 두 분의 마음에 감사했고 나는 더 열심히 배우며 자연스럽게 만나는 모든 사람에게 봉당을 자랑하고 있는 나를 발견하게 되었다.

나는 보험과 다이어트 관련 두 가지 일을 하고 있었다. 몸이 아프면서 삼성생명 소장님과 인연이 되어 보험을 시작했다. 지금은 GA 대리점에 스카웃되어 모든 보험사와 비교 견적을 통해 맞춤형 설계로 고객의 미래를 설계하고 있다. 해독 전문기업인 오렌지다이어트 클럽 역시 몸이 아프면서 치료를 위해 다니면서 만났다. 주말에 2박 3일 동안 단식을 통해 비우고 채우는 뱃살 캠프다. 오렌지다이어트 클럽은 내게 건강을 지키며 좋은 사람들과 함께 놀 수 있는 백 세 건강놀이터다. 그 캠프에 교수님을 한번 초대해서 진행을 부탁드렸고 그 후에는 교수님이 하시는 대로 내가 캠프 진행 사회를 보게 되었다. 방송스피치를 배우지 않았다면 감히 상상할 수도 없는 일이다. 방송스피치를 통해 내가 성장한 만큼 내 입은 자연스럽게 방송스피치를 소개하게 되고 1년 넘게 월, 화, 수 봉당에 출근하는 여자가 되었다. 봉당의 문화는 참 좋다. 대한민국, 아니 세계 어디에도 이런 문화는 없다고 생각한다. 아무런 대가 없이 늘 나누는 문화, 서로가 잘되면 시기하거나 배가 아픈 것이 아니라 기립박수를 보내는 문화, 지지와 격려를 보내는 문화다. 그리고 월, 화, 수 수업을 하기 전 저녁을 함께 먹는다. 교수님이 직접 해 주시는 집밥은 한 번 오면 다시 오고 싶은 마음이 들기에 충분하다.

봉숭아학당에는 홍영순 작가가 있다. 파킨슨병을 10년 넘게 앓고 있는데 총장님이 늘 관심 가지고 출판기념회도 해 주시고 많이 챙기는 분이셨다. 1년 전 봉당 야유회 일정이 카톡에 올라왔고 함께하고 싶다는 홍영순 작가의 댓글을 보고 내가 모시고 가겠다고 했다. 같이 다녀오며 홍영순 작가님을 많이 알게 되고 『포기할 수 없는 오늘이 있기에』라는 책을 읽으며 더 많이 알게 되었다. 그 이후로 혼자서 봉당에 올 수 없는 홍영순 작가님을 월요일마다 올 때는 연규백 자문위원님이 갈 때는 내가 집까지 모셔다드렸다. 그 세월이 1년이 훌쩍 넘어간다. 지금은 요양보호사님이 올 때는 모셔오고 갈 때는 내가 모셔다드린다.

이렇게 집중해서 봉당과 함께하다 보니 8개월쯤 지나서 '친교이사'라는 직책을 받았다. 특히 친교이사는 오행자 교수님이 봉당에서 처음 받은 직책이라고 하셔서 더 의미가 있었다. 봉당과 함께하는 1년 사이에 추억이 참 많다. 올 3월에는 봉숭아학당 문화혁신학교 월요 행사 500회 기념 홍보모델 선발대회가 있었다. 키가 작은데 한복을 입어서 다행이었다. 추억을 쌓는 것만으로도 행복한데 포토제닉상까지 받았다. 마지막으로 작가가 되는 길에 합류할 수 있어 감사하다. 내 건강이 허락하는 한 나는 봉당에서 총장님과 교수님 함께 성장하고 아름다운 추억을 만들어 가는 봉당 인으로 살아가리라 다짐해 본다. ㈜봉숭아학당 문화혁신학교여, 영원하라.

김숙이

[주요 약력]

백억샵 카이로프레틱 신의손 원장

소통공감 박사

방송스피치지도사 1급

약초관리사

심폐소생술 자격증(대한응급구조단)

치매예방지도사

장례지도사

천연비누 화장품 Diy

풍선, 향초 체험지도사

준구연변대학 시체해부실습

서울중앙대학 의과대학 해부학원수 기초 수료

대한대체의학 해부생리학회 실습및연수

유튜브: 카이로신의손TV

사람을 살리는 신의 손.
나에게
언제나 처음처럼 포기는 없다.

별나고 별난 나

나는 경북 의성군 비안면 박연동 나무골 264번지에서 1954년에 3남 2녀의 넷째로 태어났다. 내가 태어난 해는 6.25 전쟁이 끝나고 많이 혼란스러웠던 시절이지만 의성의 선비 집안이었던 우리 집은 유교 사상이 강했다. 할아버지는 서당을 운영하시며 천자문과 명심보감, 논어, 맹자를 가르치셨다.

우리 부모님께 가장 먼저 배운 교육이 밥상머리 교육이다. 먹을 것이 있으면 언제나 할아버지께 먼저 드렸고, 식사를 할 때도 할아버지와 아버지가 수저를 드신 후에 우리도 수저를 들었다. 그 시절에 밥을 굶어도 아들은 대학을 보내야 했고 여자는 언문만 깨우쳐 시집가면 그만이었다. 덕분에 오빠 셋은 모두 대학을 졸업해 자신들의 삶을 잘 살았고 언니는 할아버지께 서당에서 공부를 했고 그래도 나는 중학교까지 다니며 천자문 공부를 같이했다. 언니, 오빠들은 조카들과 참 순탄한 삶을 살아간다.

나는 말띠여서일까? 내 삶은 좀 별나다. 불이 나서, 우물에 빠져서 죽을 고비를 여러 번 넘겼다. 어려서부터 하고 싶은 것은 해야 하고, 갖고 싶은 것은 다 가져야 했다. 엄마는 냉철했지만 아버지는 늘 내 편이 되어 주셨다. 갖고 싶은 것이 있으면 밥을 먹지 않고 시위를 했다. 결국 아버지가 내 소원을 들어주시고 나는 밥을 먹었다.

하루는 친척 집에 갔는데 일본에서 가져온 옷이 정말 많았다. 아마도 구제 옷을 팔았던 것일까 정확히 기억나지 않지만 나와 언니는 나일론 치마 하나씩을 주었다. 집에 와서 나는 병이 났다. 그 많은 옷 중에 겨우 치마 하나만 가져오니 병이 난 것이다. 결국 아버지가 장에 가서 빨간 스웨터 하나를 사다 주서서 털고 일어났을 정도다.

초등학교 때 서울로 수학여행을 갔다. 친구 언니가 서울에 있어 우리는 친구 언니 집에서 잠을 잤다. 그런데 연탄가스를 먹고 3일을 집에서 누워 있다가 돌아와야 했다. 그때 난 의성 시골에 있다가 서울에 와 보니 너무 좋았다. 그래서 언니에게 "언니 나는 서울로 시집올 거야."라고 당차게 했던 말이 떠오른다. 나중에 나는 진짜 서울로 시집을 갔다. 마음먹고 말하면 꼭 해야 하는 나, 지금도 그런 똥고집이 지금의 나를 존재하게 한다.

중학교를 졸업하고 모두가 공장에 취업을 할 때였다. 나는 대구 삼촌 집으로 놀러 가서 여기저기 다니며 무엇을 할까 고민하고 빈둥거릴 때였다. 우연히 병원에서 하얀 가운을 입고, 캡을 쓰고 일하는 간호사의 모습을 보니 정말 멋져 보였다. 나는 간호사가 되어야겠다고 마음을 먹었다. 그런데 정식 간호사는 대학을 나와야 했다. 중졸인 나는 올라가지 못할 나무였다. 그러나 '간절히 원하면 꿈이 이루어진다.'고 했던가? 뭐에 씌면 뭐만 보인다는 말처럼 간호사라는 직업에 꽂혀 있으니 기회가 찾아왔다. 내 눈에 신문에 난 간호조무사 1기 모집 광고가 크게 들어온 것이다.

그것이 나의 길이라고 생각했다. 결국 부모님께 간호조무사 학원을 보내 달라고 졸랐고 어릴 때부터 별난 내 고집을 꺾을 수 없었던 부모님은 내가 공부를 할 수 있도록 지원을 해 주셨다. 1년을 정말 열심히 공부했다. 그렇게 나의 인생은 새로운 서막이 시작되었다.

365일 하루도 쉬지 않고 근무한 10년

간절히 원했던 간호사의 꿈을 꾸며 간호조무사 공부 1년을 하고 1974년 18세 나이에 새로 개업한 일반외과 병원에 취업을 했다. 하얀 가운을 입고 간호조무사로 근무를 시작했다. 원장님도 처음 개업하고 나도 간호조무사로 처음 일하고, 그리고 내 밑으로 자격증 없는 직원 두 명이 함께 일을 했다. 수술마다 기계도 수술 도구도 모두 달랐다. 원장님은 내게 자세히 모든 것을 잘 가르쳐 주셨다. 매일 수술을 하는데 많을 때는 네 사람씩도 했다. 나는 그 병원에서 만능이었다. 수술도 돕고, 약조제도 하고, 엑스레이필름 현상 다 해내고, 경리 업무까지, 나는 원더우먼처럼 일했다. 그렇게 일을 하면서 보람도 있고 행복했다.

입사한 지 얼마 되지 않아 동료들과 늦은 저녁을 먹고 잠을 잤다. 그런데 연탄가스가 들어왔다. 그때만 해도 50여 년 전 일이니 아무리 병원이어도 환경이 참 열악했다. 셋이서 연탄가스를 마셨는데 나는 괜찮은 듯하여 그 병원에 두고 다른 두 사람은 대학병원으로 옮겨갔다. 나도 깨어나니 오후 5시였다. 양쪽 팔에는 링거 주사가 꽂혀 있었다. 나는 많이 토하고 난 뒤에 깨어난 듯했다. 그 사고로 결국 한 명의 직원은 죽고, 다른 직원은 퇴사하고 나는 계속 근무를 했다. 죽은 직원의 부모님이 와서 딸

살려 내라고 통곡하며 우는 소리에 병원 문을 열 수가 없을 정도였다. 자식 잃은 부모의 심정이 오죽할까? 지금 돌아보면 충분히 이해가 간다. 결국, 죽은 친구의 부검을 했다. 부검해 보니 뱃속에 3개월 된 아기를 임신하고 있었다. 그러니 더 안 좋았던 것 같다. 참 안타깝고 마음이 아팠다. 나 역시도 연탄가스 후유증으로 머리카락도 빠지고 머리카락이 빠진 자리에서 올리브유 같은 고름이 나오고, 발뒤꿈치가 빨개지면서 구멍이 뚫려 거기에서도 올리브유 같은 고름이 나왔다. 그래도 그 시절에는 편안하게 쉴 수가 없었다. 일손이 부족하니 쪽잠을 자가며 밤새 일을 했던 시절이다. 발뒤꿈치가 아파 까치발을 들고 다니며 일을 했다. 어릴 때와 그때 연탄가스를 마시고 후유증으로 독한 약을 많이 먹어서인지 나는 평생 위가 안 좋아 고생을 했다.

그때는 열악한 환경도 힘들지만 완벽한 갑의 자리에 있는 의사와 간호조무사로 일하는 우리는 그냥 을이 아니라 노비였다. 특히 먹는 것부터 차별이 심했다. 때로는 의사들이 먹고 남은 음식을 주기도 했다. 양반과 노비처럼 다른 대우에 드디어 나의 별난 성향이 폭발한 사건이 생겼다. 열심히 일을 하다 보니 너무 배가 고팠다. 소독실 옆에 식당에서 닭볶음탕 냄새가 솔솔 올라왔다. 그 냄새를 맡으며 점심시간을 간절하게 기다렸다. 드디어 점심시간, 우리가 밥을 먹는 곳은 잠을 자는 방이었다. 식당 아주머니가 소반에 밥을 차려 왔다. 그 밥상에는 닭볶음탕은 없고 김치와 먹다 남은 반찬만 있었다. 그 순간 나는 나도 모르게 밥상을 발로 차 버렸다. 우리가 밥 먹는 곳이 대합실과 연결되어 있고 문이 열려 있어 병원 대합실이 완전히 난장판이 되고 말았다. 아마 지금 같으면 그렇게 대우하는 병원도 없지만 아마 특종감이 되었을 것이다. 그리고 나는 양심은 있어 병원을 나왔다. 어린 나이지만 그런 차별을 참지 못하는 나의 성미가 드러난 것이다. 며칠 후 원장님과 사모님이 찾아와 나를 설득했고 다시 그 병원으로 돌아와 근무했다. 달라지기를 기대하지만 그리 쉽지 않았다.

10년을 주말도 쉬지 못하고 열심히 일했다. 나는 그 일이 참 좋았다. 환자가 건강을 회복해 퇴원하며 고마움을 전할 때는 보람도 크다. 그러나 사람의 목숨을 다루는 병원이라 늘 긴장을 하지만 예기치 않은 사고들도 있다. 한번은 복막염 환자 수술을 했다. 수술 마치고 기구를 챙기는데 혈관 잡는 기구 하나가 보이지 않는다. 원장님께 얘기하니 찾아보라고만 하신다. 아무리 찾아도 그 기구는 보이지 않았다. 환자는 수술 후 퇴원을 했고 몇 개월 후 배가 아프다고 그 환자가 병원에 실려 왔다. 의사는 그 환자를 대학병원으로 보냈다. 의사들은 자기가 수술한 환자 재수술을 그리 달가워하지 않는다. 그 환자는 대학병원으로 보내졌다. 나중에 수술을 했고 기구가 배 속에 들어 있는 것을 확인했다는 연락까지 받았다. 그러나 선후배 사이니 어련히 알아서 잘 마무리한 듯하다. 지금이야 있을 수 없는 일이지만 사람의 목숨을 다루는 수술이니 늘 긴장하지 않을 수가 없다. 그 또한 내게 돈 주고 살 수 없는 귀한 경험이다.

일반외과 전문의 수술실에서 10년 동안 근무하며 사람의 인체에 대해 그 누구보다 많이 보고 느끼고 경험했다. 간, 쓸개, 위, 대장, 맹장 등 한 달에 50여 명의 수술을 보았으니 1년이면 600여 명, 10년이면 6천여 명이다. 이 10년의 나의 삶이 마사지를 통해 평생 사람의 몸을 공부하고 사람의 몸을 치유하며 살아가는 밑천이 될 것이라는 사실을 그때는 몰랐다.

3개월짜리 결혼

　병원을 그만두고 나는 오빠의 중매로 남편을 만나 결혼을 했다. 남편은 오빠의 거래처 사람으로 처음에는 꽤 괜찮은 사람이었다. 그때 시댁은 중풍으로 쓰러지신 시 외할머니와 시어머니, 시누이 둘이 있었다. 어른들을 모시고 사는 것은 그리 어렵지 않았다. 남편은 첫 월급 50만 원을 가져다주고 다음 달부터는 생활비를 주지 않았다. 은근히 처가 덕을 보려는 마음이 느껴져 실망감이 올라오고 있을 때 내가 그 집을 나오는 사건이 벌어졌다. 어느 날 가족들이 함께 이야기를 나누는데 남편이 시어머니한테 아주 사납고 무서운 모습으로 눈을 흘기는 것이었다. 내 기준으로는 상상도 할 수 없는 일이다. 그동안 남편에 대한 실망감이 생기던 일에 기름을 붓는 상황이 되고 말았다. 남편에 대한 절망과 저런 사람을 믿고 평생을 살아야 하나라는 생각에 치를 떨었다. 그런 못된 종자와 부부 연을 계속 이어 갈 수 없다는 생각에 나는 보따리를 싸서 친정으로 오고 말았다. 삶의 이중성인가? 남들은 그만한 일로 집을 나가면 이 세상에 제대로 가정을 이루고 살 사람 아무도 없다고 말할 수 있다. 내가 어려서 철이 없어서인지 별난 건지도 모르겠다.

　그렇게 친정으로 돌아와서 내가 임신한 사실을 알았다. 나는 친정에서 지금의 나의 유일한 혈육인 아들을 낳고 살았다. 아들 백일 때, 돌 때는 남편이 친정에 다녀갔다. 그런데 한 번 정이 떨어진 남편에게 내 마음은 열리지 않았다. 아들이 4살쯤 되었을 때 친정에 얹혀살고 있는 내가 오빠 보기에 답답하고 안쓰러웠는지 돈 5만 원을 주며 "너 그 사람하고 안 살려면 아이 데려다주고 이혼하고 다시 시집을 가."라고 했다. 나는 아이를 데리고 시댁으로 갔다. 시댁 식구들은 떡두꺼비 같은 아들을 데리고 가니 좋아하셨다. 그런데 나는 남편과 다시 살 자신이 없었다. 며칠을 고민한 끝에 나는 시어머니께 당차게 이야기했다. "어머니 저 20만 원만 해 주세요." 시어머니는 두말도 하지 않고 20만 원을 해 주셨다. 나는 그 돈을 가지고 아들과 함께 다시 집을 나왔다. 그리고 시댁과 떨어진 왕십리에 보증금 20만 원에 2만 원짜리 월세방을 얻었다. 그런데 그 어린아이를 데리고는 도저히 일을 할 수가 없어 아이에게 말했다. "아들, 엄마가 외삼촌 집처럼 좋은 집 사 놓고 데리러 갈 때까지 외할머니 댁에 가 있을래?" 하고 물으니 뭘 아는 듯 아들은 고개를 끄덕였다. 그렇게 다시 아이를 친정에 맡기고 본격적으로 일을 시작했다. 남편과는 아이가 5살 때 위자료도 양육비도 모두 포기한다는 전제하에 합의 이혼을 했다. 남편에게 위자료와 양육비 한 푼 받지 않고 아들을 잘 키워 결혼해서 잘살고 있다.

이것이 나의 삶이라고 생각한다. 다만, 아직도 나의 자존심 때문일까? 언니나 동생들과 통화를 하며 지내지만 명절에 친정을 가지 않는다. 요즘 시대에 이혼은 흉도 아니라고 하지만 타인에게 보이는 나를 중요하게 생각하는 내 마음은 편안하지 않다. 우리 집안에서 이혼하고 사는 자식은 나 하나다. 내가 집안의 흉이 되는 듯하기 때문이다.

내 맘 같지 않은 인생

    제대로 홀로서기를 다짐하고 아이를 친정에 맡긴 나는 배운 게 도둑질이라고 병원 근무를 찾았다. 산부인과, 정형외과 근무해 봤지만 별난 나에게는 맞지 않았다. 마침 보호자로 온 환자의 딸과 이야기를 나누다 보니 마사지를 배워서 하면 괜찮다고 추천을 했다. 괜찮을 듯하여 마사지를 배우게 되었다. 나의 첫 직장이자 청춘을 불살랐던 일반외과 수술실의 경험이 있어 사람의 몸을 만지고 치유하는 마사지는 내게 잘 맞았다. 하나를 배우면 열을 알아듣고 터득했다.

    자격증을 따고 경험을 위해 다른 샵에서 월급쟁이로 1년을 근무했다. 그리고 태릉에 직원까지 두고 샵을 오픈했는데 정말 잘 되었다. 근처에서 오픈해 운영이 어려운 샵에서 내게 맡아 달라고 해 두 개의 샵을 운영하게 되었다. 무엇을 하든 열심히 하는 나이기에 운도 따라 준 것일까? 수입이 아주 좋았다. 그렇게 돈을 벌며 아들과 한 약속을 지키기 위해 아이를 초등학교 4학년 때 데리고 왔다. 아이는 엄마가 약속한 외삼촌 집처럼 좋은 집이 아니어서 잠시 실망을 한 듯했지만 나는 아이를 데리고 오는 약속을 지킨 것만으로도 엄마로서 뿌듯했다. 자식을 가진 부모라면 그 마음을 많이 공감할 것이다. 막상 아이를 데리고 왔지만 일을 해야 해서 아이와 함께하는 시간은 많지 않았다.

그래서 나는 일도 더 열심히 하고 공부도 더 열심히 했다. 샵을 운영하면서 딴 자격증과 수료증이 300여 개에 달한다. 그중에는 쉽게 경험할 수 없는 해부학 실습도 네 번이나 경험했다. 참여해서도 무서워서 잘못하는 사람도 있지만, 수술실 경험이 많은 나는 아무런 두려움 없이 실습에 참여해 다른 사람보다 더 많은 배움을 얻을 수 있는 귀한 시간이었다. 그렇게 공부를 하며 돌아다녀도 직원을 두고 일을 하다 보니 돈도 따르고 자유롭게 내가 하고 싶은 일도 하게 되었다. 돈이 들어오면서 화천에 땅을 사고 거기에 건물을 지었다. 화천에서는 펜션과 다양한 체험을 할 수 있는 공간을 만들어 운영했다. 화천에서 펜션을 지을 때도 나는 참 순진했다. 땅 한 평이 얼마인지 벽돌 한 장이 얼마인지도 모르면서 건축업자에게 일을 맡기면 당연히 최선을 다해 알아서 지어 주는 줄 알았다. 그때 사람 마음이 다 내 맘 같지 않다는 사실도 배웠다.

그렇게 배우며 화천에서 펜션을 짓고 천연비누공예, 천연화장품, 풍선아트 등 다양한 체험 활동을 할 수 있는 프로그램도 진행했다. 이렇게 사업을 벌려 놓고도 서울과 강원도를 오가며 강원 여성 대학 1기, 강원 친환경 농업 대학 1기로 계속 공부를 했고 덕분에 강원도 도지사상도 받았다. 그 무렵 운이 들어왔는지 안산 초지동에 4층 건물을 지었다. 지금은 모든 것을 정리하고 여전히 마사지 일을 하면서 조용하게 살고 있지만 그렇게 경험한 삶이 내게 많은 깨달음을 주었다. 우리가 이 세상에 온 이유는 경험을 통해 나의 영혼을 성장시키는 것이라고 했다. 지금은 나의 하나밖에 없는 혈육인 아들은 결혼해서 가정을 이루며 잘 살아가고 있다. 어려서 아빠 없이 키우느라 많이 미안했지만, 그 또한 아들의 삶이다. 나는 내가 할 수 있는 최선을 다했음에 감사하다.

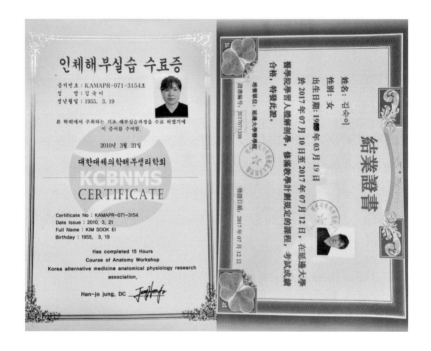

박사로 맺은 인연에서 작가까지 되다

나는 유난히 배움에 대한 욕심이 많다. 자격증, 수료증 공부하고 받은 증들이 300여 개가 넘는다. 그런데 나는 지난 5월 후배의 전화에 딱 꽂히고 말았다. '소통공감 박사 과정', '박사'라는 두 글자에 내 마음은 이미 그곳에 가 있었다. 그렇게 ㈜봉숭아학당 문화혁신학교와의 인연이 이루어졌다. 소통공감 박사는 민간자격이다. 2일 과정이지만 대한민국 최초 소통공감 박사 과정이다. 코로나19 이후로 특히 개인화가 심화되고, 이기적인 마음과 고립화가 심해지면서 가장 중요한 것이 소통과 공감이다. 나는 무조건 하겠다고 했고 성창운 총장님의 사상체질을 통한 인간관계와 오행자 교수님이 인문학으로 풀어가는 과정은 나를 돌아보고 타인을 이해하는 귀한 시간이었다.

그렇게 소통공감 박사 과정을 마치고 나는 봉숭아학당 문화혁신학교의 문화와 총장님 교수님이 좋아 계속 관계도 이어 가고 공부도 더 하고 싶은 마음에 교수님께 다른 과정은 어떤 게 있는지 물었다. 교수님은 방송스피치지도사 1급 자격 과정이 있는데 3개월 과정이고 한 번 등록하면 평생회원이니 언제든 와서 듣고 궁금한 것은 물어보라고 하셨다. 교육비는 195만 원이다. 나는 바로 그 자리에서 등록했다. 방송스피치 과정에서는 말하는 것도 배우고 다양하게 배우지만 나는 유튜브를 배우는 것이 좋았다. 지나온 나의 삶을 영상으로 남기고 싶었다. 유튜브 관련 스킬은 조현정 부장님이 지도해 주셨다. 봉당의 문화는 서로 지지하고 응원하는 문화다. 어쩌면 이런 문화가 더 좋았는지도 모른다.

3개월 동안 배우면서 유튜브에 재미를 붙였다. 낮에 일하고 저녁에 혼자 집에서 특별히 할 일이 없기에 쇼츠 영상을 하루에 몇 개씩 올린다. 그렇게 열심히 하다 보니 지금 구독자가 1만 5천 명이 다 되어 간다. 나이가 70을 훌쩍 넘기고 있지만 배우는 것은 정말 즐거웠다. 조규은 더디더라고 꾸준히 하고 있다는 것이 가장 중요하다. 지금 이 나이에 취미 활동 삼아 할 수 있는 것이 있다는 것은 축복이다. 그렇게 나는 시간이 나는 대로 조현정 부장님한테 가서 모르는 것은 물어보고 또 물어봐도 언제나 친절하게 가르쳐 주신다. 감사하고 또 감사하다.

그리고 올 1월 첫 주 월요일 성창운 총장님과 오행자 교수님이 2024년 비전 발표를 하시면서 공저를 하신다고 하셨다. 나는 얼른 신청했다. 기회는 왔을 때 잡아야 한다는 것을 나는 안다. 혼자서 책을 낸다는 것은 쉽지 않은 일이다. 그러나 교수님이 도와주신다고 하니 이보다 더 감사하고 좋은 기회가 어디 있는가? 어느새 6월도 중순에 접어든다. 글을 마무리하며 8월 10일에 예정된 출판기념회가 벌써 기대된다. 내 나이 70이 넘어 봉숭아학당 문화혁신학교를 만나 배우고 나의 놀이터로 언제든 활용할 수 있음에 다시 한번 감사하다. 벼는 익을수록 고개를 숙인다고 하듯이 나도 박사로, 작가로 거듭나니 더 겸손함으로 상대를 배려하며 남은 나의 삶을 아름다운 예술작품으로 만들어 가기 위해 최선을 다해야겠다.

박옥자

[주요 약력]

제부도 오리골 협동조합 대표

㈜봉숭아학당 문화혁신학교 운영위원장

채식영양 전문가

천연염색 명인

그린대학 가공과 12기 수료

그린대학 CEO과 수료

그린대학 양성과 수료

방송스피치지도사 1급

웃음건강지도사 1급

소통공감 박사

유튜브: 오리골똑순이

최고보다 최선을 다하는 삶을 살아갑니다!

나는 누구인가?

　나이 70을 눈앞에 두고 '나는 누구인가?'라는 물음을 던져 본다. '나는 누구였지?'

　충남 아산시 선장면에서 가난한 농부의 육 남매 중 다섯째로 태어났다. 지금 돌아보면 가난했지만 옹기종기 모여 사는 모습이 행복했던 추억으로 떠오른다. 찢어지게 가난한 농부의 육 남매의 자녀로 태어나 뭐 그리 행복했을까마는 그렇게 행복했던 추억으로 떠오르는 것도 길지 않았다.

　초등학교 5학년 때 아버지께서 갑자기 돌아가시고 더욱더 찢어지게 가난해졌다. 그 가난이 싫어 엄마가 우리 육 남매를 버리고 떠날까 봐 어린 마음에 전전긍긍했었다. 그래서 어떻게든 엄마에게 도움이 되려고 노력했다. 그 어린 손으로 새끼를 꼬고 가마니를 만들었다. 밭에다 거름을 주기 위해 인분을 뿌리는 작업을 해야 하는데 인분을 물지게에 매고 가지만 키가 작아 이쪽저쪽 부딪쳐 정작 밭에 도착하면 인분은 반 통밖에 남지 않았다. 다행히 학교와 집이 가까워 등교 시간 전에 밭 한 고랑을 매고 학교에 가기도 했다. 친구들이 학교에 가면서 "옥자야 학교 가자." 하고 부르면 "응, 먼저 가. 나는 밭 한 고랑 매고 갈게."라고 대답했다. 지금도 친구들을 만나면 옥자는 그 어릴 때도 일을 참 많이 했는데 지금도 일을 많이 한다는 말을 한다. 그때도 나는 어리지만 그것이 힘든 일이라고 생각하지 않았고 엄마를 위해 도움이 될 수 있는 딸이어서 기쁘게 했다.

그렇게 가난했던 어린 시절, 설 명절이 다가오면 밀가루로 반죽을 해서 가래떡처럼 썰어 끓여 먹었다. 밀가루 떡국도 맛있다고 먹었던 그때, 잘사는 집 할머니께서 진짜 떡국을 끓여서 한 냄비 가지고 오셨다. 우리 엄마는 아버지가 돌아가시고 동네 어르신들 한복을 지어 주는 삯바느질을 해서 육 남매를 키우셨다. 그래서 명절이 되면 더욱 바쁘셨다. 냄새만 맡아도 맛있는 떡국을 금방이라도 떠서 먹고 싶지만 엄마가 오실 때까지 기다렸다. 결국 엄마가 오셔서 진짜 떡국을 먹을 때는 퉁퉁 불어서 먹었다. 지금 같으면 그렇게 퉁퉁 불어터진 떡국을 먹지도 않았겠지만 그때는 그 떡국도 정말 맛있게 먹었다.

나는 그런 아이였다. 어른이 되어 결혼해서 살면서도 나의 그런 천성은 변하지 않은 듯하다. 시어머니를 모시고 살았고, 아픈 남편을 잘 간호했고, 두 자녀를 잘 키워 이제는 각자의 가정을 일구어 잘 살아가고 있다. 늘 나보다도 주변을 생각하고 사는 나, 나 힘든 것보다 내가 사랑하는 사람이 조금이라도 편안하고 힘이 된다면 나는 그 일을 두려워하지 않고 해냈다. 그것이 나였다. 나는 이렇게 정도 많고 사랑도 많고 희생정신도 강한 사람이었다. 그래서 때로는 이용을 당하기도 하지만 나는 이런 나를 사랑한다.

초등학생이 엄마라고요?

글을 쓰겠다고 하니 어린 시절 추억이 많이 떠오른다. 아마도 내가 나이를 먹은 탓이겠지? 지독하게 가난하고 무쇠처럼 일해도 살기가 버거웠던 시절 큰오빠가 사고를 쳤다. 아마 큰오빠가 스무 살도 안 된 나이에 언니와 동거를 했고 아이만 낳고 그 언니는 집을 나갔다. 아이는 집으로 왔고 매일 밭에 나가 일하는 엄마는 아이를 돌볼 시간이 없었다. 그럼에도 불구하고 아이를 키우겠다고 마음먹은 내가 대단하다. 가난해서 밥 먹기도 어려운 시절이니 분유를 먹이는 것은 상상도 할 수 없는 일이다.

곤로는 고사하고 연탄불도 없던 시절, 가마솥에 미음을 끓여 아이를 먹였다. 자다가도 일어나 불 때서 미음을 데워야 하는 열악한 환경이다. 다행히 학교가 가까워 쉬는 시간에 집에 와서 아이 기저귀를 봐 주고 미음을 먹이며 나는 초등학생 엄마가 되었다. 가끔은 집에 와서 보면 아이는 똥, 오줌을 싸 범벅을 해 놓기 일쑤였지만 더럽다고 생각하지 않고 아이 씻기고 옷 갈아입히던 나, 그 어린 나이에도 아이를 보면 내가 엄마인 듯 사랑스럽게 바라보던 아이의 눈망울, 활짝 웃어 주던 모습은 천사가 따로 없었다. 그렇게 초등학생 고모가 엄마가 되어 아이를 키웠다. 어느새 그 아이가 50이 넘어 환갑을 바라본다. 동네 어른들은 그런 나를 보며

"우리 옥자는 시집가서 아기 낳으면 아주 잘 키울 것이다."라며 칭찬을 해 주셨다.

정말 그래서였을까?

나는 남편과 결혼해서 딸 하나, 아들 하나 남매를 두었다. 아이들은 자라면서 정말 나를 힘들게 하지 않았다. 알아서 공부도 잘했고, 믿음 생활도 잘하고, 지금은 결혼해서 각자의 가정을 꾸려 잘 살아간다. 특히 첫딸은 살림 밑천이라고 한 말이 딱 맞는다는 것을 증명해 준다. 이번에 내 차가 오래되어 겨우내 시동이 잘 안 걸려 고생했다. 사위와 딸, 아들, 며느리가 차를 바꾸어 준다고 한다. 나는 미안함에 "그냥 괜찮은 중고차로 알아봐."라고 말했지만 이제 차 바꾸면 엄마 나이에 마지막이니 새 차로 신청했다고 한다. 부모는 자식들 결혼해서 잘 살아 주면 그보다 더한 효도가 없다. 그런데 이렇게 엄마를 걱정해 주고 잘해 주는 자식들이 어린 시절 고생하며 선하게 산 덕분이 아닐까 하는 생각에 힘들지만 선하게 잘 살아 낸 나의 어린 시절이 감사하다.

무서웠지만 내 편이었던 시어머니

꿈은 이루어지라고 꾸는 것이다. 나의 꿈은 꼭 공무원과 결혼하는 것이었다. 그래서 한국통신 전화국에 다니는 남자와 결혼했다. 전화국이 지금은 KT로 민영화되었지만 처음에는 우체국처럼 공무원이었다. 남편의 결혼 조건은 하나였다. 자기보다 홀로 자신을 키우신 어머님께만 잘하면 된다는 것이었다. 시어머니는 자식이 남편과 18살 차이 나는 누나 둘이었다. 아버님은 남편 돌 전에 돌아가시고 홀로 남매를 키우신 것이다. 누나야 18살이 차이가 나니 오직 남편을 키우고 의지하며 살았을 것이다. 그런 홀시어머니에 외아들 지금이라면 어림도 없는 조건이지만 그때는 그런 남편의 모습이 오히려 더 믿음직스럽고 든든하게 느껴졌다. 그렇게 결혼을 해서 시어머니를 돌아가실 때까지 모시고 살았고 지금은 월급을 받아 오지 않지만, 한때는 월급을 꼬박꼬박 받아 오는 공무원이었던 남편과 잘살고 있다.

나중에 전해 들은 이야기지만 처음 어머니는 내가 인사를 드린 후 좋아하지 않으셨다. 피죽 한 그릇도 못 먹은 것처럼 마르고 작은 내가 어떻게 아이나 제대로 낳아 키울까 걱정을 하신 것이다. 나는 그런 어머니의 염려를 붙들어 매시라는 듯 바로 딸아이를 가져 건강하게 출산을 했다.

어머니는 정말 좋아하셨다. 그리고 둘째를 가졌다. 나는 걱정이었다. 외동아들이니 당연히 아들을 낳아야 한다는 부담이 컸다. 그래도 어머니는 "괜찮다. 걱정하지 말고 건강하게만 낳아라. 다 하나님의 뜻이다."라고 나를 위로하셨다. 그런데 나는 아들을 낳고 어머니의 진심을 알았다. 간호사가 "할머니 손자입니다. 축하드려요." 하니 어머니의 대답은 "올커니, 달렸구나! 그럼 됐다." 하시던 그 말씀이 지금도 생생하게 들리는 듯하다. 속으로는 아들을 간절히 바라시면서도 내게는 전혀 내색하지 않고 기도하시던 어머니다.

그래도 시어머니는 시어머니다. 나는 집안 형편이 어려워 공부를 제대로 하지 못했다. 그러니 아이들이 학교에 들어가고 글씨를 봐 주다 보면 어머니의 핀잔을 피할 수가 없었다. "내가 발가락으로 써도 너보다는 잘 쓰겠다." 하시던 말씀이 지금도 생생하다. 당신 아들은 그래도 공무원인데 며느리가 학벌이 짧으니 당신 아들이 손해 보는 느낌도 들고 그리 마땅치는 않으셨을 것이다. 어떤 때는 어머니께 혼나고 이불 속에서 펑펑 울었던 기억도 있다. 그렇게 무서운 시어머니가 내 편임을 알게 된 사건이 있었다.

남동생이 신학대학을 간다고 하는데 입학금이 없어서 등록하지 못한다는 소식을 들었다. 그 사실을 아신 시어머니께서 몇백만 원이나 되는 입학금을 준비해 주셨다. 그러면서 하시는 말씀이 "은경이 애비에게는 말하지 마라. 나는 이다음에 죽으면 그만이지만 너는 은경이 애비와 끝까지 살아야 하는데 친정 일로 책잡히면 너만 힘들다." 하시면서 내 손을 꼭 잡으셨다. 얼마나 감동을 했는지 어머니 손을 붙들고 더 잘하겠다며 평펑 울었다. 아들보다 같은 여자의 입장으로 나를 배려해 주시던 어머니, 지금도 참 감사하다. 나는 그런 시어머니를 모시고 순종하며 살았다. 시어머니는 86세에 돌아가셨다. 돌아가시면서 내 손을 꼭 붙들고 "애미야 고생했다. 고맙다. 우리 천국에서 또 만나자." 하고 유언을 하셨다. 다행이고 감사한 것은 어머님이 5월에 돌아가시고 남편이 10월에 위암 선고를 받았다. 그때부터 남편의 병간호가 시작되어 내 인생은 또 한 번의 폭풍을 맞이했지만, 어머니의 기억 속의 아들은 건강한 모습이어서 다행이고 감사하다.

다시 태어나도 사랑하고 싶은 나의 남편

나는 남편을 참 사랑한다. 결혼해서 45년을 살고도 나는 다시 태어나도 남편과 결혼하겠다고 거침없이 말한다. 어머님 돌아가시고 조금 편안해질까 싶었는데 아직 내가 받아야 하는 고통의 질량이 부족했는지 2008년 남편은 위암 선고를 시작으로 림프종암, 폐암, 전립선암까지 4종류의 암 수술을 했고 그것도 부족해 뇌경색이 와서 삼킴장애로 인해 4년 6개월을 호스로 식사를 해야 했다. 어머님을 생각하면 자식이 이렇게 아픈 모습 보시지 않고 돌아가신 후에 생긴 일이니 다행이다 싶었지만, 그때부터 남편의 병간호로 나의 고난도 시작이었다.

그런 세월을 누가 알까? 남편은 음식을 입으로 먹지 못하면서 86kg 나가던 체중이 50kg로 줄었다. 안타까움에 나는 속이 탔다. 처음에는 코로 음식을 먹었다. 남편은 콧줄로 영양죽을 꽂아 놓고 나도 밥이 안 넘어가 열흘을 굶기도 했다. 그러나 내가 살아야 남편을 지킬 수 있기에 남편 옆에서 꾸역꾸역 밥을 먹었다. 사람이란 각자 자기 기준에서 자기 편한 대로 말한다. "남편은 저러고 있는데 밥이 넘어 가냐?", "그래도 먹어야 간호를 한다." 이러쿵저러쿵 말도 많았지만, 그들이 해 주는 것은 말뿐이다. 모든 것은 남편과 내 몫이다.

그러던 어느 날 의사 선생님이 청천벽력 같은 소리를 한다. "이 환자는 평생 삼킴이 안 되니 창자에다 호스를 연결해야 살 수 있습니다." 기가 막혔다. 평생 입으로 음식을 먹을 수 없다니. 믿고 싶지 않았지만, 창자에 호스를 연결하는 대수술을 했다. 몸에 좋다는 것은 모두 사다 죽을 끓여서 호스를 통해 먹였다. 호스는 1년에 한 번씩 교체해야 한다 했고 남편은 호스를 3번 갈아 끼우고 기적처럼 삼킴이 서서히 돌아와 지금은 입으로 맛있는 밥도 먹고 술도 먹고 뭐든 다 먹는다. 병원에서 수도 없이 오늘밤을 넘기기 힘드니 가족들 다 부르라고 해서 애간장을 태운 게 한두 번이 아니었다. 덕분에 남편은 지금 배꼽이 4개다.

그랬던 남편이 어느 정도 회복이 된 후 남편은 병원에 있는 상태에서 제부도에 집을 짓기 시작했다. 아픈 사람은 땅을 밟아야 건강해진다는 말을 듣고 어떻게든 남편을 살게 하고 싶었다. 남자도 아니고 아무것도 모르는 여자 혼자서 집을 짓는다는 것은 힘든 일이다. 집을 짓는 이야기만 가지고도 책 한 권 쓸 정도면 알 만할 것이다. 그렇게 제부도로 온 지 10년이 훌쩍 지나갔다. 지금까지 건강하게 잘 살아왔다. 감사하는 마음으로 살아가는데 아직도 못다 채운 고통의 질량이 남아 있는지 위치는 정확하게 알 수 없지만, 남편 몸속에 암세포가 증식하는 있다는 진단이 나왔다. 심장이 '쿵' 하고 내려앉았지만 어찌할 것인가? 다시 방사선 치료를 40회 정도 해서 암세포를 말리는 치료를 하고 있다. 지금까지도 잘 살아왔으니 이 또한 잘 견뎌 내리라 믿으며 매일 병원으로 출근한다. 남편한테 잘한다고 했는데 자꾸 아픈 남편에게 미안하고 안쓰럽기도 하다.

나는 지금도 남편이 참 좋다. 무뚝뚝하기로 둘째가라면 서러울 남편이다. 그런 남편 앞에서 70을 바라보는 내가 재롱을 떨며 "나 이뻐?" 하고 물으면 "응." 하는 짧은 대답을 듣지만, 그 순간 감사하고 행복하다. 인생을 산다는 것이 마냥 기쁜 일만 있는 것도 마냥 슬픈 일만 있는 것도 아니다. 70년 가까운 인생을 통으로 바라보면 어린 시절 고생한 것도 남편과 결혼하여 엄하지만 따뜻한 시어머니를 잘 모신 것도 아이들이 잘 자라 가정을 꾸리고 이제는 중년의 나이가 되어 가는 것도 모두가 감사고 기쁨이다. 복이 많은 것이다.

나를 나로 살게 한 인연

사람은 누구를 만나느냐에 따라 인생이 달라진다는 것을 삶을 통해 배운다. 그러나 처음에는 누구를 만나 어떤 일이 일어날지 아무도 모른다. 세월이 흐른 뒤에 알게 되기에 후회가 있는 법이다. 나를 봉숭아학당 문화혁신학교로 안내한 것은 오행자 교수다. 오행자 교수와 나의 인연은 15년이 훌쩍 넘었다. 어느 단체에서 활동하며 언니 동생으로 맺어진 인연이다. 어려운 환경 속에서도 열심히 사는 동생이라 처제가 없는 내 남편은 1호 처제로 나보다 더 많이 아끼고 응원한다.

오행자 교수는 봉숭아학당 문화혁신학교 성창운 총장님을 만나면서 좋은 곳이라고 언니도 오라고 얘기했다. 나는 펜션을 운영하고 된장, 고추장, 발효식품을 만들어 팔고 농사를 짓다 보니 일이 많고 바쁘다. 그래도 워낙 좋아하고 믿는 동생이어서 월요일에 가끔 참석했고 캘리포니아 한국교육원에서 총장님이 진행하시는 힐링지도사 과정에 3기로 수료했다. 자연스럽게 MT를 우리 펜션으로 오다 보니 총장님을 뵈면서 오행자 교수가 왜 더 열심히 하는지 알게 되었다. 나는 배운 것은 짧아도 착하고 진실하게 최선을 다해서 살면 되는 줄 알았다. 그런데 믿었던 사람에게 배신당하고, 상처받고, 몸이 안 좋아지다 보니 삶의 의욕을 잃고 방황한

적이 있었다. 내가 못 배워서 이렇게 바보처럼 당하고만 살아가나 하는
마음에 삶을 포기하고 싶었다. 그러던 어느 날 인천에서 밥을 먹자고 동
생이 불렀다. 밥을 먹고 차 한 잔을 마시며 "나 요즘 언니 모습을 보면 정
말 속상해. 내가 얼마나 믿고 의지하는데 언니가 이러고 있으면 나는 어
떡해? 그러지 말고 방송스피치에 들어와." 하면서 운다. 울면서 얘기하는
동생을 보며 나도 마음이 아팠다.

그리고 방송스피치 2기에 들어가 공부를 하며 나는 새로운 나를 발견
하기 시작했다. 그 무렵은 코로나로 모두가 더 힘들 때였다. 방송스피치
를 배우며 라이브 방송으로 된장, 고추장도 팔고 유튜브를 시작해 삶의
활력을 찾아갔다. 누군가의 며느리, 아내, 엄마로만 살아오며 나는 다 그
렇게 사는 줄 알았다. 그런데 공부를 하며 나는 나라는 것, 나로 나다운
삶을 살아야 한다는 것을 배웠다. 그렇게 나 박옥자의 삶을 찾아가다 보
니 세상이 다시 보였다. 나를 배신하고 힘들게 한 사람을 이해하고 용서
하지는 못하지만, 그들로 인해 내 삶을 포기할 수는 없었다. 그렇게 봉당
은 나에게 배움이 얼마나 중요하고 큰 힘이 되는지 뼛속까지 깨닫게 했
다. 성창운 총장님과 오행자 교수가 나의 삶을 바꿔 놓은 것이다.

이제는 나도 완전한 봉당인이다. 봉당의 문화를 통해 남을 돕는 방법
과 나를 사랑하는 법을 배웠다. 내 나이 70이 다 되어가지만 나는 아직 50
이라고 생각하며 살아간다. 그래서 소통공감 박사 과정을 통해 사람이
서로 다름을 알게 되고 어떻게 소통하고 서로의 마음을 공감하는지 배웠
다. 그리고 봉숭아학당 문화혁신학교 홍보모델로서 "문화창조는 신화창

조다."라는 봉당의 캐치프레이즈를 실현하는 중심에서 함께하고 있다. 늘 부족하다고만 느꼈던 나의 삶의 이야기를 책으로 펼치며 작가도 되어 가고 있다. 나에게 배움의 길을 열어 주고 삶의 희망을 주고 기쁨이 되어 준 봉숭아학당 문화혁신학교를 이끌어 가시는 성창운 총장님, 매주 좁은 주방에서 밥을 해 식구들을 먹이며 수행하는 나의 스승이자 자랑스러운 동생 오행자 교수에게 진심으로 감사의 마음을 전한다.

최영숙

[주요 약력]

경희사이버 대학교 삼담심리학과 졸업
요양보호사로 11년째 근무
모두의 학교 시민커뮤니티 강사 활동
에세이 글쓰기 공저 작가
수지침서금요법 강사 활동
유튜브: 영숙이

[자격증]

사회복지사
평생교육사
미술심리 상담지도사
클레이아트지도사
수지침서금요법 지도강사
고려수지침 학회 학술위원
심리분석상담사
실버 인지놀이지도사
인지행동 심리상담사

만학도로서 100세 시대를 이끌어 가는 리더다.
50여 개가 넘는 자격증이 나의 노력을 말해
준다.
지금은 준비된 리더로 커뮤니티를 조직하여
시니어들을 지도하며 이끌어 가고 있다.

공주로 살아온 어린 시절 영숙이

　나의 고향은 전북 익산이다. 아버지는 동네 구장 일을 맡아 보시고 할머니는 동네 어른으로 존경받는 분이셨다. 누구나 첫 번째 만남이 귀하듯 할머니들은 장손의 첫 손주를 귀하게 여기시고 더 예뻐하신다. 나는 장손인 우리 아버지의 첫째 딸이다. 덕분에 할머니 사랑은 물론 집안 어른들의 사랑을 독차지했다. 내가 초등학교 1학년 때 아버지와 엄마는 충남 강경 외갓집 근처로 동생들을 데리고 분가하셨다. 나는 할머니와 막내 고모랑 함께 살았다. 할머니와 막내 고모랑 함께 살던 초등학교 시절이 내게 가장 행복한 추억이다.

　나는 10살 때까지 할머니 품에서 젖을 만지고 잤다. 꼼꼼하고 얌전하신 우리 할머니는 명절 때가 되면 개피떡과 유과를 만드셨다. 겨울에 할머니가 담근 동치미는 시원하고 맛이 있어 동네 사람들도 많이 나누어 먹었다. 내가 아플 때는 정성껏 간호해 주셨고 나는 할머니 치맛자락을 붙들고 떨어지지 않았다. 할머니가 밭에 가시면 따라가서 흙장난하고 놀았던 기억이 난다. 할머니는 내게 심청전, 장화홍련전, 숙향전 등 옛날이야기를 많이 들려주셨다. 나는 할머니가 들려주신 이야기를 친구들에게 들려주면 아이들은 재미있게 들었고 나는 '이야기보따리'라는 별명이 붙여

졌다.

막내 고모와 나는 7살 차이다. 고모는 나를 인형처럼 애지중지 예쁘게 꾸며 주고 보살펴 주었다. 한복을 곱게 물들여 예쁘게 지어 주시고, 아침에 학교 갈 때는 도시락과 누룽지를 끓여서 같이 싸 주셨다. 수업 두 시간 끝나면 누룽지 먹고, 점심시간에는 도시락을 먹었고 집에 돌아오면 고구마를 쪄 놓고 기다렸다. 학교에서 놀고 복도 청소하며 옷고름이 떨어지고 치마폭이 터져서 와도 꾸지람 한 번 하지 않고 다시 꿰매 주셨다. 봉숭아꽃이 피면 꽃과 잎에 백반을 넣고 찧어서 작은 내 손톱을 예쁘게 봉숭아 꽃물을 들여 주기도 했다. 한번은 고모 친구가 집에 와서 나랑 셋이 같이 잤는데 나는 고모 옆에 자면서도 나만 보고 자라고 고모 팔을 베고 고개를 돌리지도 못하게 했다. 사랑은 아무리 많이 받아도 끝이 없는 듯하다.

그렇게 나를 사랑하셨던 우리 할머니는 막내 고모 시집만 보내고 나면 돌아가셔도 여한이 없다 하셨는데 증손주를 4대까지 보시고 93세에 돌아가셨다. 우리 엄마보다 더 좋아한 막내 고모는 지금도 만나면 할 이야기가 많다. 어린 시절 금수저 이상으로 사랑을 주신 두 분께 이 지면을 빌어 감사의 마음을 전해 본다.

콩쥐가 된 청소년기 영숙이

초등학교 5학년 때 어머니 아버지가 계신 강경으로 왔다. 삼촌이 결혼을 하면서 할머니와 막내 고모는 서울로 올라가셨다. 지금 돌아보면 우리 할머니는 참 지혜로운 분이다. 아들이 결혼하고 나니 둘이서 살라 하고 당신은 결혼 안 한 딸과 서울에 가서서 따로 사신 것이다. 삼촌이 결혼하시니 작은아버지가 되셨다. 할머니와 막내 고모가 서울로 가시고 나는 작은 집에서 지냈다. 작은아버지와 작은어머니는 내게 참 잘해 주셨다. 그때까지가 내 인생의 봄날이었다.

나의 청소년 시기는 중학교 가야 하는 나이에 맏딸로서 부모님을 도와 집안일을 거들고 동생들을 돌보아야 했다. 부모님은 일하느라 늘 일찍 나가셨다 늦게 들어오셨고 밑으로 동생들은 줄줄이였다. 딸 다섯을 낳고 끝으로 아들 둘을 낳으셨는데 우리 엄마한테 큰 남동생은 조선 팔도에 없는 귀한 아들이었다. 보리밥도 배불리 먹기 힘든 시절에 남동생은 쌀밥을 주었고 닭이 알을 낳으면 그것은 당연히 큰 남동생 몫이었다. 엄마가 일을 가시면 나는 집안일을 하고 동생 젖 먹일 시간이 되면 동생을 업고 엄마한테 가서 젖을 먹여서 돌아왔다. 집에 오면 집안일이 나를 기다린다. 키도 작고 덩치도 조그마한 나는 매일 같이 물지게를 지고 강물을 길

어다 큰 항아리 3개를 채워 놓아야 그 물로 밥도 하고 씻기도 하고 생활을 했다.

또 하나 힘든 일은 1년에 12번이나 지내는 제사와 명절이었다. 명절이면 12그릇의 밥을 차려서 차례를 지냈다. 당연히 손님들도 많이 오셨다. 밥 차리고 설거지하고 이 모든 일은 엄마를 도와 내가 해야 하는 몫이었다. 어린 시절 할머니와 막내 고모 손에서 공주처럼 자랐던 내가 청소년기는 부모님 밑에서 맏이의 역할을 톡톡히 해냈다. 투정도 부릴 만하지만 나는 최선을 다했고 부모님도 동생들에게 큰언니 말에 순종하도록 하며 맏딸로서 예우와 권위를 세워 주셨다.

명절 때 손님이 다 가고 나면 친구들과 놀 수 있는 시간도 있었다. 동생들과 극장도 가고 친구들과 어울려 놀기도 했다. 청소년기 친구들은 참 소중하다. 개천 건너에 살던 복순이와 만순이는 항상 나와 함께한 친구들이다. 물 기르러 갈 때, 보리쌀을 씻으러 갈 때, 빨래하러 갈 때 함께하던 친구다. 안동네에 살던 정자, 영희, 연실이, 종이, 옥자 친구도 있다. 지금도 서울과 근교에 사는 친구들은 만나서 수다도 하고 즐거운 시간을 갖는다. 그렇게 나의 청소년기는 콩쥐처럼 일을 많이 하기도 했지만 그런 맏이의 역할이 책임감과 독립심을 기를 수 있는 귀한 시간이었다.

할머니와 막내 고모의 사랑이 워낙 커서 엄마의 사랑은 크게 느끼지 못하고 살았지만 내 나이 50이 넘어가면서 부모님의 희생과 헌신에 대한 큰 사랑을 알았다. 아버지는 2023년 5월에 94세로 엄마는 12월에 92세로 하늘나라에 가셨다. 나를 이 세상에 존재하게 하신 어머니, 아버지 덕분에 내가 여기 있다. 감사하다.

여호와증인으로 살아온 나의 30년

우리 집은 제사나 시제를 모실 때면 아버지가 손수 지방을 쓰시고 축문을 읽으시는 철저한 유교 집안이었다. 할머니는 때가 되면 떡을 해서 장독대에 올려놓고 하얀 한복을 입고 지성을 드리시는 토속신앙인이셨다. 그 속에서 고모는 동네 교회를 나갔고 우리 아버지의 핍박을 많이 받으셨다. 나는 그런 고모를 따라 교회를 다닌 것이 나의 첫 번째 신앙이었다.

우리 집은 내가 스무 살 때 서울 신도림 이발소 자리에 이사를 와서 방두 개와 구멍가게를 만들어 살았다. 아버지가 방 하나를 세를 주셨는데 그분이 여호와증인이었다. 이름은 이영숙, 그분을 통해 나는 성경 공부를 시작했고 6개월 만에 장충체육관 지역대회에서 헌신하고 침례를 받았다. 그 사실을 아신 아버지는 내 옷을 다 찢어 버리고, 가위로 머리카락을 다 잘라서 대문 밖을 나가지 못하게 하셨다. 그렇게 몇 개월을 갇혀 있다가 집에 아무도 없는 틈을 타 집회에 참석하고 돌아오다 아버지와 딱 마주쳤다. 아버지는 집회에 다녀온 나를 보는 순간 화가 나서 내 머리채를 잡고 벽에 얼마나 박았는지 일주일을 머리를 들지도 못하고 누워 있어야했다. 나는 부모님의 심한 핍박에도 동생들과 고모들을 전도하여 여호와증인으로 만들었다.

제사가 되면 제사 음식을 먹지 않는다는 이유로 아버지의 핍박은 계속되었고 나는 집에서 쫓겨나 친구와 방을 얻어 직장 생활을 하며 여호와중인으로 신앙생활을 열심히 했다. 여호와중인들의 생활은 성경을 공부하고 다른 사람들에게 전도하는 것이 주 업무다. 나는 틈만 나면 봉사를 했고 전도 봉사한 기록은 협회로 보고했다. 나는 파이오니어가 되고 싶었다. 당시 파이오니어는 한 달에 100시간씩 봉사를 해야 했다. 직장을 그만두고 한 달 임시 파이오니어를 했다. 한 달을 경험하고 나니 더욱 정규 파이오니어로 봉사를 더 하고 싶었다. 그런데 직장을 다니면 할 수가 없었다. 그런 내 마음을 아는 듯 신남동에 중풍 환자 아침저녁 식사를 차려드리고 낮에는 내가 파이오니어를 할 수 있는 일을 소개받았다. 그렇게 일하면서 대림동, 도림동, 신풍동, 신대방동을 누비며 오전에는 호별 방문을 하고 오후에는 관심 있는 사람들 재방문하여 성경 가르치는 일을 했다. 그렇게 3년을 봉사하며 내가 원하는 삶을 살았는데 다시 일을 구해야 하는 상황이 찾아왔다.

다시 고민에 빠져 있을 때 친구가 상이용사로 1급 지체 장애 환자가 있는데 신붓감을 구한다는 이야기를 전했다. 그도 여호와중인이어서 자기와 결혼하는 아내는 파이오니어로 봉사할 수 있도록 적극 지원을 한다는 얘기였다. 일단 만나 보기로 했고 만나다 보니 착한 사람이어서 나는 결혼을 결심했다. 보통 사람이라면 부모 반대부터 절대 쉽지 않은 선택이었을 것이다. 신앙에 대한 나의 간절함이 정규 파이오니어를 하기 위해 그 사람과 결혼을 선택한 것이다. 결혼할 때도 이미 집에서는 내놓은 자식이기에 부모님은 참석하지도 않으셨다. 작은 체구의 남편을 업고 안아서 휠체어에 태우고 밀고 다니며 봉사를 했다. 아마 우리 부모님이 그 모습을 봤다면 기절초풍하고도 남으셨을 것이다. 남편과 살던 집은 신대방동 상이용사들이 모여 사는 신생 아파트였다. 나는 결혼 2년 만에 아파트를 팔고 경기도 발안에 큰 집을 사서 이사했다. 그 집을 개조해 여호와증인 집회 장소인 왕국회관으로 사용하면서 남편을 주임장로로 나는 파이오니어 봉사자로 신앙생활을 하며 살았다.

그러던 어느 날 내 나이 서른세 살에 나는 울타리 안에 심어 놓은 포도나무 분재를 해 주다가 손가락을 다친 곳이 파상풍에 감염되어 몸이 굳어져 갔다. 그렇게 아픈 몸을 치료하는 과정에 신앙생활을 위해 선택한 나의 남편은 신부전증 진단을 받고 그해에 하늘나라로 갔다.

참하나님을 만나는 기적

남편은 하늘나라에 가고 나는 파상풍으로 고생하면서 발안에 집을 팔고 서울로 올라와 김포에 집을 사서 부모님과 함께 살았다. 남편을 보내고 파상풍을 치료하기 위해 항생제 주사를 맞다 보니 온몸의 혈관이 딱딱한 돌멩이처럼 굳어 갔다. 굳은 혈관을 푸는 데 3개월이 걸렸고 후유증으로 혈관들이 오그라들어서 혈액 순환이 되지 않아 손바닥과 발바닥이 하얗고 딱딱해졌다. 등은 철판을 붙여 놓은 것처럼 감각이 없고 통증은 너무 심했다. 세브란스 병원에 가니 치료방법이 없고 통증을 약화시키는 약을 2년 동안 먹었다. 그렇게 고통스러운 날을 보낼 때 용산에 침놓는 용한 할아버지를 소개받아 침을 맞으러 다녔다. 10센티나 되는 침 다섯 개를 배에 돌리면서 놓을 때 정말 고통스러웠다. 그 침을 맞고 20일 정도는 통증이 가라앉다가 다시 통증이 오면 또 가서 침을 맞았다.

그때 살을 빼기 위해 수지침을 맞으러 간다는 지인을 따라갔다. 내 몸의 심각성을 보고 직접 수지침을 배우라며 고려 수지침 신정도 지회를 안내해 주셨다. 그때부터 나는 16년 동안 수지침으로 내 몸을 풀면서 살았다. 처음에는 손바닥에 살짝만 자극을 주어도 소름 끼치게 아팠다. 하지만 시간이 지나면서 스스로 내 몸을 관리할 수 있게 되었다. 수지침을 배우고 7년 후 우연히 수지침을 내게 배우라고 권유했던 선생님을 만났다. 그분은 자기 집에 찾아오는 분들에게 3만 원씩 받고 침을 놓아 주는데 딱 한 사람만 수지침을 배우라고 소개했다며 그게 나였다고 한다. 참 감사하다. 지금은 손에 혈점을 찾아 아프지 않게 자극할 수 있는 도구들이 많고 치료 효과도 뛰어나다. 나는 그렇게 내 몸을 관리하며 보험회사에 다녔다.

보험회사 다니다 1999년 화진화장품 회사 영업 관리로 이직을 했다. 그때 기적의 하나님을 만나게 되었다. 같은 회사에 만민중앙교회를 다니는 성도가 입사했는데 그 교회에서는 병원에서도 포기한 병들을 많은 사람이 치료받았다는 이야기를 했다. 나는 31년째 뼛속까지 여호와증인이었지만 파상풍으로 인한 후유증이 완치가 아니라 수지침으로 관리하며 견디고 있었기에 2002년 12월 24일 크리스마스이브에 만민중앙교회로 갔다. 나는 교회에 들어서면서 놀랐다. 교회에 들어서는 성도들의 얼굴이 하나같이 밝고 깨끗하고 건강미도 넘치고 예쁜 모습이 신기했다. 신기한 마음으로 교회 안에 들어서서 또 한 번 놀랐다. 200여 명의 성가대원과 닛시 오케스트라의 연주는 예수님의 탄생을 축하하며 함께 기뻐하는 천사들의 모습이 지상에서 볼 수 없는 하늘나라 천국에 와 있는 듯 아름답게 보였다. 그 후로 주일마다 만민중앙교회에서 예배를 드렸다.

여호와의 증인에서 교회로 옮기는 것은 대단한 결단이 필요하다. 그것은 배교자가 되기 때문에 일가친척이나 가족이라 해도 관계를 끊어야 하기 때문이다. 나로 인해 내 동생들, 고모들, 시 동생네 가족까지 모두 여

173

호와증인들이다. 바로 밑에 여동생은 내가 전도하여 여호와증인으로 신앙생활을 하다 가족들의 핍박이 심해 절로 가서 스님이 되었다. 이런 상황에서 나는 참하나님을 만나기 위해 만민중앙교회로 옮긴 것이다. 여기에서도 나의 성격이 나온다. 지금까지 내 삶을 돌아보면 나는 한 번 해야 한다고 마음을 먹으면 어떻게든 하고 마는 고집 중에 황소고집이 있다.

어느 날 다니엘 철야 기도회가 있다는 말을 듣고 나도 참석을 했다. 그런데 기관 친구가 나에게 "신앙생활을 했어도 잘못했기 때문에 회개해야 해." 하고 말하는 것이다. 나는 속으로 '누구보다 신앙생활을 열심히 했고 희생만 하며 살았는데 뭘 회개해야 하나?'라는 생각을 하면서 고개를 숙이는 순간 놀라운 일이 일어났다. 우리 집 집수리를 하면서 남편한테 내 고집대로 했던 일들이 TV 화면처럼 크게 보였다. 그때부터 깊이 뉘우치고 철저히 회개하는 기도가 나오면서 1시간 이상 눈물 콧물 범벅이 되도록 울었다. 내 생에 처음으로 경험하는 일이었다. 그렇게 통 회의 기도를 하고 집에 와서 자고 일어나니 기적이 일어났다. 손끝에서 발끝까지 온 몸에 혈액이 도는 것이다. 몸이 굳어져서 늘 수지침으로 관리를 하던 머리부터 발끝까지 두통, 알레르기비염, 위장병, 요통, 무릎 아픈 것까지 내 몸 전체를 일순간에 치료해 주신 것이다. 그때부터 나는 하나님의 은혜로 내 나이 70이 넘었지만 건강하게 삶을 살아가고 있다.

서른한 살 아들을 하늘나라에 보내고

가만히 돌아보면 나의 삶도 만만하지는 않다. 어려서 할머니와 막내 고모의 사랑을 듬뿍 받고 자랐지만, 맏딸로 동생들을 챙기고 부모님을 돕느라 초등학교까지밖에 다니지 못했다. 20대부터 여호와증인으로 봉사의 삶을 살다 33살의 나이에 다시 혼자 힘으로 세상과 부딪치며 살아야 했다. 그 가운데서 내가 가장 잘한 일은 늦공부를 시작한 것이다. 37세에 중학교 검정고시, 43세에 고등학교 검정고시에 합격했다. 고집이 있는 만큼 무엇이든 하면 최선을 다해 끝까지 하는 나였기에 늦게 시작한 공부가 날 새는 줄 모르고 열심히 했다. 2014년 요양보호사 자격증을 취득하고 2018년에는 경희사이버대학교 상담심리학과를 졸업했다. 지금 나는 자격증이 사회복지사, 평생 교육사 등 50개가 넘는다.

내 인생은 또 하나의 아픔이 있다. 39세에 한 장로님의 소개로 재혼을 해서 40세에 아들을 낳았다. 나이 40에 나를 엄마라고 불러 주는 아들이 태어난 것은 내 삶의 기적이다. 그러나 그 행복도 그리 오래가지 않았다. 아들이 8살 되던 해에 남편이 기관지암으로 하늘나라에 가고 말았다. 운명의 장난처럼 두 번의 사별을 경험하고 홀로 아들을 키워야 했다. 감사하게도 착한 아들은 별 탈 없이 잘 자라 주었다. 그러나 화진화장품 회사에 4년 동안 다니며 영업을 하다 보니 가진 돈 다 날리고 감당할 수 없는 카드값으로 파산까지 하는 지경에 이르렀다. 그러나 화진화장품 회사에서 돈은 잃었지만 거기서 만난 인연으로 참하나님을 만나 건강을 찾았으니 이 또한 하나님의 뜻이라고 생각하며 살았다.

2021년 어느 날 청천 날벼락이 내 머리와 가슴에 떨어졌다. 하나밖에 없는 아들, 8살 때부터 혼자 키워 온 나의 분신인 아들이 31세밖에 안 되었는데 회사에서 사고로 내 곁을 떠난 것이다. 자식은 죽으면 가슴에 묻는다는 말이 있듯이 나는 아들을 가슴에 묻고 삶의 의미를 잃었다. 그때 내가 아직 죽을 때가 되지 않아서일까? 봉숭아학당 문화혁신학교가 있는 3층에 일이 있어 가다가 문이 열려 있는 2층 봉숭아학당 문화혁신학교가 궁금해 빼꼼히 들여다보게 되었다. 그때는 성창운 총장님과 문우택 본부장님이 식사를 하고 계셨고 나도 들어와 같이 먹자고 반갑게 맞이해 주셨다.

그것이 인연이 되어 나는 매주 월요일 무료 웃음치료 교육에 참여하게 되었다. 가수, 강사, 시인 다양한 사람이 참여하며 함께 웃고 서로를 배려하는 문화에 젖어 들어 방송스피치 지도사과정도 4기로 함께했다. 그리고 내 아픔을 아신 성창운 총장님과 오행자 교수님은 나의 칠순 잔치도 해 주셨다. 가수들이 축하 노래도 불러 주고 미역국도 끓여서 푸짐하고 정이 넘치는 칠순이었다. 아들이 없어 외롭고 우울한 나에게 봉숭아학당 문화혁신학교는 내게 친정이었다. 나뿐만이 아니라 봉숭아학당 문화혁신학교에 오신 분들이 처음에는 힘들어서 오시지만 시간이 지나면서 밝아지고 얼굴에 생기가 돌고 입가에 웃음꽃이 피어나는 것을 많이 보았다. 혹시 삶이 힘들고 고통 속에 있다면 서울 봉천역 4번 출구에 있는 봉숭아학당 문화혁신학교로 오시면 된다. 확실하게 추천한다. 마지막으로 나를 살게 한 봉숭아학당 문화혁신학교를 이끌어 주시는 성창운 총장님, 그리고 이 글을 쓸 수 있도록 잘 이끌어 주신 오행자 교수님께 감사의 마음을 전한다.

꽃송이

[주요 약력]

한림성심대 간호전문 학사
김천대학교 간호 학사
현)꽃송이행복교육원 대표
유튜브: 꽃송이행복TV
블로그: 꽃송이행복교육원
2023.4. 1집 앨범: 〈잡아잡아〉, 〈왜왜왜O〉

[방송 경력]

〈전국노래자랑〉 2회 입상(무주군, 홍천군)
한국시니어TV 시니어놀이터 난타 강의
각종 지역 축제 및 가요제 초대가수

[강의 분야]

노래, 웃음, 소통, 스피치, 장구숟가락, 스마트폰활용,
요양보호기술, 기본간호기술

꽃송이의 행복 5고(go).
살기 실천하(고), 나누(고), 풀(고), 걷(고),
웃(고).
오늘도 나는 도전한다.
누구나 1분 1초가 행복한 주인공이 될 수
있다.

감성쟁이 문학소녀

지금의 내 모습을 보면 감히 상상할 수 없는 어린 시절, 나는 밤하늘의 별을 바라보며 '나의 별은 어디 있을까? 별은 어디서 왔고, 나는 어디서 왔으며 어디로 돌아갈까?'를 묻던 감성 풍부한 소녀였다. "나는 누구일까?" 많은 철학가와 성인들이 물었던 질문을 그 어린 나이에 까만 밤하늘을 바라보며 물었고, 사색을 즐기며 때로는 일기장에 그런 나의 마음을 담았다.

때로는 엉뚱한 소녀였다. 하루는 학교 끝나고 집에 가는 길에 소낙비를 만났다. 나는 그 비를 피하지 않고 옷과 책가방이 흠뻑 젖도록 온몸으로 맞으며 걸었다.

긴긴 겨울이 지나고 따스한 봄 햇살이 겨우내 얼었던 얼음을 녹이며 피어오르는 아지랑이를 보며 봄을 보았고, 얼음 밑으로 졸졸 흐르는 물소리를 통해 봄이 오는 소리를 들었다. 여름철 장마가 지면 황토색으로 변한 강물이 집과 사람을 집어삼킬 듯 밀려오는 거센 물결을 보며 두려움이 몰려왔다. 가을날 풍성한 열매를 통한 수확의 기쁨과 감사를 느끼고, 바람에 떨어지는 은행잎을 보며 삶의 무상함을 만났다. 세상 모든 것이 얼어붙는 겨울날 하얗게 세상을 덮은 함박눈을 보며 무(無)에 대해 생각했다. 나의 청소년기는 자연의 선물인 사계절의 변화 속에서, 삶과 존재에 대한 의문을 키우며 문득문득 찾아오는 허무와 외로움이 친구가 되었고 그렇게 성장했다.

가정 형편이 어려웠으나 초등학교 졸업 선물로 아버지가 문학 전집 30권을 사 주셨다. 나는 얼마나 기뻤는지 책을 읽고 또 읽으며 시간 가는 줄 모르고 독서 삼매경에 빠졌다. 독서를 통해 새로운 세상을 만나며 간접 경험을 했다. 그렇게 책은 나의 머릿속을 채우는 보물창고였다. 그런 나에게 독서의 폭을 넓혀 준 친구를 만난 것이 또 하나의 행운이었다. 그때는 친구들과 '마니또게임'이 유행이었다. 자신이 누구인지 밝히지 않고 상대에게 늘 관심을 주며 편지나 선물을 보내면서 서로를 응원하는 놀이의 일종이다. 내게는 감사하게도 독서를 많이 하는 친구가 마니또가 되어 매일 쪽지를 주고받으며 채워지지 않는 영혼의 목마름과 궁금증, 형이상학적이고 철학적인 이야기들을 통해 소울메이트가 되었다.

마니또 친구의 추천으로 『양철지붕의 담쟁이』이라는 소설을 처음 읽으며 다양한 분야의 책에 관심을 가지고 읽게 되는 계기가 되었다. 처음부터 강렬한 기억을 남겼던 주인공 분희는 고아로 가정부 일을 하면서 야간고등학교를 졸업하고 대학생이 되었다. 어려운 역경 속에서도 포기하지 않고 용기를 내어 냉혹한 세상과 맞서며 강인한 의지로 살아가는 분희의 환경이 나의 현실과 동일시되기도 했다. 지금까지 살아오면서 어려운 환경 속에서도 오뚜기처럼 잘 일어설 수 있었던 것은 사춘기에 만난 분희의 영향이 컸다. 그렇게 나의 사춘기 시절을 아름다운 추억으로 만들어 준 나의 소울메이트, 마니또 친구 영희는 전학을 갔고 그 후로 연락이 끊겼지만 언젠가는 꼭 한 번 보고 싶은 친구다.

나의 청소년기는 혼란 속에서 나의 정체성을 찾아가는 시기였다. 중학교 때 이미 세상을 다 안다고 생각했던 나는 빨리 어른이 되고 싶었다. 책을 통한 간접 경험이 아니라 어른이 되어 인생을 내가 원하는 대로 살아 보고 싶었다. 소설을 읽으면 소설가가 되고 싶고, 시를 읽으면 시인이 되고 싶고, 멋진 사진을 보면 사진작가도 되고 싶었고, 노래를 따라 부르며 가수가 되고 싶었다. 고등학교 3학년 때 학생들에게 진로 상담을 해 주시던 담임 선생님은 내게 교사가 되기를 권하셨지만 어려운 가정 형편을 고려해 빨리 취업할 수 있는 간호대학을 가기로 했다. 철이 없었는지 이기적이었는지 내가 대학에 못 간다는 생각은 꿈에도 하지 않았다. 동생들은 야간고등학교를 다녔지만 나는 대학에 들어갔다.

50을 훌쩍 넘긴 나이에 깨달은 나

1984년 서정윤 시인의 『홀로서기』 시집을 읽고 '인간은 모두가 홀로서기를 해야 한다.'는 것을 알았다. 나만 그런 것이 아님을 깨달으며 그 이후 내 삶은 진정한 홀로서기를 위해 견뎌내야 하는 삶이라고 받아들이게 되었다. 혼자라는 것을 거부하고 저항하면 괴로운 것은 자신이다. 모든 것을 받아들이는 순간 마음에 평화가 찾아온다.

인생은 홀로서기의 여정이며 세상 속에 이웃과 함께 또 혼자서 중심을 잡을 수 있는 균형 잡힌 삶을 살아가는 것이다. 여전히 대학에서도 철학에 관심이 많아 다양한 철학책을 읽었다. 칼릴 지브란의 영어 산문시집 『예언자』를 읽으며 또 깨달음을 얻었다.

> "자아란 헤아릴 수 없는 드넓은 바다다.
> 진실을 다 찾았다 하지 말고 겨우 한 조각의 진실을 찾았
> 다고 말하라."
>
> −『예언자』 중에서−

나는 나란 존재를 스스로 무엇이라고 정의 내리고 싶었다. 동그라미,

세모, 네모 어떤 틀로 정확하게 설명하고 싶었다. 하지만 칼릴지브란의 말처럼 나는 드넓은 바다였다. 틀에 가두려고 하면 할수록 딱 들어맞는 퍼즐 같은 나는 존재하지 않았다. 이것인가 싶으면 저것이고 채워지는가 싶으면 또 무엇인가 부족했다. 결국, 인생의 정답은 없는 것이다. 서른이 넘어 내린 결론은 "산은 산이요. 물은 물이다."라는 성철스님의 말씀을 통해 나는 그냥 나일 뿐이라는 것을 깨달았다. 완벽하게 내향적인 사람도 없고, 완벽하게 외향적인 사람도 없다. 내 안의 나의 기질을 알고 기질대로 나답게 살아가는 것이다. 나는 혼자 있기를 즐기기도 하지만 사람들과 소통할 때 더욱 빛이 나는 사람이라는 것을 나이 오십이 훌쩍 넘어서며 깨달았다.

반백 년을 살면서 수없이 던졌던 질문에 대한 해답을 나는 이렇게 깨달았고 이제는 내가 누구이며 어떤 존재인지 질문하지 않는다. 그저 나로 나답게 살아갈 뿐이다. 자연이 바람이 환경을 탓하지 않고 주어진 대로 살아가듯 나 역시도 나를 찾아온 고통이든 기쁨이든 자연스럽게 받아들이며 나의 삶을 최선을 다해 살아갈 뿐이다.

하나님을 만나러 가는 길

프랑스의 철학자 데카르트는 "나는 생각한다. 고로 존재한다. 그러나 나의 존재는 신이다."라고 했다. 내가 생각하는 나를 존재하게 하는 하나님을 만나는 길은 평탄한 길도 가시밭길도 있었다.

나의 외할아버지는 대처승이었다. 어린 시절 엄마 따라 외갓집에 가면 깨끗하고 깔끔하게 정리된 넓은 마당과 법당, 하얀 쌀밥과 설탕 과자가 있었다. 식사 전에는『반야심경』을 읽어야 밥을 먹을 수 있었다. 그리고 천당과 지옥세계를 그린 만화책도 있었다. 아직도 그 장면은 생생하게 기억에 남아 있다. 지옥은 끔찍한 형벌로 고통스러워도 죽을 수 없는 장면이고 천당은 긴 숟가락으로 서로에게 음식을 먹여 주며 행복하게 사는 모습이었다. 규칙적으로 울리는 할아버지의 목탁 소리,『천수경』,『반야심경』염불 소리를 들었다. 법문이 없는 한가로운 시간에 마루에 앉아 있으면 물고기 모양의 청아한 풍경 소리가 절간의 고요를 깨웠고, 황금 옷을 입고 법당에 앉아 계신 부처님의 부드러운 미소가 내 마음을 평안하게 했다. 그렇게 자연스럽게 어린 시절에 불교를 접하며 내 안의 첫 번째 신을 만났다.

두 번째 신은 고등학교 1학년 때 친구의 권유로 간 성당에서 만났다. 교리를 배우고 세례와 견진성사를 받고 친구보다 더 열심히 다니며 신실한 가톨릭 신자가 되었다. 성당에 가면 마음이 편안하고 마치 내가 귀한 존재가 된 듯 신비로움을 느꼈다. 대학생이 되면서 가톨릭 학생회장을 하며 성지 순례와 피정에 참여하고 신앙 서적을 읽으며 어떻게 살 것인가에 대한 내 삶의 막연함이 구체화 되는 시기였다. 옛 성인들처럼 자신의 사명을 감당하고 나누는 삶을 살기를 소망하며 천주교인으로서 정체성을 확립해 갔다. 그렇게 대학을 졸업하고 대학병원 간호사로 취업을 하니 3교대 근무였다. 어쩔 수 없이 미사에 빠지는 날이 많아졌고 나를 이끌어 주는 이도 없다 보니 자연스럽게 냉담자가 되었다.

인생은 알 수 없는 것, 이 또한 인연이겠지만 불교 집안의 남편과 결혼을 했다. 결혼 생활도 만만하지 않았다. 그렇게 만만하지 않은 삶은 동생의 권유로 교회에 가며 하나님을 섬기게 되었고 나의 세 번째 신앙이 되었다. 모든 것은 하나님의 놀라운 계획 속에 있었다. 결혼 생활이 어려울 정도로 찾아온 좌절, 사기, 파산, 신용불량자, 가정불화, 사람에 대한 불신으로 나 자신도 믿을 수 없고 아무것도 할 수 없을 때 눈부신 빛으로 예수님이 나타나신 것이다. 정신적으로 사회적으로 불구가 된 후 하나님의 사랑을 깨닫게 된 것이다. 나의 교만함이 하나님을 만나는 데 먼 길을 돌아왔지만 그래서 더 귀하고 더 큰 사랑을 느낄 수 있었다. 그런 고난이 없이 모든 것이 내가 원하는 방향으로 흘러갔다면 나는 하나님을 절대 만나지 못했을 것이다.

그렇게 돌아온 나를 하나님은 나와 함께 울어 주시고 웃어 주셨다. 십자가 보혈로 내 죄를 깨끗하게 하시고 새롭게 하시며 내 온몸의 독소가 빠져나오듯이 폭포 같이 쏟아지는 눈물로 치유하셨다. 이제는 하나님의 자녀로, 이 세상에 존귀한 존재로, 축복받는 존재로 태어났음이 믿어졌다. 눈에 보이지 않는 영의 세계에 대한 확신을 가지며 내 삶의 일어난 사건들로 찾아오는 어려움과 고통이 이해가 되었다. 지금도 하고 싶은 것, 해야 하는 것, 때로는 선택의 기로에서 어렵고 힘든 일도 많다. 그러나 나의 힘겨움은 모두 하나님께 더 나아가기 위한 길임을 알기에 무겁고 힘겨워도 뚜벅뚜벅 앞으로 나아간다.

전쟁 같은 삶에서 꽃송이 행복 교실로

"산다는 것은 무엇일까?" 어린 시절부터 물어오던 질문이다. 인생의 정답은 없지만, 이제는 말할 수 있을 것 같다. '내게 주어진 상황에 그것이 어떤 일이고 어떤 상황이라 할지라도 거부하지 않고 잘 살아내는 것'이라고 말이다. 가정에서 두 아이의 엄마로, 직장에서는 간호사로, 교회에서는 신앙인으로 살아온 나의 삶이다. 늘 일을 하며 살았기에 현모양처는 말일 뿐 그때그때 처한 상황에 최선을 다하는 내게 삶은 전쟁이었다. 이제는 그 전쟁을 종식시킬 때가 왔다. 그동안 경제적 위기는 나를 강인함으로 무장시켰다. 두 아들은 대학 졸업 후 직장 생활을 하며 자신들의 삶을 살아가고 있으니 엄마로서 역할은 다 했다. 이제는 그냥 지켜봐 주기만 하면 된다. 간호사로서의 일도 최고 직급인 간호 부장까지 하며 최선을 다한 나의 직업이었다. 그리고 신앙인으로의 삶은 내가 숨 쉬듯 숨이 멎는 순간까지 함께할 것이다.

지금까지 생존을 위한 삶, 나의 역할에 책임을 지는 삶을 살았다면 지금부터는 나의 내면에서 원하는 삶, 나의 기쁨이 자연스럽게 타인에게도 전해지는 나다운 삶을 살고자 한다. 어쩌면 지금부터의 삶을 위해 나는 지금까지 훈련을 해 온 것이라고 생각한다. 2002년부터 간호학원에서 강의를 했고, 요양보호사자격과정 강의를 했다. 2006년부터는 교회 노인대학에서 웃음치료, 레크리에이션 강의를 했고, 빈 시간에는 노래와 악기 동아리에서 활동하며 예능감을 살렸다. 2021년에는 간호사를 그만두고 요양보호사 교육원을 오픈했다. 나는 교육원을 경영하며 내가 하고 싶은 일들을 겸해서 하고 싶었다. 간호사 정년까지 기다리기에는 내 마음이 조급했다. 그러나 하나님은 무조건 내 뜻대로 되지 않음을 알게 하시기 위해 교육원은 1년 만에 문을 닫고 말았다.

교육원 폐업 신고를 하고 정리할 때 음반을 내고 가수를 해 보면 어떠냐는 제안이 들어왔다. 지금까지 나의 삶을 돌아보면 나는 무대에서 강의하고 노래를 할 때가 가장 즐거웠다. 나이도 있고 여러 가지 염려도 있었지만 물 흐르듯이 삶이 나를 이끄는 곳으로 가 보기로 했다. 그렇게 음반을 내고 노래 연습을 하며 노래 강사 자격증까지 받다 보니 노래 강사도 하고 싶고, 웃음, 레크, 소통에 관한 강의까지 하고 싶은 욕심이 올라왔다. 이제는 가족이나 누구를 위한 삶이 아닌 나 꽃송이를 위한 삶을 살고 싶었다. 그 기회가 온 것이다. 그렇게 나는 열심히 공부하며 강의를 하기 시작했고 새로운 것을 배우고 수업 자료를 준비하기 위해 유튜브를 많이 보게 되었다. 유튜브에서 가장 많이 보고 내게 도움이 되었던 채널이 '봉당힐링TV'였고, 나는 자연스럽게 성창운 총장님과 오행자 교수님의 매력에 빠지게 되었다.

그리고 어느 날 선배 강사님께서 봉숭아학당 문화혁신학교에서 두 번째 공저를 준비한다는 소식을 전해 주면서 함께해 보자고 하셨다. 묻지도 따지지 않고 무조건 함께하겠다고 했다. 그리고 글쓰기 수업 첫날에 성창운 총장님과 오행자 교수님을 처음 상봉하는 날, 그 기쁨은 말로 표현할 수 없었다. 유튜브 화면으로만 보던 연예인을 만나는 느낌이었다. 그리고 그날 성창운 총장님의 "잘해 드리겠습니다."라는 멘트 한마디에 완전히 반했다. 총장님은 2023년에 출간하신 『복을 짓는 리더의 삶』 책을 선물해 주시며 복을 짓는 리더는 복을 달라고 하기 전에 내가 먼저 복을 짓는 것이라고 말씀하셨다. 나는 이제 누구의 무엇이 아닌 온전한 나, 나의 행복으로 인하여 타인도 행복해질 수 있는 복을 짓는 삶을 살아갈 것이다. '꽃송이 행복 교실'을 아름답게 만들어 가며 봉숭아학당 문화혁신학교 성창운 총장님과 오행자 교수님께 감사의 마음을 전한다.

박선찬

[주요 약력]

대구 한의대 졸업
두개골천골요법 CST전문가과정 수료
구조적 체형통합치료 수료
대한 장애인 보치아연맹 심판
근육관리전문가
수면코칭지도사
바른자세지도사
생활건강지도사
방송스피치지도사 1급
유튜브: 박쌤 꿀잠TV

[주요 강의]

이혈학/족부학/생활건강

부자의 1원칙은 몸에 투자하는 것이다.
지구상에 가장 오래 사는 사람들은
잘 먹는 것, 잘 자는 것,
등을 곧게 펴고 걷는 것,
바른 마음을 갖는 것을 기본 원칙으로 실
천한다.
삶의 기적은
지금 이 순간을 알아차리고
나의 내면의 소리에 집중할 때 일어난다.

많이 미워했던 아버지 그러나 지금은 그리운 아버지

그 옛날 청도 산골에서 찢어지게 가난한 집안에서 7남매 중 유일하게 대학을 나오신 아버지, 대구 가창에서 부유한 가정의 막내딸로 태어났지만 초등학교 졸업 후 부모님 일을 도왔던 어머니, 두 분은 결혼 시작부터 잘못된 만남이었을까? 두 분의 결혼 생활은 내 기억에 행복해 보인 적이 거의 없다. 청도에서 5년 동안 시집살이를 했던 엄마는 대학을 나왔음에도 마땅한 일을 찾지 못하고 방황하는 아버지와 늘 큰 소리가 오고 갔다.

결국 아버지는 엄마를 따라 가창 외갓집으로 들어가서 처가살이를 시작했다. 그리고 공무원이셨던 외삼촌의 소개로 아버지는 전매청에 근무를 하셨다. 그러나 유난히 술을 좋아하시는 아버지, 늘 일만 하고 억세고 강한 엄마와 처가살이에 대한 부담이었을까. 직장 생활을 하시면서도 늘 술을 즐기셨고 집보다는 밖으로 도셨다. 엄마는 그때 어린 내 나이로는 가늠이 되지 않을 만큼 넓은 감나무밭 일을 다 하시면서 대구 서문시장 상인들에게 대량으로 물건을 넘기는 여장부셨다.

엄마는 그렇게 엄마대로 바쁜 일상을 보내셨고 아버지는 퇴직 후에도 마을 이장을 지내시며 술과 친하게 지내셨다. 집에서 집안일을 거들기보다는 늘 밖으로 돌았다. 가정의 대소사는 모두 어머니의 몫이었다. 마을 이장 일을 한다는 이유로 더 밖으로 도셨고 어머니는 외갓집에서 죽어라고 일을 했지만 외할아버지의 재산은 엄마 몫으로 돌아오지 않고 모두 외삼촌들에게 돌아갔다. 엄마는 더욱 악처가 되어 갔다. 서로의 삶의 지친 두 분은 늘 고성을 지르며 싸우셨다.

나는 그런 아버지가 참 싫었다. 사춘기 때는 어머니만 고생하시는 것 같아 아버지가 더 미웠다. 고등학교 졸업 후 군대에 갔는데 아버지와 어머니가 첫 면회를 오셨다. 서문시장에서 영양제, 통닭, 찰밥 등 음식을 바리바리 싸들고 그 먼 홍천까지 버스를 몇 번씩 갈아타고 오신 아버지, 어머니, 면회 끝나고 군 초소에서 돌아가시는 두 분의 뒷모습을 바라보며 가슴이 아프고 먹먹했다. 지금도 돌아보면 가장 아린 마음이다.

제대하고 집에 돌아와 아버지, 어머니께 큰절을 올리고 제대신고를 했다. 아버지는 아들인 내가 집에 돌아오니 좋으셨는지 "찬아! 수고했다. 오늘은 우리 아들, 아버지랑 같이 잘래?" 하셨다. 내 마음에는 아직 늘 어머니와 큰 소리 내며 싸우시고 엄마를 고생시킨 아버지로 기억된 탓일까? 나는 "내 방에서 잘래요." 퉁명스럽게 대답하고 방으로 들어갔다. 지금 돌아보면 참 후회스럽다.

나는 결혼하고 경북 구미에서 직장 생활을 했다. 연세가 드셔도 부모님의 삶은 크게 변하지 않았다. 여전히 술을 좋아하시는 아버지가 싫었다. 그때 아버지는 오토바이를 타고 다니며 경비 일을 하셨다. 어느 날 어머니가 발을 헛디뎌 넘어지면서 발목을 다치셨다. 그 사고로 두어 달을 병원에 계실 때 대소변까지 받아내며 아버지가 병간호를 혼자 도맡아 하셨다. 평생 원수처럼 싸우고 사신 부부인데 어머니의 병간호를 하시는 아버지를 통해 부부의 인연이란 무엇일까? 생각해 본다.

그런 아버지가 돌아가신 지 10년이 되어 간다. 임종을 앞두고 눈을 못 감으시고 계시다 손자, 손녀들 도착하니 손자들 손 꼭 잡고 눈을 감으셨다. 아버지도 내게 살갑지 않으셨지만 나 역시도 아버지께 살가운 아들은 아니었다. 내 나이 60이 되어서야 그렇게 미워했던 아버지에 대한 그리움은 무엇일까? 나는 내 아이들에게 어떤 모습으로 남겨질까? 아버지가 보고 싶다.

나의 건강과 삶의 지표가 된 절

군대 제대 후 나의 생활은 여전히 방황하고 있었다. 법무사 사무실에 취업해서 1년 6개월 정도 근무를 하다 보니 대학 입시 공부가 하고 싶었다. 사무실을 그만두고 고시원에 들어가 공부를 시작했다. 온전히 공부만 할 수 있는 환경이 아니어서 아르바이트와 병행하다 보니 이 또한 쉽지가 않았다. 결국, 나는 공부를 포기하고 코오롱 회사에 기술직으로 취업을 했다. 근무는 3교대였다. 이 또한 나의 체력이 한계가 오고 감당할 수 없는 상황에 이르러 퇴사를 할 수밖에 없었다. 그렇게 방황하는 나의 20대, 미래에 대한 불안과 예민함으로 체력은 바닥이고 아무것도 할 수가 없었다. 그때 나는 모든 것을 내려놓는 심정으로 마지막 보루를 찾다 어린 시절 할머니가 절에 다니신 영향인지 흐르는 마음 따라 내 나이 28살에 절에 들어갔다. 그렇다고 스님이 되려는 것은 아니었다. 다만 마음의 안식처가 필요했을 뿐이다.

사찰의 생활도 그리 만만하지 않았다. 로마에 가면 로마법을 따라야 하듯 나는 스님들처럼 새벽 4시에 일어나고 저녁 9시에 잠자리에 드는 규칙적인 생활이 시작되었다. 겨울에는 새벽 4시에 일어나면 문고리에 손이 쩍쩍 얼어붙을 만큼 추웠다. 눈 내리고 바람이 많이 부는 날은 체감 온도가 더 내려가 몸도 마음도 더욱 움츠러들었다. 그렇게 나는 세상 어디에도 공짜가 없고 쉬운 것은 없다는 것을 깨달아 갔다. 산사에서의 생활은 참으로 고요하다. 자연스럽게 나를 돌아보고 사유하는 시간을 갖게 된다. 그러다 힘들면 집에 가서 3~4일 쉬고 돌아오면서 부모님께는 취직해서 기숙사에 있다고 거짓말을 했다.

산사의 고요는 나의 숨소리가 너무 커서 자연스럽게 나의 내면에 집중하게 했다. 햇살이 좋은 날은 털신을 신고 매일 1~2시간씩 산책했다. 단순하고, 고요하고, 규칙적인 산사의 반복적인 생활은 온전히 그 누구의 방해도 없이 자연과 내가 하나 되는 힐링의 시간이다. 때로는 기쁨과 감사를 때로는 무료함을 느끼며 산사에서 1년쯤 되었을 때 의대 교수로 재직하다 퇴직하신 교수님이 오셨다. 건강이 안 좋은 나는 교수님과 이야기를 나누며 궁금한 것을 자연스럽게 묻게 되었다. 매우 신비로웠다. 우리는 우리의 몸인데 몸에 대해서 잘 알지 못할 뿐더러 굳이 알려고 하지 않는다. 그냥 몸이 아프면 그때 병원에 가서 의사를 찾는다. 나는 나의 건강이 1시간 일하면 2시간을 쉬어야 하는 저질 체력으로 사회생활이 어려워 절에 와 간절함이 있었기에 교수님께 묻고 또 물었다. 그때 인체에 관련된 지식과 현대의학과 자연 의학을 접하면서 인체의 신비로움을 배웠고 사찰에서의 무료함을 전혀 느낄 수 없었다.

교수님과 이야기를 나누며 지금 내가 절에서 지내고 있는 규칙적인 생활이 내 건강을 지키는 길임을 알게 되었다. 저녁 9시에 자고 새벽 4시에 일어나 규칙적인 식사, 규칙적인 108배와 걷기 그리고 명상, 바른 자세

등이 나의 건강을 지키는 밑거름이 되었고 건강에 대한 상식과 정보를 많이 배우는 시간이었다. 생명, 인체의 구조, 자연과 건강의 연관성을 통해 인체의 신비를 경험한 것이다. 그렇게 나는 절에서 보낸 2년 동안 나의 건강을 되찾았고 내 삶의 방향성을 찾은 계기가 되었다.

늦게 배운 도둑질 주경야독

절에서 보낸 2년의 시간을 통해 건강을 회복하고 다시 일상으로 돌아왔다. 전에 다녔던 코오롱에서 재입사를 원해 취업을 하고 아내를 만나 결혼을 했다. 나는 결혼 후에도 주말이면 수시로 절에 갔다. 이제는 어느 절이냐는 중요하지 않았다. 절에 가면 마음이 편안하고 위로가 되었다. 여전히 건강에 대한 관심이 많았고 절에서 만난 교수님을 통해 배운 덕분에 계속해 공부하게 되었다. 그렇게 공부하다 보니 자연스럽게 절이나 종교 단체 등에서 내 강의에 관심을 보였고 봉사하는 마음에 소그룹으로 모여 건강에 대한 강좌를 했다. 내 몸이 아파서 한 공부가 결국은 누군가를 위해 도움이 될 수 있다고 생각하니 모든 것이 감사하고 행복했다.

그러던 어느 날 절에서 만난 지인인데 중학교 교사로 근무하는 선생님에게서 연락이 왔다. 현재 중학교 2학년 담임을 맡고 있는데 '미래의 직업과 건강'에 관한 강의를 요청했다. 나는 전문 강사는 아니기에 망설임이 있었지만 일단 기회가 왔고 도움이 된다 하니 강의를 해 주겠다고 약속을 했다. 학교나 기관은 강사를 섭외하면 이력서는 기본이고 강사로의 조건이 있다. 그런데 그 조건이 전문대졸 이상이었다. 나의 상황을 모르는 지인에게 자격이 안 된다고 말할 수도 없고 고민이 되었다. 일단은 졸업증

197

명서 제출은 없어 전문대 졸업에 체크를 하고 강의를 했다. 그 후로 늘 학력에 대한 열등감이 있었다. 나름대로 열등감을 해소하기 위해 책을 많이 읽었고 좀 더 밝게 살아 보기 위해 문화센터에서 진행하는 웃음 치료 수업에 참여하게 되었다.

문화센터에서 만난 지인과 이야기를 나누다 무심코 나의 학력에 대한 열등감과 대학을 가야 할 것 같다는 고민을 말하게 되었다. 그랬더니 경북 영천에 있는 성덕 전문대학교 청소년복지학과를 소개해 주었다. 처음 중학교에서 강의하며 전문대 졸업이라고 쓴 것이 늘 마음에 걸려 있던 나는 드디어 나이 40을 훌쩍 넘기고 난 후에 대학에 입학했다. 때늦은 공부지만 학교생활은 재미있었다. 간절함으로 원해서 한 공부이기에 더욱 열심히 했다. 과대표까지 맡으며 교수님들과의 소통, 학우들과의 소통을 통해 진정한 리더의 마인드를 배우는 시간이기도 했다. 전문대를 졸업하고 4년제에 욕심이 있어 나는 대구 한의대 평생교육학과에 편입했다. 평생교육학과를 신청했지만, 건강과 관련된 일을 하고 있었기에 내가 하는 공부는 모두가 건강과 관련된 한의학 공부였다. 건강과 인체에 대한 기초지식이 있었기에 공부하는 것은 그리 어렵지 않았다. 교수님들도 모두 인정하실 만큼 열심히 공부했고 교수님은 내가 모교에서 석박사를 이어가기를 원하셨다.

그러나 나는 석박사를 하지 않고 서울에 있는 사설 학원에서 2년 동안 근육학을 집중해서 공부했다. 늦게 배운 도둑질에 날 새는 줄 모른다고 나는 정말 열심히 공부했다. 내가 아는 지식의 섬이 커지면 커질수록 모르는 미지의 해안선은 더 넓어진다는 말처럼 공부를 하면 할수록 더 해야 할 공부가 많아졌고 욕심도 부리게 되었다. 그래서 지금은 대구 한의대 제약공학과 석박사 과정 공부를 하고 있다. 내 건강이 좋지 않았기에 나는 끝없이 건강에 관심을 갖게 되었고 결국은 건강과 관련된 공부와 일을 하며 삶의 의미를 찾아가고 있다.

현대판 고려장을 늦추기 위한 건강관리

인생의 끝은 어디일까? 그것은 그 누구도 비켜 갈 수 없는 죽음이다. 그러나 죽음보다 더 중요한 것은 현대판 고려장이라고 할 수 있는 요양원 생활이다. 현대판 고려장은 결국 죽음을 기다리며 고통과 외로움 속에서 세상과 단절된 삶을 살아가는 것이다. 내 삶의 마지막을 어떻게 장식할 것인가? 태어났다면 피해갈 수 없는 것이 우리의 노화다. 노화가 일어나면 질병이 오는 것은 지극히 자연스러운 일이다. 다만 그 노년에서 질병으로 고통받고 현대판 고려장이라고 할 수 있는 요양원에 가는 것을 늦추고 줄일 뿐이다. 결국, 건강한 삶을 오래 유지하는 것이다.

동서고금의 의학서적에는 잘 먹고, 잘 자고, 잘 싸는 것이 최고의 건강이라고 한다. 그런데 20대에 절에서 보낸 2년의 생활은 자연과 가장 가까이에서 자연을 벗 삼아 지내며 건강을 회복했다. 인간과 자연은 떼려야 뗄 수 없는 불가분의 관계다. 그런데 지금은 자연이 훼손되고 인위적인 문명의 발달로 사회가 성장하면 할수록 인간의 질병은 더 극대화되어 가고 있다. 옛날에는 가난과 전쟁, 흉년에 의해 잘 먹지 못해서 병이 왔다. 그러나 지금은 너무 잘 먹어서 병이 온다. 먹을 것은 넘쳐나고 몸은 바쁘다 보니 인스턴트 음식과 간편식이 붐을 일으키고 있다. 잘 먹는다는 것은 규칙적인 식사와 자연 친화적인 음식을 먹고 소식하며 꼭꼭 씹어 먹는 것이다. 이렇게 잘 먹는다는 것은 잘 싸는 것과도 직결되어 있다.

잘 자는 것은 무엇을 의미하는가? 우주는 음양의 원리로 이루어져 있듯이 인간의 몸도 소우주라고 하여 음양으로 이루어져 있다. 낮에는 활발하게 움직이는 양을 의미하고 밤은 휴식을 취하는 음에 해당한다. 낮은 의식주를 위해 생산하는 일을 하고 밤은 휴식을 통한 몸의 건강을 위해 자는 동안 인체에 필요한 몸의 수액을 만드는 일을 해야 한다. 그런데 밤낮이 바뀌거나 각자의 역할을 하지 않으면 우주의 질서가 깨지듯 우리 몸도 질서가 깨지는 것이다. 수면 또한 현대 문명의 발달에 영향을 많이 받고 있다. 전기가 들어오기 전에는 자연적으로 낮에는 일하고 밤에는 어둠으로 인해 잠을 잘 수밖에 없었다. 수면을 방해하는 문명적인 요소가 전혀 없었다. 지금은 자연에서의 생활보다 건물 안에서 햇빛을 보지 못하고 일하는 현대인이 대부분이며 컴퓨터와 핸드폰 등 수면을 방해하는 전자파에 노출도 수면 방해에 큰 원인이다. 결국, 잘 자는 것도 자연과 가까이하는 것이다. 햇빛을 보며 산책하고, 땅의 기운을 받는 맨발 걷기, 전자파의 노출을 최대한 피하는 것이 도움이 된다.

그리고 내가 건강한 삶을 위해 중요하게 생각하고 연구하는 것은 바른 자세다. 우리가 걷는 도로 환경은 비가 오면 물이 흐를 수 있도록 비스듬하게 공사를 했다. 신발 바닥을 보면 유난히 한쪽이 닳아 있다. 이것은 중력에 의해 바른 자세가 되지 않고 우리 몸의 중심축인 골반이 틀어지는 원인이 되기도 한다. 이렇게 몸의 균형이 깨지면 신체의 생체리듬도 깨지고 질병의 원인이 된다. 자연스럽게 육체의 건강은 마음의 건강으로 연결된다. 우리 몸의 신비로움을 우리는 알려고 하지도 않고, 안다 해도 아는 것으로 끝나는 경우가 많다. 진정한 앎은 삶이 될 때까지 계속되어야 한다. 삶의 주인공은 나다. 나를 나로 살기 위해서는 이 지구별에 올 때 입고 온 옷을 잘 관리해야 한다. 몸의 생체리듬에 잘 맞도록 잘 먹고, 잘 자고, 잘 싸고, 바른 자세로 아름다운 지구별 여행을 위해 늘 깨어 있어야 한다.

너의 미래가 달려 있어 꼭 와라

내가 봉숭아학당 문화혁신학교를 만난 것은 운명일까? 1년 전쯤이다. 건강에 관한 공부를 함께했던 선배가 전화가 왔다. "네가 꼭 와야 하는 곳이 있다. 이곳에 너의 미래가 달려 있다. 그러니 꼭 와라." 밑도 끝도 없이 무조건 오라고 한다. 대구에서 서울까지 간다는 것이 그리 쉬운 일은 아니다. 애절하게 꼭~ 와야 한다고 강조하는 선배의 말을 듣고 일단 한 번 가보자는 마음을 먹었다. 자세한 것은 아무것도 모르지만 무작정 봉숭아학당 문화혁신학교에 달려왔고 그날은 방송스피치지도사 과정 수업이 있는 날이어서 청강을 먼저 하게 되었다.

환하게 웃으며 반갑게 맞이해 주시는 성창운 총장님과 오행자 교수님을 보고 그 누구도 반하지 않을 사람은 없을 것이다. 더군다나 표현력이 부족한 나는 두 분에게 매료되지 않을 수가 없었다. 수업이 시작되고 인형처럼 작은 오행자 교수님이 자유자재로 언어를 구사하며 수업을 진행하시는데 작지만 정말 스케일이 크신 분이라는 것을 느꼈다. 말이 빠르고 발음이 정확하지 않은데다 사투리까지 쓰는 나는 다양한 스피치부터 하브르트 대화법까지 참 많이 공부했다. 그때는 공부하면서 대회에 나가 대상까지도 받은 실력이지만 그것을 내 삶으로 제대로 발휘하지 못하고 어딘가로 묻혀 버린 느낌이다.

선배가 꼭 와야 한다고 말하는 이유도 조금은 이해할 것 같아서 나는 방송스피치 지도사 3개월 과정 등록을 했다. 방송스피치 과정에서는 유튜브는 물론 말하는 것, 자기 자신을 알아가는 것, 자기다움을 찾아 이 지구별 여행에서 어떤 삶을 살아가고 싶은지 진정으로 내가 원하는 것이 무엇인지를 배우게 된다고 했다. 교육비는 195만 원, 매주 대구에서 오가는 교통비까지 포함하면 작지 않은 금액이지만 미래를 위해 투자해 보기로 했다. 3개월을 정말 열심히 다녔다. 유튜브도 구독자가 3천 명을 넘어섰다. 방송스피치 과정은 한 번 등록하면 평생회원이다. 본인이 시간만 투자하면 얼마든지 재수강이 가능하고 언제든지 찾아가 궁금한 것을 물을 수 있다. 총장님과 교수님은 한 번 맺은 인연을 절대로 그냥 소홀하게 대하시지 않는다. 그래서 봉숭아학당 문화혁신학교는 강사들을 시작해 다양한 업종에 종사하는 사람들이 많이 모인다. 그러나 거리가 멀다 보니 자주 올 수 없고 사람은 누군가 계속 자극을 주지 않으면 원래대로 돌아가는 습성이 생긴다.

살짝 침체 되어 있을 무렵인 지난 1월 교수님께서 전화하셨다. 봉당 가족들과 공저를 준비하는데 함께해 보자는 제안이었다. 잘할 수 있을까? 올라오는 염려도 있지만 멀리 있는 나에게 전화해서 마음 써 주시는 교수님이 감사했다. 당연히 하겠다고 했다. 공저를 통해 또 서울에 올 수 있는 명분이 생겼고 올 때마다 총장님과 교수님의 아낌없는 사랑은 늘 감동이다. 원고 막바지까지 글을 못 쓰고 있는 내게 서울로 호출해서 글 방향도 잡아 주시고 다양한 말씀으로 개인 특강을 해 주셨다. 덕분에 이 책이 나올 수 있어 감사하다. 봉숭아학당 문화혁신학교와 인연을 맺게 해 준 선배도 성창운 총장님과 오행자 교수님, 조현정 부장님, 봉당 가족 모두에게 감사드린다.

임현숙

[주요 약력]

㈜천지 이사
㈜영동신세계 이사
㈜봉숭아학당 문화혁신학교 9기 수료
㈜한국 산림아카데미 최고경영자과정 15기 수료
카이스트 미래전략과정 4기 수료
왕의 재정학교 24기 수료
소통공감 박사
방송스피치지도사 1급
유튜브: 세종사임당TV

자연과 사람을 사랑하는 영동 신세계에서
대한민국 명당(십승지) 전쟁도 질병도
피해 간다는
유구읍 구계리에 캠핑장 및 자연 힐링 공간을
조성하고 있다.
영동은 자연과 함께 4도 3촌을 꿈꾸는
사람들과
행복을 요리하는 인생 쉐프다.

내게 리더의 자질을 심어 주신 할머니

나는 전북 완주군 봉동읍 제내리 248번지에서 1966년 4월 21일, 꽃 피는 봄날에 우리 어머니, 아버지의 2남 2녀 중 장녀로 태어났다. 내가 태어나 보니 우리 집은 완전 대가족이었다. 증조할머니, 증조할아버지, 할머니, 할아버지, 고모 두 분, 작은아버지 두 분 그리고 어머니, 아버지와 상주하면서 일하시는 두 분까지 임씨 집성촌에 4대가 모여 사는 훈장님 집이다.

할머니는 키가 작고 당당한 신여성이다. 할머니는 꽃을 참 좋아하셨다. 하지만 꽃 중에 제일은 '인꽃'이라고 말씀하셨다. 아무리 자연이 아름다워도 사람만은 못하다는 할머니의 말씀은 내가 환갑을 바라보는 나이에 더욱 가슴에 와닿는다. 할머니는 특히 사람의 먹거리를 제공하고 약이 되는 꽃들을 좋아하셨다. 내게도 왕비가 되려면 백성을 먹여 살리는 벼꽃을 가장 좋아해야 하고 둘째는 나라의 상징인 무궁화 꽃, 셋째는 봄을 알리고 약이 되는 생강꽃, 작약꽃, 목련꽃, 아주까리 등을 좋아해야 사람을 부릴 수 있다고 하셨다. 그래서 우리 집 주변에는 감나무와 밤나무가 100주 이상을 심어 가을이면 먹거리들이 풍성했다.

엄마는 지고지순한 현모양처였다. 엄마는 현대어로 시월드에 치여 시금치도 싫어하셨다. 아빠는 훈장님의 손자로 5살에 천자문을 떼고 어른들의 사랑을 독차지하며 자란 만큼 자기중심적이고 독재적인 분이셨다. 그런 아버지는 엄마한테 자상한 남편은 아니어도 밖의 일은 잘하셔서 마을 사람들에게 인정과 존경을 받았다. 70년대에는 전국이 지붕 개량을 하고, 전기, 수도가 들어오고 대한민국은 나날이 발전하는 시기였다. 아빠는 새마을 지도자 역할을 훌륭하게 하셔서 우리 마을이 가장 빠르게 전기, 수도 등을 설치하는 기록을 남겼고, 새마을 지도자로 대통령상을 수상해 우리 집안과 마을의 자랑이 되기도 하셨다. 나는 그런 아버지가 참 자랑스러웠다.

나는 아빠의 유전 인자와 성품을 물려받아 야무지고 당당하게 내 생각과 느낌을 잘 표현하는 밝은 아이였다. 어쩌면 우리 엄마는 첩첩 시집살이에 독재적인 아버지를 만나 새벽부터 대가족을 다 먹이고 입히고 그 큰 살림을 하자니 밤늦도록 허리 펼 새 없이 고단한 삶을 사셨다. 그런 엄마 마음을 헤아리지 못하는 아버지를 많이 닮은 나도 그리 예쁘지 않으셨을 것이다. 하지만 나는 할머니의 영향으로 한글을 5살 이전에 깨우쳐 학교 가기 전부터 친구들은 물론이고 동생들까지 가르치고 챙기며, 그때부터 리더의 자질을 키웠다.

그리운 나의 놀이터 자연

할머니와 아버지의 사랑을 듬뿍 받고 자란 나의 유년 시절을 지나 초등학교에 입학했다. 산골 마을에서 초등학교에 입학해 학교까지 등굣길은 지금처럼 버스나 지하철이 있는 것이 아니기에 산을 넘고 강을 건너 1시간 이상 걸렸다. 비가 많이 오는 날이면 할아버지가 업어서 강을 건너주셨고 물이 빠지면 학교에서 집으로 돌아오는 길에 우리의 수영장이 되었다. 아니, 지금의 수영장과는 비교도 안 될 만큼 재미있었다. 너무 재미있게 놀다가 물살에 휩쓸려가 무릎이 깨져 피범벅이 되면 놀라서 울다가 금방 다시 웃고 쑥을 뜯어 돌로 찧어 지혈을 했다. 그렇게 우리는 자연 속에서 삶의 지혜를 배우며 자랐다.

여름에는 오디, 버찌, 머루, 가을에는 다래를 따 먹고 놀았고 겨울에는 논바닥에서 스케이트를 타고 산비탈에서는 눈썰매를 타면 온 자연이 우리의 놀이터였다. 지금은 도시에서 사방이 콘크리트로 꽉꽉 막혀 있고 흙을 찾아 밟기가 어려운 시절이다 보니 가끔은 답답함에 어린 시절을 생각하는 것만으로도 가슴이 시원해진다. 학교에서 소풍 가는 날은 명절 다음으로 설레는 날이다. 소풍에 묘미는 보물찾기다. 돌 밑에 풀숲에 숨겨진 보물을 찾는 것은 우리가 명탐정이 된 듯 호기심과 긴장감으로 숨을 죽이며 살핀다. 우리가 찾는 보물은 크레파스, 줄넘기, 공책, 과자 등이다. 그것을 찾는 순간 우리는 세상을 다 얻은 듯 감동했고 개선장군처럼 의기양양했다.

천진난만하게 자연과 하나 되어 마음껏 뛰어놀던 소녀는 초등학교 6년을 개근하고 우수한 성적으로 종합우수상을 받으며 빛나는 졸업식을 했다. 그리고 조금 발전된 도시 읍내로 중학교에 입학했다. 중학교는 왕복 4킬로를 걸어서 3년 동안 잘 다니고 졸업 후 더 큰 도시인 전주 시내로 그리고 대학은 더 큰 도시인 서울로 입학했다. 그렇게 자연과 하나 되어 뛰어놀던 나는 공부를 하는 만큼 조금씩 조금씩 도시로 나왔다. 그리고 도시로 나온 만큼 내가 커지는 것처럼 그렇게 어른이 되어 갔다.

내 삶의 고통의 무게 그리고 기적

　어린 시절 나의 꿈은 백화점 주인이 되는 것이었다. 특별한 이유보다 백화점에는 필요한 모든 것이 다 있었기 때문이다. 소유보다는 누리는 것을 생각하는 나였다. 큰 부자는 아니지만 부족함 없이 대가족 속에서 사랑받으며 자란 덕분에 어디서나 당당했다. 대학을 졸업하고 KBS에 입사하고 결혼하고 무난한 나의 삶이었다. 그러나 삶에는 누구나 감당해야 하는 고통의 무게가 있다고 했던가. 결혼을 통해 나는 내가 감당해야 할 고통을 마주하게 되었다. 첫아이를 가져서도 임신중독증이 있었는데 둘째를 가지고는 더욱 심했다. 부모님을 비롯해 나를 사랑하는 사람들은 무조건 낙태를 권유했다. 그러나 나에게는 이미 나를 찾아온 생명이었다. 그냥 포기할 수가 없었다. 크게 믿음이 있는 것도 아니면서 나는 하나님께 모든 것을 맡기고 출산을 결심했다.

　임신 8개월쯤 되었을 때 임신중독증으로 부종과 임신성 당뇨, 임신성 고혈압으로 의식을 잃고 쓰러졌다. 3일 만에 깨어나 보니 온몸에는 주렁주렁 매달린 주사 주머니들과 내 마음대로 움직여지지 않는 마비된 왼쪽 팔다리 보이지 않는 눈까지 나를 왜 살려 놓았냐는 원망이 하늘을 찔렀다. 그러나 내가 살아야 하는 이유가 있었다는 듯 의사도 할 만큼은 다했다. 더는 할 것이 없다고 한 상황에서 기적처럼 나의 몸은 회복이 되기 시작했다. 내가 의식이 없을 때 나를 위해 기도해 주신 집사님이 기도 중에 "아들아! 일어나라. 이제 살았다."라는 음성을 들었다고 하셨는데 그 기도 덕분인지는 알 수가 없다. 중요한 것은 기적이 일어났다는 것이다.

병원에서 한 달 정도 치료하고 퇴원할 때는 다리만 조금 불편했다. 그렇게 죽을 고비를 넘기고 태어난 나의 둘째 딸은 2.8킬로가 될 때까지 인큐베이터 안에 있다가 퇴원을 했다. 그렇게 기적처럼 살아났지만, 아이와 나의 병원비가 만만치 않게 들어갔고 맞벌이를 할 수밖에 없는 현실에 직면했다. 기적처럼 몸이 회복되었지만, 나의 정신적 지주였던 아버지가 내가 딸을 낳은 이듬해에 돌아가셨다. 절망 속에 빠져 있을 수 없는 나는 두 아이의 엄마였다. 그렇게 나는 홀로서기를 시작했다.

결혼하기 전 방송국에서 행정 일만 보던 내가 유통에 뛰어들게 되었다. 영덕 영해농협 경제사업소 서울 소장직을 맡게 되었다. 영덕 하면 떠오르는 특산품은 영덕 대게다. 울릉도 하면 역시 오징어. 나는 그 고정관념을 깨고 영덕 오징어와 자연산 미역으로 서울의 농협 하나로 마트를 점령해 갔다. 신촌농협 하나로 마트를 시작으로 서대문농협, 양재농협, 관악농협, 김포농협 등 각 농협 하나로 마트에 영덕 오징어와 자연산 미역으로 판을 깔아 갔다. 당시 소비자와 산지 직거래장터의 시발점을 만들어 낸 것이다.

어릴 적 시골에서 자라며 보았던 계절별 농수산물에는 거의 동물적 감각으로 물건의 선별 능력, 마케팅 능력으로 우수한 판매 실적을 올린 것이다. 그런 나의 능력을 인정해 주신 영해농협 조합장님의 후원으로 청계천 복원 시절에 을지로 3가에서 시청까지 노숙자 거리였던 지하도를 전국 특산물 매장으로 탈바꿈될 당시 을지로 3가에 영덕 특산물 전시장까지 맡게 되었다. 어린 시절 자연에서 자라난 나의 초감각과 운이 함께 따라 주었는지 하는 일마다 잘되었고 큰 어려움이 없었지만, 물류는 비용과 인건비 등 필요자금이 커지는 만큼 또 다른 자금을 위해 다른 세상으로 눈을 돌리게 되었다.

새로운 대륙 신도시 세종을 발견하다

어린 시절부터 꽃 중의 꽃은 인꽃이라며 사람을 살리는 자연을 소중히 여기시는 할머니의 영향으로 인본주의 삶을 추구하던 내가 어느 순간 자본주의에 눈을 돌리기 시작했다. 동생이 세종시에서 노무법인을 운영하고 있었고 회사 일을 도와 달라는 부탁으로 신대륙 세종에 입성했다. 동생의 회사에서 노무법인 외에 다른 법인으로 분양대행을 시작했다. 세종시는 정부청사가 들어오면서 노동과 자본으로 돈이 들어오는 길목이었다. 나도 그 길목에 서 있었다.

토지를 확보하고 아파트 거래가 활발해지면서 5년 동안 미친 듯이 돈을 따라 달렸다. 돈뭉치가 눈앞에서 왔다 갔다 하니 아무것도 돌아볼 틈이 없었다. 세종시의 비전을 팔아 고객들을 확보했고 토지를 확보한 만큼 준재벌이 되는 줄 알았지만 결국은 돈의 노예가 되어 가고 있었다. 휴일은 당연히 없었고 애경사가 있어도 사람의 도리를 하기보다 돈의 노예로 삶을 살며 이렇게 일하다 죽는 것이 영웅이 되는 것처럼 일했다. 2019년 국회가 세종으로 온다는 뉴스에 세종시는 지가 상승 1위가 되어 전성기를 맞아 나 역시 기고만장하며 사업지를 늘려갔다. 1년 동안 있는 돈, 없는 돈, 은행 돈까지 모두 끌어 토지에 투자하며 잘될 일만 남았다는 자신감이 하늘로 승천했다.

"이 세상에 영원한 것은 없다.", "내일 일은 아무도 모른다." 그 누가 2020년 1월 코로나19가 이 지구를 덮칠 거라고 상상이나 했을까? 결국, 거대한 괴물 코로나19에 3년 동안 발목이 잡히고 말았다. 미국 기준금리 인상으로 대한민국 금리 역시 하늘로 치솟아 부동산거래는 꽁꽁 얼어붙었다. 자산이 많은 만큼 부채도 많았기에 이자는 쌓여 가고 거래가 없으니 돈이 돌지 않고 물가는 한없이 올라가고 돈줄이 완전히 막히고 말았다. 2023년 코로나 팬데믹이 종료되었지만 부동산 경기는 살아날 기미가 전혀 보이지 않았다. 모든 것을 내려놓을 수밖에 없었다.

인생사 '새옹지마'라고 잘된다고 좋아하지도 말고 안 된다고 슬퍼할 필요도 없다. 결국, 나는 다시 자본주의를 버리고 나의 본래의 모습인 인본주의로 돌아가기로 했다. 모든 것을 비우고 순리에 맡기며 무소유를 주장했다. 한국 산림아카데미 최고경영자 과정을 이수하면서 어린 시절 자연에서 뛰어놀던 나를 찾아갔다. 전국의 산을 돌아보며 함께하는 사람의 소중함을 알아가고 식물과 나무, 야생화들을 보며 마음의 평화를 찾아갔다. 지금의 나는 지금까지 내가 선택한 결과물이다. 지금보다 나은 내일을 기대한다면 나는 지금까지와 다른 선택을 해야 한다. 지나친 나의 욕심이 돈을 쫓아갔고 결국은 돈 앞에 무릎을 꿇어야 했다. 이 경험을 통해 나는 다시 가장 나다운 새로운 삶을 시작하게 되었다.

내게 호박이 넝쿨째 굴러온 복덩이

    나의 삶은 자연과 함께하는 인본주의의 삶을 살아가기 위해 역사적 사명을 띠고 이 땅에 태어난 것이 아닐까? 인본주의의 삶을 잘 살아내기 위해 나는 자본주의에 잠시 머물며 인본주의 삶의 소중함을 깨달은 것이다. 그것을 좀 더 깊이 깨닫게 한 곳이 봉숭아학당 문화혁신학교 성창운 총장님과 오행자 교수님이다. 자본주의에 매몰된 나는 코로나로 인해 최악의 상태에 이른 것이다. 더는 내려갈 곳이 없는 상태가 되면 우리는 정지하고 현 상황을 점검하게 된다.

    몸과 마음이 지쳐 있고 새로운 돌파구가 필요할 때 지인의 소개로 봉숭아학당 문화혁신학교의 방송스피치 과정에 등록하게 되었다. 모든 홍보는 이제 발로 뛰어 알리는 것이 아니라 SNS와 유튜브 방송을 통한 홍보여야 했다. 유튜브를 배울 생각으로 등록을 했는데 유튜브보다 나의 본질을 찾은 큰 수확을 얻은 것이다. 자본과의 전쟁에서는 무기가 토지, 노동, 자본이었지만 봉숭아학당 문화혁신학교의 무기는 사랑, 배려, 화합이었다. 두 분의 헌신적인 사랑은 함께하는 사람들에게 감동을 주었다. 자연이 우리 인간에게 아낌없이 주듯이 두 분은 최선을 다해 웃음을 잃은 사람에게 웃음을 주고, 아픔이 있는 사람에게 사랑을 주고, 배가 고픈 사람에게는 밥을 주는 주고 또 주는 문화를 창조해 가고 있었다.

그렇게 두 분을 통해 나의 본질을 찾아가면서 새롭게 시작한 사업이 ㈜영동 신세계다. 토지라는 도구로 영동군 심천면 고당리에 자연과 함께 하는 인본주의의 신세계를 꿈꾼다. 산림과 숲 체험, 야생화 동산을 통해 치유와 힐링의 공간으로 4도 3촌을 꿈꾸는 현대인들의 Needs에 맞는 환경을 준비하고 있다. 자본을 쫓는 삶이 아니라 자연의 무한한 사랑과 사람의 소중함을 귀하게 여기는 문화를 만들어 가려 하는 것이다. 그래서 공동대표인 윤석민 대표의 동의를 얻어 지난 1월 봉숭아학당 문화혁신학교에 250평을 기증하겠다고 선포했다. 봉숭아학당 문화혁신학교의 성창운 총장님과 오행자 교수님이 함께라면 더욱 아름다운 인본주의의 삶을 완성해 가리라는 확신이 들었기 때문이다.

봉숭아학당 문화혁신학교는 내게 호박이 넝쿨째 굴러온 복덩이다. 매주 월요일 저녁 7시 515회차 10년 넘게 무료 행사를 진행해 오시는 두 분의 진실한 마음에 나는 감동하지 않을 수 없었다. 나는 다시 인문학으로 돌아가 자연이 자본을 침식시킬 수 있음을 깨닫고 영동 신세계를 기점으로 임업인 후계자로서 제2의 인생을 설계하는 중이다. 자본을 쫓으며 잘난 척하고 교만했던 나는 자연에 순종하며 더욱 겸허하고 겸손한 마음으로 거듭나 어릴 적 할머니를 통해 배운 사람을 살리는 진정한 리더를 꿈꾼다.

이근택

[주요 약력]

월간 주변인의 길 전북 총국장
대한 장애인 신문사 부회장 역임
전국 중소기업 중소상공인협회 전라북도 협회장
통일 정책전문 교수 위촉(대한민국 통일정책 연구원장)
국제 로타리클럽 3670지구 감사공로패 수상
(사)한국산림보호협회 공로패 수상
(사)대한민국 명인회 제20~590호 수맥 분야 대한 명
인 수상
한국을 빛낸 사회발전대상 수맥분야 대상 수상
유튜브: 대한민국 명인 이근택회장[명당부지]
밴드: 명당부자

[강의 경력]

서울 자치 행정 연수원 대체요법을 통한 건강관리 강의
정조 실용 복지대학 명당찾기 이론 강의
경기도 의회(명당은 만드는 것이다) 이론 강의
청계산 공동묘지(좋은 묘지와 나쁜 묘지) 현장실습 강의

[언론 게재 및 온라인 활동]

《충주신문》 2017년 9월 28일
《국회 방송저널》 2018년 2월호
《골프가이드》 2019년 10월호

내가 하는 말과 상상은 반드시 현실이 된다.

죽음의 문턱을 넘어서

나는 1952년생으로 6.25 전쟁 중에 5형제 중 셋째로 나주에서 태어났다. 전쟁둥이로 태어났지만 어린 시절은 아버지가 광주 충장로에서 한약방을 운영하신 덕분에 유복하게 지냈다. 지금 나의 삶을 돌아보면 아버지의 영향이 크다는 것을 깨닫는다. 한약방을 운영하시던 아버지는 돈이 없고 어려운 사람에게 그냥 약도 지어 주시고 치료도 해 주시며 좋은 일을 많이 하셨다. 그때는 특별한 자격 없이도 한의원이 아닌 한약방을 운영할 수 있었는데 박정희 정권 때 중학교 이상 졸업장이 있는 사람만 한약종상 시험을 볼 수 있는 자격이 주어졌다. 어쩔 수 없이 아버지는 남의 한의원에서 아버지를 잘 아는 분들이 찾으면 일을 했다. 그때부터 우리 집은 가난했지만, 공부를 잘하는 형님도 실업계 고등학교에 진학하고 나 또한 광주상고 야간을 다녔다.

나는 고등학교를 졸업 후 주산, 부기, 타자를 가르치는 학원에 취직했다. 아이들이 선생님이라고 부르는 호칭을 들으며 기분도 좋았다. 그렇게 학원 강사로 일을 하다 군대 제대 후 나는 학원을 직접 경영하게 되었다. 그렇게 사업가로 변신한 나는 천 냥 백화점을 운영하기도 하고, 한참 오락실이 유행할 때 광주, 순천, 여수에서 경품도매상을 크게 운영했다.

그런데 옆집에서 불이 나 한순간에 삶이 힘들어졌다. 아버지의 영향력이 었을까? 나는 학원을 운영하면서 청소부의 아이들, 고아들은 무료로 가르쳐 주었다. 그리고 '사람은 왜 병으로 죽어야 하는가?', '착한 사람은 잘 산다고 학교에서도 책에서도 배웠는데 현 사회는 왜 그러지 못하는가?'가 늘 궁금하고 그 이유를 알고 싶었다. 그래서 대체의학과 관련된 책을 사서 공부를 하고 내가 건강이 안 좋아 단식도 해 보고, 이(귀) 혈 공부도 했다. 그렇게 건강에 관심 가지고 공부를 하다 보니 관공서와 기업체에서 대체의학 강의까지 하게 되었다.

하루는 지방에서 강의를 마치고 군산 집으로 돌아왔는데 아내가 슈퍼를 다녀와 달라고 부탁을 했다. 500m 정도 떨어진 슈퍼에 가서 아내가 부탁한 물건을 사고 집에 오는데 갑자기 가슴이 답답하고 통증이 와서 100m 오다 10분 쉬고, 100m 오다 10분 쉬고 몇 번을 쉬어 가며 겨우 집에 도착했다. 아내는 내 이야기를 듣고 내일 원광대병원으로 가자고 했다. 다음날 병원에 가서 진료하니 입원해 검사하며 지켜보자고 했다. 결국, 검사를 해 보니 심장으로 가는 혈관이 세 개가 있는데 전체가 막혀 있어서 가슴을 열고 수술을 해야 한다고 했다. 그런데 감기 기운이 있어 바로 수술을 하지 못하고 12일 후 감기가 나은 후에 9시간의 수술을 받고 중환자실로 가기 전 몇 알의 약을 주시며 먹으라고 했다. 약을 먹고 부작용으로 죽음 직전의 체험을 했다. 나는 꿈인지 내가 저승인지 분간할 수 없는 상황에서 하나님, 부처님, 조상님을 다 찾았다. 나를 살려만 주신다면 아프고 힘든 환우들을 위해서 큰일을 하겠다고 했다. 그분들이 내 소원을 들어주신 것일까? 정신이 돌아오고 회복이 되면서 일반 병실로 옮기기 전 담당 의사에게 상황을 이야기하니 2만 명 중 1명 올 수 있는 부작용이 환자분에게 왔다며 죄송하다고 사과를 했다. 그렇게 죽음의 문턱을 다녀온 후 회복해 퇴원하고 나의 새로운 삶이 시작되었다.

죽음 앞에서 한 약속을 지키기 위한 연구

퇴원하고 우연히 서점에 갔는데 풍수지리에 관한 책이 나를 끌어당기는 듯 내 눈에 들어왔다. 무엇에 끌리듯 풍수지리와 관련된 책들을 사서 집으로 돌아와 읽기 시작했다. 풍수지리는 땅의 형세를 인간의 길흉화복에 관련시켜 설명하는 자연관의 하나다. 풍수에 의하면 땅은 생 적의 존재로서 만물을 키우는 힘을 가지고 있으며 그 힘의 많고 적음에 따라 인간에게 주는 혜택도 달라진다고 한다. 길한 정기가 왕성한 장소에 터를 잡으면 그 자손들이 부귀영화와 장생을 누리지만 반대로 흉기가 있는 장소를 택하면 불행을 겪는다는 것이다. 옛 어른들은 묏자리를 아주 중요하게 생각했고 집안에 우환이 많으면 부모님의 묘를 옮기고 좋아지기도 했다.

현대에 와서도 풍수는 이사하면서 방마다 수맥이 흐르는지 보기도 한다. 집안에 수맥이 있으면 몸이 안 좋고 불면증에 시달리기도 한다. 가끔 같은 방에서도 침대를 옮기는 것만으로도 좋아지는 경우가 있다. 수맥이 있는 곳과 없는 곳은 1도의 온도 차이가 생긴다. 우리 몸은 1도만 내려가도 면역력이 30~40%가 떨어져 혈액순환 장애가 올 수 있다는 외국의 논문이 발표되어 있다. 우리가 많이 웃고, 박수를 많이 치면 건강해진다고 한다. 웃음과 박수는 우리 몸의 열을 올려 주기 때문이다. 양 손바닥을 비비면 손바닥에서 열이 난다. 그러면 자연스럽게 우리 몸의 체온이 올라간다. 열이 난다는 것은 우리 몸속에서 천연 원적외선이 나오는 것이다. 결국, 이런 내용과 연결해 보면 수맥이 있는 곳은 온도가 내려가 우리 몸이 차가워지고 질병에 노출될 확률이 높은 것이다.

그렇게 풍수지리에 관심을 가지고 연구하다 보니 자연스럽게 양자물리학으로 연결이 되었다. 우리 현대인들은 대부분 사람이 눈에 보이는 것에만 집중하고 믿는다. 그러나 과학자들이나 영적 지도자들은 우리 눈에 보이는 것은 나타났다 사라지는 현상일 뿐 그것을 움직이는 것은 보이지 않는 힘이라는 것을 안다. 이 세상에 존재하는 모든 만물에는 에너지, 즉 기(氣)가 있다. 사람도 유난히 기운이 좋은 사람이 있고 안 좋은 사람이 있다. 예를 들어 누군가를 만났는데 편안하고 안정감이 있는 사람이 있는가 하면 어떤 사람은 만나면 불안하고 기운이 빠지는 느낌이 드는 사람도 있다. 그래서 나는 어떻게 하면 사람들에게 좋은 기운을 주고 모든 일이 잘될 수 있도록 도울 수 있을까를 연구했다.

수년간 고생하는 아들이 안타까운 마음이셨는지 아버지께서 꿈에 나타나 양자학과 음양오행, 우주의 원리를 자세히 가르쳐 주셨다. 긍정적인 생각과 상대를 칭찬하는 마음, 배려하는 마음, 상대가 진심으로 잘되기를 바라는 마음, 베풀고 나누는 마음, 나라에 충성하고 부모님께 효도하는 마음, 어른을 공경하는 마음, 모든 것에 감사하는 마음, 우주의 무한한 좋은 기운을 풍수지리상 좋지 않은 땅도 집도 천하 명당 터로 만들 수 있으며 회사나 제품에도 좋은 기운과 지혜를 넣어 부가가치를 올릴 수 있게 되었다.

기부 천사 명당회장

사람들은 나를 기부 천사 명당회장이라고 부른다. 생각하는 대로 믿는 대로 이루어진다는 말은 진리다. 그동안 연구한 결과로 힘들고 어려운 사람들의 집터나 조상의 묘소를 그대로 둔 상태에서 좋은 기운과 지혜를 넣어 아픈 사람이 낫기도 하고, 자손들이 잘되기도 한 사례가 많다. 그러나 눈에 보이지 않는다는 이유로 믿지 않는 사람 또한 많다. 안타까운 마음이지만 그 또한 각자의 몫이다. 사람을 살리는 좋은 일을 하겠다는 약속을 위해 나는 내가 연구한 양자학의 원리로 음이온과 원적외선을 통한 좋은 에너지로 보이지 않는 많은 곳에 재능기부를 했다.

코로나 이후 특히 경기가 어렵다 보니 보이스피싱도 더욱 많아지고 쉽게 돈을 벌기 위해 네트워크나 폰지, 코인 등에 투자해 있는 돈, 없는 돈, 다 날리고 힘든 사람이 더 많다. 그러다 보니 내가 연구한 내용을 말해도 사람들은 쉽게 믿지 않는다. 하지만 정말 바닥에서 더 내려갈 곳이 없는 사람들은 지푸라기라도 잡는 심정으로 나를 찾아온다. 그렇게 양자학을 이용한 음이온과 원적외선 에너지를 넣은 제품으로 도움을 주면 얼마 있지 않아 감사의 문자나 선물이 도착한다. 그때 나는 최고의 기쁨을 느낀다.

그리고 나는 내가 할 수 있는 최선을 다하기 위해 강남역 삼성 본사, 잠실에 롯데타워, 여의도 LG 본사를 세계적인 경기 불황에도 우리나라 경제를 살릴 수 있도록 에너지를 넣었다. 그리고 독립운동을 하신 분들의 묘소, 효창공원에 계신 안중근 의사, 이봉창, 윤봉길, 백정기, 김구 선생님의 묘소까지 아무도 모르게 천하 명당 터로 만들어 드렸다. 나는 우리나라와 전 세계가 서로 협력하고 잘되는 일에 최선을 다한다. 이 말에 "웃기고 있네." 하고 비웃는 사람도 있을 것이다. 누가 알아주지 않아도 믿어 주지 않아도 괜찮다. 나는 내가 할 일을 했을 뿐이다.

3년 전의 어느 날 창원에 사는 이○○님이 연락이 왔다. 지난해 꿈에 아버지가 나타나셨는데 상당히 아프고 힘든 표정으로 피 주머니까지 차고 계신 모습을 보고 마음이 아팠다며 좋은 방법이 없겠냐고 하셨다. 나는 그분의 부모님 산소와 사업장에 명당 작업을 진행했다. 그리고 두 달이 지날 무렵 너무 감사하다는 연락이 왔다. 그때 당시 그분은 4살 아이가 있었는데 심장이 안 좋아 관상동맥 우회술 수술을 하고 약을 먹는 상황이었다. 그런데 병원에 가니 너무 좋아져서 약을 줄여도 되겠다고 하고, 하는 일도 너무 잘 된다고 했다. 그리고 아버지가 꿈에 다시 나타나셨는데 너무 건강하고 편안한 모습이었다고 했다. 가장 보람을 많이 느끼는 순간이다.

사춘기 아들이 안정을 찾고 부모님 말씀을 잘 듣고 열심히 공부한다는 사연, 불면증으로 고생하던 사람이 꿈도 안 꾸고 잘 잤다는 사연, 부부간의 갈등으로 이혼 위기에 있었는데 좋아졌다는 사연 다양한 사연들이 많다. 감사하고 또 감사할 뿐이다. 지금은 나를 알아주고 함께하려는 귀한 분들도 많이 생긴다. 사단법인 세계미술연맹 서요한 이사장님의『예술로 마음 밭 일구기』책자가 출간될 예정이다. 이 책에 책을 읽거나 보거나 소장을 하면 음이온과 원적외선으로 좋은 기운이 나올 수 있도록 에너지를 넣어 발행하기로 했다. 믿고 함께해 주시는 이사장님께 감사하다.

최근에도 손목밴드와 목걸이, 스티커, 배지 등 다양한 제품에 좋은 기운과 지혜의 에너지를 넣어 사람들에게 전한다. 이런 에너지를 통해 힘이 세지고 좋은 기운을 불러 일도 잘되고 건강도 좋아진다.

마지막으로 이 글을 함께 써 주시는 오행자 교수님 그리고 여러 작가님과 봉숭아학당 문화혁신학교가 세상의 아름다운 빛으로 삶을 아름답게 가꾸어 갈 수 있도록 에너지 팡팡 넣어 드리니 이 책을 보는 모든 독자까지 잘되리라 확신한다.

문우택

[주요 약력]

단국대학교 교육대학원 졸업
㈜봉숭아학당 문화혁신학교 대외협력 본부장
(사)구로구 소기업소상공인회 수석부이사장
한국좋은강사협회 회장
평화음악사 대표
웃음치료사
유튜브: 소소힐링TV

[저서(시집)]

『웃음으로 하늘을 품나』
『가슴으로 하늘을 품다』

홀로 가는 줄 알았는데
홀로 가는 길이 아니었어.
힘들어 지칠 때 손 내밀어 주는 너는 나
의 바람이었어.

훨훨 새가 날 수 있는 것은
곁에서 말없이 지지해 주는 바람이 존재
하듯
나도 너의 바람이 되어 줄게.

이 세상에 영원한 것은 없다

나는 경기도 평택에서 2남 2녀의 막내로 태어났다. 공부를 잘해 아버지와 엄마의 사랑을 독차지했고 아버지가 미군 부대에 근무하신 덕분에 안정적인 유년 시절을 보냈다. 내가 초등학교 다니던 시절에는 엄마들의 치맛바람이 학교에서 불었다. 공부를 잘했던 나는 시험 결과가 나오면 부모님께서 학교 선생님들을 집으로 초대해 거대한 잔치가 열리곤 했다. 다른 친구들에게는 많은 부러움의 대상이 되었다. 어린 마음에 그러한 일들이 무척 가슴 뿌듯했다.

하지만 이 세상에 영원한 것은 없다는 진리를 깨닫게 하는 듯 어느 순간부터 집에는 어두운 기운이 퍼지고 있었다. 그 당시에는 이해할 수 없었지만 잦은 이사를 하였고 그때마다 부모님께서는 심하게 부부싸움을 하셨다. 아버지의 폭음과 어머니에 대한 무차별적 폭력이 반복되었고 그때마다 어머니는 서울에 사시는 이모 집에 가서서 며칠씩 머물다 돌아오셨다. 어린 마음에 술에 취해 어머니에게 폭력을 휘두르는 아버지의 모습이 싫어 어머니에게 집을 나가 포장마차라도 하자고 했다. 어린 나로서는 아버지의 행동을 도저히 이해할 수 없었고 엄마의 가출로 인한 상처는 마음속에 깊게 자리 잡게 되었다.

어느 날 갑자기 아버지가 달라지셨다. 술을 한 잔 드신 아버지는 이제부터 우리 가족 서로 아끼고 사랑하며 행복하게 살자고 말씀하시며 환하게 웃으셨다. 엄마한테도 그동안 미안하다고 앞으로는 잘하겠다고 사과를 하셨다. 그리고 제주도 여행을 가자고 제안하셨다. 엄마와 아버지의 행복한 모습에 세상을 다 얻은 듯 마냥 즐겁고 행복했다. 그것이 우리 아버지와 엄마의 마지막 여행이 될 줄은 상상하지 못했다. 여행을 다녀온 후 아버지는 몸이 안 좋으시다며 대수롭지 않게 생각하고 동네 병원에 가셨다. 그런데 동네 병원에서는 큰 병원에 가서 검진을 받아 보라고 했다. 그때까지도 우리 가족은 '별일 아니겠지.', '설령 안 좋은 결과가 나와도 치료하면 낫겠지.' 하는 마음으로 수원에 있는 대학병원으로 가 검사를 하고 결과를 기다렸다.

결과를 보는 날, 우리 가족은 청천벽력 같은 소식을 들어야 했다. 병명은 급성간암 말기, 앞으로 남은 삶은 1개월이라는 시한부 판정을 받았다. 어쩌면 아버지는 여행을 가기 전에 자신의 죽음을 예견하셨던 것일까? 그때 중학교 2학년이던 나는 시한부 판정도 죽음도 어떤 것인지 전혀 이해하지 못하는 나이였다. 아버지는 가족들에게 잠깐의 행복을 주고 다시 구렁텅이로 몰아넣은 꼴이 되고 말았다. 서울 대학병원으로 이송해 치료를 시작했지만, 점점 병세가 깊어져 아버지의 모습은 전혀 다른 사람으로 변해 갔다. 복수가 차서 배는 점점 불러왔고 식사를 못 하셔서 마른 나뭇가지처럼 뼈만 남아 차마 바라보기가 힘들었다. 엄마는 아버지 간호하시느라 집을 비우셨고 나는 인천에 사는 이모 댁에서 지냈다.

그러던 어느 날 이모가 다급한 목소리로 빨리 병원에 가자고 하셨다. 이모가 말을 하지 않아도 아버지의 죽음을 예감할 수 있었다. 눈물도 나지 않았다. 무서워서 병원에도 가기 싫다고 했다. 이모는 꼭 가야 한다며 나를 끌고 병원에 가던 기억이 난다. 그 생각을 하면 지금도 아버지께 죄송한 마음을 감출 수가 없다. 12월 20일 눈이 펑펑 내리던 날, 아버지는 아무 말씀 안 하시고 먼 길을 떠나셨다. 가장의 부재로 우리 가족은 뿔뿔이 흩어졌다. 아버지가 돌아가시기 전 12월 16일이 내 생일이었다. 엄마한테 내 생일상 차려 주라고 하신 말씀이 아직도 가슴에 아리게 남아 있다.

견고한 성안에 갇힌 또 다른 나

아버지의 죽음 이후 엄마는 서울, 형은 천안, 큰누나는 익산, 작은 누나는 가축, 나는 평택. 그렇게 각자도생을 해야 하는 현실을 받아들여야 했다. 그때 나는 김정은도 무서워한다는 중2에서 중3으로 올라가는 가장 예민한 사춘기였다. 나는 다시 할머니가 계신 익산으로 전학을 가게 되었다. 어렸을 때 아버지와 함께 할머니 댁에 가던 신나고 들뜬 마음은 어디에서도 찾아볼 수 없었다. 낯선 환경, 낯선 사람들, 낯선 음식 모든 것이 낯설었다. 나는 마치 아무도 없는 춥고 삭막한 허허벌판에 덩그러니 나만 버려진 느낌이다. 내게는 아무도 없다는 생각이 지배적이었다. 그렇게 버림받은 듯한 슬픔은 어린 가슴 한구석에 깊이 둥지를 틀고 그 누구도 내 안에 들어올 수 없도록 성을 쌓기 시작했다.

익산에서 고등학교를 졸업하고 천안으로 대학을 진학했다. 나의 10대와 20대는 가슴에 견고하게 쌓아 온 성안에 나를 가두어 둔 채 새로운 나를 만들어 나 아닌 나로 살아갔다. 고독과 쓸쓸함 속에 혼자 있는 시간만이 진짜 나를 만나는 순간이었다. 그렇게 쉽지 않은 대학 생활을 하면서도 마음 한구석에서는 평범하지만 간절한 꿈이 있었다. 대학을 졸업하고 학사 장교로 입대해 제대하고 안정적인 직장에 들어가 평범한 삶을 살겠다는 소박한 꿈을 꾼 것이다. 그러나 내게는 그것도 사치였을까? 신은 나를 그냥 두지 않았다.

1991년 1월 10일, 대형 뺑소니 교통사고가 났다. 2월이면 졸업이고 3월 4일에는 이미 학사 장교에 합격해 임관하는 날이다. 친구들과 술 한잔하고 집으로 돌아가는 길이다. 횡단보도를 건너고 있는데 승용차 한 대가 그대로 직진했다. 1차 추돌한 사람은 그 자리에서 사망하고 나는 2차 추돌로 그나마 생명은 살아 있는 것이다. 나는 추돌 후 의식을 잃었고 의식이 돌아와 보니 주변이 웅성웅성했다. 평범한 삶을 꿈꾸던 나의 희망이 처절하게 박살 나는 순간이었다. 나는 다리의 왼쪽 내측 인대, 오른쪽 인대 2개가 끊어지고 방광이 파열되어 5개월을 병원에 입원해 있어야 했다. 여러 번의 큰 수술로 몸과 마음이 지쳐가고 세상에 대한 분노는 더욱 나를 괴롭혔다. 1년의 재활로 다시 걸을 수 있게 되었지만 감사한 마음보다는 되는 일이 없는 내 인생에 대한 자책과 원망만 커졌다. 자포자기하는 심정으로 출판사에 취업했고 그냥 무미건조한 생활을 하다 지금의 아내를 만나 결혼을 했다.

결혼을 준비하다 보니 내 집안 환경이 다시 보였다. 아버지가 돌아가신 후 뿔뿔이 흩어진 우리 가족, 엄마와는 연락이 두절된 지 10여 년이 지났고 가출한 작은 누나는 술집을 전전하다 완전히 병이 들어 가족들 앞에 나타났다. 어릴 적 예쁜 누나의 모습은 찾아볼 수가 없었다. 누나를 만나 마음 아픈 것도 잠시 할머니가 돌아가신 날 오후에 누나는 할머니를 따라 홀로 먼 길을 떠나고 말았다. 강원도 어느 강가에 힘들고 고단한 삶을 살다간 누나의 유골을 뿌리며 참 많이 울었다. 그런 나의 가족사는 내 가슴에 숨겨 둔 뾰족한 칼날처럼 누군가를 겨누고 있었다.

　나의 결혼식에는 부모님이 앉아야 할 자리에 작은아버지와 작은어머니가 앉으셨다. 의아한 눈으로 바라보는 시선들에 나는 아무런 설명도 하지 않았다. 결혼 후에도 내 안의 분노와 슬픔을 아내에게 철저하게 숨긴 채 가면을 쓰고 살았다. 그러나 어느 순간 나도 모르게 표출되어 나도 아내도 깜짝 놀랄 때가 있다. 한번은 아내와 말다툼을 심하게 했는데 너무 화가 난 나는 물건을 아내에게 던지고 말았다. 그 순간 두려움에 떨던 아내의 모습은 지금도 잊을 수가 없다. 나중에 아내에게 그 상황을 물으니 그때 내 모습은 사람의 모습이 아니었다고 했다. 그렇게 견고한 성을 쌓아 숨겨 둔 나의 슬픔과 세상을 향한 분노가 내가 지키고 보호해야 할 사랑하는 아내를 향해 폭발한 것이다.

웃음으로 희망을 노래하는 나의 응원군

자식은 부모를 성장시키기 위해 이 세상에 왔다고 한다. 그 말이 진리일까? 아들도 사춘기를 나의 사춘기처럼 어렵게 지나갔다. 성당 신부님이 아들에게 어른들을 부정하고 폭력적인 면이 있다고 전문가의 도움을 받아 보면 좋겠다는 제안을 하셨다. 나는 앞이 캄캄했다. 내 안에 숨어 있는 슬픔과 분노 부정적인 기운이 아들에게 그대로 전해진 것이 아닌가? 라는 생각에 아들에게 더 미안하고 마음이 아팠다. 나는 전문가의 도움을 받기 위해 기관에 찾아갔고 상담해 주시는 선생님께 아들보다 내가 먼저 상담을 받겠다고 했다. 전문가와 상담을 통해 가슴속에 묻어 둔 이야기를 꺼내게 되고 그동안 느껴 보지 못한 가슴이 뻥 뚫리는 시원함을 느끼고 나와서 지인에게 전화해 그 시원함을 전하곤 했다.

아들이 문제인데 내가 문제인 양 내 마음치유를 시작한 것이다. 이런 나의 사정을 아시는 수녀님의 권유로 아버지 학교에도 들어갔다. 아버지 학교를 수료하며 새롭게 태어나고 성장해 좋은 아버지, 좋은 남편이 될 수 있을 것이라고 생각했다. 하지만 오랫동안 가슴에 쌓인 분노는 해소된 듯하다가도 결정적인 순간이 오면 다시 올라오기를 반복했다. 이러한 삶이 지속 되면서 아내와 아이들에게 더 미안했다. 그러던 중 인터넷 검색을 통해 2박 3일 웃음치료 워크샵을 찾아 참석했다. 쉽게 속마음을 드러내지 않는 나는 그 환경이 적응하기 힘들었고 내 마음속에서는 적당히 하고 집에 가야겠다는 생각으로 프로그램에 참여했다.

마지막 날은 진행자가 불을 끄고 어둠 속에서 음악을 크게 틀었다. 그리고는 욕을 하라는 것이다. 머리로 사람을 용서하지 말고 진실로 욕을 하라고 했다. 그 순간 나는 내 속마음을 들킬까 봐 대충 참여했다. 그러나 시간이 조금씩 지나면서 나도 모르게 내 안에서 치밀어 오르는 분노를 멈출 수가 없었다. 켜켜이 쌓였던 내 안에 분노는 30분 이상 분출되었고 그것은 눈물이 되어 수도꼭지를 틀어 놓은 듯 쉼 없이 쏟아졌다. 거의 탈진 상태로 누워 있다 문득 중학교 2학년 때 생활기록부에 썼던 장래 희망이 생각났다. '첫째, 평범한 아빠. 둘째, 다른 사람들에게 웃음을 주는 사람'이라고 썼다. 아마도 일찍 돌아가신 아버지, 웃음보다는 슬픔과 분노가 많았던 나의 사춘기의 영향이라는 생각을 하며 그때부터 나의 삶은 180도 달라지기 시작했다. 아이들에게도 아내에게도 솔직하게 감정을 표현하려 애쓰고 긍정적인 메시지를 전하기 위해 노력했다.

그렇게 나는 웃음을 통해 변화하고 성장해 가기 위해 지방으로 2박 3일 워크샵에 또 참석했다. 연수원에 도착했는데 아내에게서 다급한 전화가 왔다. 장인어른께서 위독하시니 빨리 서울로 올라오라는 말에 순간 눈앞이 캄캄했다. 어렵게 마음먹고 시작한 공부를 내가 지금 여기서 돌아가면 다시 시작하기가 쉽지 않을 것 같았다. 그런데 내가 돌아가지 않은 상태에서 장인어른이 돌아가시면 나는 아내에게 평생 원망을 들어야 한다. 나는 갈등하며 마음에 결단을 내리고 아버님께 기도했다. "아버님, 조금만 더 힘을 내서 기다려 주세요. 제가 지금 서울로 가면 다시 공부를 시작할 자신이 없습니다. 그렇다고 아내에게 진심으로 나쁜 남편이 되고 싶지 않습니다." 정말 간절하게 기도했다. 그리고 2박 3일 일정을 마치고 서울 병원으로 달려갔다. 아내와 딸을 잠시 나가 있게 하고 아버님 손을 잡는데 순간 아버님 손에 힘이 풀리셨다. 이 못난 사위를 기다리시느라 얼마나 힘드셨을까? 그렇게 장인어른을 하늘나라로 보내드리고 나는 웃음 강사로 새롭게 거듭날 수 있었다.

웃음 강사로 활동한 덕분에 봉사도 많이 했다. 또 한 번의 기적이 일어났다. 아버지 학교 봉사자로 한강 성당에서 300여 명의 지원자 대상 전체 진행을 하고 있었다. 한참 프로그램을 진행하고 있는데 장모님께서 입원하신 병원에서 어머님 산소포화도가 40% 이하로 떨어지고 있어 1시간 내로 병원으로 와 달라는 전화가 왔다. 순간 다른 봉사자들이 걱정하지 말고 가라고 했지만 나는 장인어른 돌아가실 때를 기억하며 "어머님 조금만 기다려 주세요."라고 다시 한번 간절하게 기도했다. 무사히 프로그램을 마치고 병원에 도착하니 밤 10시 24분이었고 어머님 임종 시간은 10시 28분이었다. 가만히 돌아보면 아버님과 어머님은 이 사위가 웃음을 통해 봉사하며 새롭게 살아가는 삶을 죽음 앞에서도 응원해 주셨다. 그렇게 나는 웃음으로 희망을 노래하는 강사로 다시 태어났다.

혼자 가면 빨리 가지만 함께 가면 멀리 간다

아프리카 속담에 "혼자 가면 빨리 가지만 함께 가면 멀리 간다."라는 말이 있다. 이 세상은 혼자서 살아갈 수 없다는 것이다. 어떻게든 서로 연결되어 있기 때문이다. 특히 소중한 사람을 만날 때 우리는 인연설을 이야기한다. 만날 사람은 어떻게든 만나진다는 것이다. 아마도 내가 ㈜봉숭아학당 문화혁신학교 성창운 총장님을 만난 것을 두고 하는 말인 듯하다. 2022년 11월 8일 함께 안전교육을 하는 이정현 지부장님의 소개로 성창운 총장님을 만난 날이다. 같이 저녁을 먹으며 이야기를 나누는데 뭔가 느낌이 있다. 세상에 이런 분도 있구나! 이런 분이 곁에 있으면 힘이 되겠다는 생각을 했다.

내 안의 화와 분노는 웃음 치료 강사를 하면서 많이 해소되었지만 살면서 또다시 쌓이는 것들이 있기에 여전히 날카로움이 있는 나를 발견한다. 성창운 총장님은 봉숭아학당 문화혁신학교를 10년 넘게 운영해 오시면서 매주 월요일은 무료 웃음 치료와 다양한 강의를 진행하셨다. 전국에 많은 강사들이 봉당의 무대를 다녀갔고 나도 총장님께서 월요 무대에 세워 주셨다. 자연스럽게 월요일 행사에 참여하면서 나를 돌아보고 내가 할 수 있는 역할을 찾아 열심히 하게 되었다.

성창운 총장님은 기관장이지만 어떤 행사에서든 기관장이라고 자리에 앉아 계시는 법이 없었다. 함께하는 제자들을 위해 사진 찍고, 영상 찍고, 함께 응원하며 최선을 다하시는 모습에 감동하지 않을 수 없었다. "문화창조는 신화창조다."라는 캐치프레이즈로 아무런 기대 없이 그냥 나누어 주신다. 함께하는 제자들이 잘되면 기립 박수를 보내 주시고 더 잘해 주시고 칭찬을 아끼지 않으신다. 그러다 보니 많은 사람이 존경하고 따른다. 성창운 총장님 곁에는 오행자 사무총장님이 함께한다. 총장님처럼 사람을 소중하고 귀하게 여기는 분이다. 봉숭아학당에 가면 오행자 사무총장님이 해 주시는 맛있는 집밥을 먹을 수 있다. 엄마처럼 "밥은 먹었냐. 얼른 밥 먹자."라는 말씀은 진정한 사랑이다. 같이 소주 한잔 기울이며 마음을 나눌 때는 누나처럼 친구처럼 편안하다. 특히 자식을 통한 아픔은 나와 많이 닮아 더 잘 통하고 이해할 수 있어서 좋다.

나는 N잡러다. 웃음과 안전 강사, 평화 음악사 대표, 그리고 이번에 새롭게 시작한 우먼에스의 사내강사로 일한다. 우먼에스 일은 지방 출장 강연이 많다. 그래서 잠자는 시간이 부족해 많이 피곤하기도 하지만 그동안 가장으로 부족했던 경제를 많이 회복해 가장으로 가족들에게 큰 힘이 되어 감사하고 당당해졌다. 하나를 얻으면 하나를 잃는다고 바쁜 일상으로 월요일에 봉숭아학당 문화혁신학교에 자주 가지 못하고 있다. 그러나 내 상황을 잘 아시는 두 분은 많이 이해해 주시니 감사하다. 서로 바쁜 일정이지만 시간을 내서 개인적으로 만나 소주 한잔하며 마음 나누는 시간이 참 귀하다.

날아가는 새도 혼자만의 힘으로 나는 것이 아니라 보이지 않는 공기의 도움으로 나는 것이다. 봉숭아학당 문화혁신학교에서 내가 힘을 얻고 위로를 받았듯이 나도 그런 역할을 해낼 수 있는 사람으로 세상을 밝게 비추는 빛과 소금의 삶을 살기를 서원하며 감사의 마음을 전해 본다.

위로

온통 상처뿐인 지난날의 나를 바라본다
그리고 아파하고 신음했던 얼룩진 과거
무수히도 헤어 나오려 발버둥 쳐도
더욱더 진흙탕 속으로 빠져들던 반복된 삶

이러면 안 되는데
이러면 안 되는데
이젠 아픈 나를 내가 살포시 안아 줘야겠다
그동안 수고했다고
그동안 고생 많았다고

피고름 물든 상처에
곱게 약도 발라 줘야겠다
그동안 얼마나 아팠냐고
그동안 얼마나 외로웠냐고

이젠

지친 몸 누이고 두 눈 꼭 감고

그저 조용히 쉬라고 말해 주어야겠다

그동안 애썼다고

말없이 토닥토닥 등 두드려 줘야겠다

조현정

[주요 약력]

㈜봉숭아학당 문화혁신학교 SNS마케팅 홍보부장

(사)구로구 소기업소상공인회 미디어위원 SNS전문강사

MKYU 북클럽 운영

스마트폰활용 전문강사 1급

SNS마케팅지도사 1급

방송스피치지도사 1급

소통공감 박사

사회복지사

평생교육사

유튜브: 긍정의힘TV

인스타: @with_j_2021

[저서]

『내가 살아온 길, 내가 살아갈 길』

'세계를 내 손안에' SNS마케터 조현정은
온라인 세상의 행복한 길 안내자다.
믿는 대로 된다는 것을 확신하기에 좋은 것
을 믿고,
좋은 사람들과 함께 웃으면서 살아간다.

착한 아이 콤플렉스

내가 경험한 나의 어린 시절은 두 갈래 길이다. 초등학교 들어가기 전까지는 빛이고 초등학교를 들어가면서 어둠이다. 어린 시절의 나는 호기심 많고 모험심 넘치는 아이였다. 정확하지는 않지만 서너 살쯤으로 기억한다. 길을 잃고 헤매다 낯선 동네에 들어섰다. 나보다 제법 덩치가 큰 아이들이 세발자전거를 타고 놀았고 나는 오랫동안 잊고 있던 친구를 만난 듯 자연스럽게 아이들과 어울렸다. 아니, 오히려 그 동네 골목 대장이라도 되는 듯 뽐내던 나의 모습이 지금 이 순간도 생생하게 기억한다. 즐거운 시간은 잠시였다. 그 골목에서 슈퍼를 하시는 아주머니가 낯선 아이를 발견하고 다가와 과자를 건네며 어디에 사느냐고 조심스럽게 물었다. 아주머니의 따뜻한 시선과 물음에 나는 갑자기 집으로 가는 길이 생각나지 않았고 눈물만 글썽였다. 아주머니의 도움으로 나는 경찰서에 보내졌고 "꼬마야 배고프니?"라는 경찰 아저씨의 물음에 울먹이는 내게 설렁탕 한 그릇을 시켜 주셨다. 뽀얀 김이 피어오르던 설렁탕 한 그릇은 길 잃은 아이의 마음을 따뜻하게 녹여 주었고 설렁탕을 먹고 나니 나를 찾아 마음 졸이던 엄마가 경찰서에 나타났다. 그렇게 나는 슈퍼 아주머니와 경찰 아저씨의 도움을 받아 엄마 품으로 안전하게 돌아가며 안도감과 벅찬 감동으로 세상의 빛을 보았다.

초등학교에 들어가기 전까지 나는 부모님과 어른들 앞에서 노래도 부르고 춤도 추며 재롱을 피웠다. 작은 손을 꽉 쥐고 조심스럽게 노래를 시작했던 그 순간 부모님의 따뜻한 시선과 미소로 박수를 보내던 부모님은 내게 큰 용기를 주셨고 나는 행복에 취했다.

그 시절 부모님들은 왜 그렇게 가난하셨을까? 아니, 엄마는 부잣집 딸, 아버지는 가난한 청년이었다고 한다. 그래도 엄마가 아버지한테 첫눈에 반해 결혼을 하셨고, 나와 동생을 낳으며 가난을 사랑으로 극복하리라 믿고 다짐하셨을 것이다. 그러나 부잣집 딸 엄마는 단칸방에서 맞벌이하며 우리를 키우셨고 나아지지 않는 경제적 어려움에 몸도 마음도 많이 지치셨다. 그러다 보니 아버지와의 부부싸움은 계속되고 나와 동생은 두려움과 공포에 떨어야 했다. 부모님의 싸움이 심해질 때면 남동생과 나는 단칸방 구석에서 이불을 뒤집어쓰고 떨었고 당장이라도 부모님이 헤어질 것만 같은 불안감에 휩싸였다. 엄마는 일을 다녀오시면 우리에게 집을 어질러 놓았다고 화를 내셨고 나와 동생은 더욱 작아지고 말 잘 듣는 착한 아이가 되어야 했다. 아마도 그때부터 나는 착한 아이 콤플렉스를 가진 것 같다.

그런 가운데 내게는 지울 수 없는 상처가 되어 버린 사건이 생겼다. 10살쯤으로 기억하니 초등학교 3학년 어버이날이다. 힘들어하시는 엄마의 착한 딸이 되기 위해 고민하며 선물을 준비했다. 아버지께는 어떤 선물을 드렸는지 기억이 나지 않지만, 엄마한테는 카네이션과 살색 스타킹을 준비해 엄마를 기다렸다. 퇴근해 오신 엄마는 그날따라 많이 피곤해 보이셨다. 나는 엄마의 눈치를 보며 선물을 내밀었다. 그런데 엄마의 반응은 "이런 것 준비 안 해도 되니까 방 청소나 잘하고 엄마 말이나 잘 들어." 하며 화를 내시더니 동생과 내가 보는 앞에서 우리가 선물한 살색 스타킹을 가위로 잘라 버렸다. 살색 스타킹 조각들이 방바닥에 떨어질 때 그 모습은 내게 말로 표현할 수 없는 절망이었다. 내가 엄마한테서 무참하게 가위로 잘린 느낌이라고 할까? 어린 나의 가슴에는 두려움과 충격으로 눈물만 흘러내렸다. 이 사건은 내 어린 시절의 어둠으로 내 가슴 밑바닥에 또아리를 틀어 자리하고 있다. 그래서일까? 아직도 나는 눈물이 많다. 이 글을 쓰면서도 눈물이 난다.

가위질로 성공한 나의 20대

'삶에서 가장 중요한 것이 무엇일까?' 서로 사랑해서 결혼하고 자식을 낳아 가정을 이루고 살지만, 경제적인 어려움이 닥치니 서로 부부싸움을 자주 하셨던 아버지는 사우디아라비아로 돈을 벌러 가셨고 엄마는 나와 동생을 데리고 막내 이모가 사시는 목포로 이사를 했다. 엄마는 음식 솜씨가 좋으셔서 이모와 함께 식당을 시작하셨다. 보통 '음식만 맛있으면 장사가 잘되겠지.'라고 생각하지만, 세상이 그렇게 만만하지는 않았다. 엄마가 시작한 식당은 결국 망했다. 덕분에 목포에서의 생활은 몇 개월에 불과했다.

나는 지금 키가 178cm다. 서울로 올라와 6학년 겨울방학이 끝나고 등교하던 중 이전과는 다른 느낌이 들었다. 시야가 높아지고 다리가 흔들리는 듯한 느낌을 받았다. 신생아 때부터 유난히 키가 컸던 나는 방학 동안 키가 많이 큰 것이었다. 키가 큰 것은 친구들 사이에서 장단점이 있었다. 새로운 학년에 올라가면 친구들이 나를 쉽게 대하지 않는다는 것은 장점이고, 키가 커서 눈에 띄다 보니 사람들의 시선을 끄는 것은 소심한 내 성향에는 단점이었다. 눈에 띄는 것이 싫어 약간 구부정한 자세로 다니다 보니 자신감은 떨어지고 더 소심한 성격으로 바뀌었다. 그런 나를 걱정하신 엄마는 고등학교 2학년 때 쌍꺼풀 수술을 해 주셨다. 수술 후 거울을 보니 눈도 커지고 예뻐진 내 모습에 더 많이 웃고 자신감이 생겼다.

그렇게 학창 시절을 보내고 나는 대학 대신 취업을 선택했다. 보석감정사와 미용사를 놓고 고민하다 자주 가던 미용실 원장님을 보고 기술을 배우면 좋겠다는 생각에 미용사의 길을 가기로 했다. 미용학원에 가서 미용사 자격증을 취득하고 미용실에 취직해 일을 배우면서 나는 손재주와 눈썰미가 부족하다는 것을 알게 되었다. 미용사라는 직업은 손재주와 눈썰미가 있어야 하는데 방법은 연습 또 연습밖에 없었다. 하루 종일 일하고 집에 들어와서도 가위를 들고 연습하고 잠자리에 누워서도 가위질하는 상상을 하며 잠이 들었다. 성실함이야 둘째가라면 서러운 나의 성향이니 조금 늦을지언정 포기하지 않고 열심히 했다. 덕분에 이대역과 오류역 대형 미용실에서 근무하며 고객들에게 인기 있는 미용사가 되었다.

20대 중반에 헤어샵 원장이 되었다. 미용실을 오픈하면서부터 손님들이 많았다. 그리고 직원 3명을 두고 함께했는데 직원들이 착하고 성실해 IMF 시절임에도 돈을 벌어 집을 한 채 살 정도였다. 미용실 직업을 선택할 때도 원장을 할 때도 엄마의 도움이 컸다. 직원들 점심과 저녁은 물론 청소까지 도와주셨다. 덕분에 나는 짬짬이 시간을 내 수영도 다니고 재즈댄스도 배우면서 여가 생활을 즐겼다. 돌아보면 자연스럽게 미소가 지어지는 행복한 추억이다. 그러나 모든 것이 좋은 일만 있는 것은 아니다. 하루는 매직스트레이트 파마를 하시는 손님께 바뀐 신제품 약을 사용하면서 시간 조절을 잘못해 고객의 앞머리가 다 손상되는 상황이 발생

했다. 어찌할 바를 몰랐지만 상황을 설명드리고 머리카락이 빠르게 회복될 수 있도록 최선을 다하겠다고 했다. 그러나 시간이 필요한 상황이어서 조바심은 났지만 힘든 순간은 견뎌 내야 했다. 그러는 동안에 고객님과 속마음을 많이 나누다 보니 더 가까워지는 계기가 되었다.

아무리 기술이 좋아도 사람이다 보니 실수를 하기도 하고 나는 최선을 다했지만, 고객은 마음에 들지 않는 상황이 올 수도 있다. 그러다가도 머리가 마음에 들어 고마운 마음을 담아 맛있는 빵과 과일, 떡 등 간식을 많이 들고 오셨다. 그런 고객들의 마음에 보답하듯 새로운 도구나 기술이 출시되면 세미나에 참석해 열심히 배우고 노력했다. 그렇게 20대를 미용으로 보내고 29살 12월에 새로운 30대를 준비하며 일, 여행, 어학연수 등 다양한 경험을 쌓기 위해 호주 시드니로 떠났다.

열심히 일한 당신 떠나라

"열심히 일한 당신 떠나라."

이 문구처럼 20대에 미용실 원장으로 열심히 일한 나에게 선물하듯 처음으로 혼자서 호주여행을 준비했다. 아니, 여행이 아닌 1년 거주 비자로 준비한 것이다. 국내도 아닌 해외여행을 그것도 혼자서 떠난다는 것은 살짝 올라오는 불안도 있지만 설렘과 기대감이 훨씬 컸다. 카페에 가입해 열심히 검색하며 준비물과 주의할 점을 알아보았다. 엄마는 늘 함께하던 딸이 그것도 혼자서 외국 여행 1년을 계획하고 떠난다 하니 걱정이 되셨는지 아는 지인을 통해 호주에 내가 거주할 집을 알아보셔서 연락처까지 챙겨 주셨다. 그렇게 준비하다 보니 어느새 출발하는 날이 다가왔다.

적당한 긴장, 기대감, 설렘으로 시드니 공항에 도착하니 내가 거주할 집의 언니가 기다리고 있었다. 만나서 언니 집으로 향했다. 호주의 낯선 풍경을 만끽했다. 호주는 고층 건물이 거의 없다. 그래서 더 편안하고 정겨움을 느끼며 집에 도착했다. 내가 거주할 집 역시 저층 아파트인데 신축 건물이었다. 실내도 깔끔하고 정돈이 잘되어 있어 쾌적하고 지내기에 불편함이 없었다. 방 하나에서 두 사람이 같이 지냈다. 1주일 정도 여행을 하다 바로 미용실에 취직을 했다. 길을 가다 대형 미용실에 한국 사람이 있어 면접을 보기 위해 일단 용기 내어 들어갔다. 내가 바라보고 들어간 한국인은 미용실의 매니저였고 바로 면접을 볼 수 있었다. 영어가 되지 않았지만 반 통역과 간단한 단어로 설명을 하며 바로 테스트에 통과해 다음 날부터 출근하기로 했다. 감사한 것은 그전에도 한국 사람들이 일을 잘해 한국인에 대한 이미지가 좋아 더욱 편안하게 일할 수 있었다. 한국에서보다 일하는 시간에 비해 보수가 좋아서 돈을 벌며 여행하기에 아주 좋았다. 그렇게 호주에서의 생활이 시작되었다.

2개월이 지나 어느 정도 안정을 찾아갈 무렵 여행 중에 교통사고로 충격을 받고 놀란 일이 있었다. 그 후 미용실에서 일하는데 등이 찢어지는 듯한 통증이 왔다. 사고 후유증인지 원인은 알 수 없었다. 대한민국도 아니고 호주에서는 병원비가 비싸 큰 병원에 가는 것은 엄두도 못 내고 한국인이 운영하는 한의원에 다니면서 치료를 했다. 그렇게 몸이 아픈 상황에서 주인 언니가 닭죽을 끓여 주어 맛있게 먹으며 객지에서 아픈 마음이 위로가 되었다. 그렇게 2주 정도 쉬고 다시 일을 시작했다.

호주에서의 1년은 외국인 친구들을 만나면서 넓은 세상을 경험했고, 남자 친구를 만나 진정한 사랑도 알게 되었다. 세상은 넓고 좋은 사람들과 함께하는 시간은 신비로움의 연속이었다. 아이가 태어나 세상에 모든 것이 신비로워 호기심에 묻고 또 묻듯이 모든 것이 처음 본 듯 신비롭고 새로웠다. 한번은 브리즈번 배낭여행 중에 만난 이란 국적의 잘생긴 남자가 하루 내내 가이드를 해 주었다. 그리고 일본인 친구가 골드코스트로 이사를 해서 놀러 갔는데 시드니에서 어학연수를 함께한 친구들까지 만나서 반가웠고 같이 바다에서 수영하고 놀았던 추억이 아직도 생생하게 남아 있다. 그렇게 호주에서 생활한 1년은 내 삶의 아름다운 한 페이지를 장식하고 있다. 지금도 호주에서 좋은 사람들과 맛있게 먹었던 월남쌈, 샤브샤브, 카페라테는 한국에서 먹어도 그때의 추억을 떠올리며 입가에 미소가 지어진다. 음식의 맛을 통해 호주에서의 생활로 순간이동을 한 느낌이다.

그렇게 좋은 추억을 가지고 돌아온 나는 1년쯤 후에 호주로 미용기술 이민을 가기로 결정했다. 호주 브리즈번에 위치한 미용기술대학에 등록을 하고 이민 절차를 밟는 중에 건강검진도 포함이 되어 있어 검진을 받았다. 결과를 보는 날 충격적인 소식을 들었다. 혈관에 이상이 있으니 정밀검사를 해 보자고 했다. 결국은 정밀검사를 하고 수술까지 받아 이민은 물거품이 되고 말았다. 그러나 감사하다. 이민 준비 중에 몸의 이상을 발견한 덕분에 지금의 내가 이렇게 살아 있기 때문이다. 결국은 내가 호주에서 1년의 경험이 이민 준비가 나를 살게 한 것이다. 그리고 지금 내가 있는 여기 이 자리가, 함께하는 소중한 사람들이 내 인생의 선물이라고 생각하며 살아간다.

내 삶의 터닝포인트가 된 곳

나는 '세계를 내 손안에' SNS마케터 ㈜봉숭아학당 문화혁신학교 조현정 마케팅 홍보부장이다. 내가 지금 여기 이 자리에 있기까지는 한 사람과의 인연으로 시작되었다. 호주 미용기술 이민을 준비하다 건강상의 이유로 포기하고 미용 일도 접고 텔레마케터로 일을 했었다. 30대 후반쯤 가깝게 지내는 동생이 대학에서 경영학을 공부한다는 말을 듣고 일을 하면서 공부가 가능하냐고 물었다. 그때 사이버대학을 알게 되었다. 퇴근해서 집에 오면 TV나 보고 빈둥거리다 잠들고 무료한 일상을 보내던 나는 미래에 대한 불안이 엄습해 왔다. '몸으로 하는 일을 할 수 없을 때는 어떡하지? 고졸밖에 안 되는 학력으로 내가 무엇을 할 수 있을까?' 이런 생각들은 나를 사이버 대학으로 안내했고 검색하던 중 서울디지털대학교 상담심리학과가 눈에 들어왔다. 특히 인천, 부천 동아리도 잘 형성되어 있어서 더욱 마음을 끌었다. 그렇게 나는 2011년 서울디지털대학교 상담 심리학과에 입학했다.

1학년 여름 방학 때 동아리 MT가 있었다. 그때 내 눈에 들어온 한 사람, 지금의 오행자 교수님이다. 오행자 교수님은 09학번이었고 그때도 딸이 아파서 휴학 중인데 동아리 MT가 있다고 하니 오신 것이다. 이유는 알 수 없지만 나는 오행자 교수님이 참 좋았다. 나만 좋은 느낌을 갖고 뭐라고 표현도 못 하고 MT는 끝났다. 그리고 2학기를 마무리해 갈 무렵 오행자 교수님한테서 전화가 왔다. 12년도 상담심리학과 과대표를 맡았다는 것은 알고 있었기에 축하한다고 인사를 하니 대뜸 "그럼 선물을 해야지." 하신다. 얼떨결에 "네." 하고 대답하니 "현정아, 너를 나한테 1년만 줘라." 하신다. 나는 이미 좋은 감정을 가지고 있었기에 기꺼이 그러겠다고 대답했고 2012년 오행자 회장님을 모시고 나는 총무의 역할을 하며 전국을 누비고 다녔다. 우리 부모님이 강원도 고성에 계시던 때 교수님과 함께 2박 3일 여행을 우리 집으로 가서 엄마, 아버지도 교수님을 잘 알게 되었다.

그렇게 맺어진 인연은 내가 오행자 교수님께 스피치와 NLP를 배우고 교수님 흰머리 염색을 내가 해 주면서 계속 이어졌고 봉숭아학당 문화혁신학교까지 오게 된 것이다. 처음에는 월요일에만 몇 번 참석했었다. 중간에 사회복지사로 근무하다 잠시 쉬고 있을 때는 교육과 교재를 출판하는 회사에 직장까지 연결해 주셨다. 그리고 코로나가 찾아왔다. 그때부터 MKYU에서 온라인 시대에 필요한 여러 가지 공부를 오행자 교수님과 함께했다. 그때 나는 MKYU에 집중했고 오행자 교수님은 봉숭아학당에 더 집중하셨다. 모두가 힘든 시기에 봉숭아학당 문화혁신학교가 법인으로 새롭게 출발했다. 그리고 방송 스피치 과정이 열리고 3기로 공부를 했다. 그러면서 총장님과 오행자 교수님이 MKYU에서 배운 것을 봉당에 와서 펼쳐 보라고 하시며 4기부터는 스텝으로 함께 수업에 참여하게 해 주셨다. 그것이 2022년이었고 총장님이 2023년 1월부터 내게 한 달에 한 번 봉당에서 SNS 자격 과정을 열 수 있게 해 주셨고 방송스피치반 유튜브 수업도 하게 되었다.

　이제는 나도 완전한 봉당인이다. 월요일에는 음향을 담당하고 방송 스피치반에서도 강의를 하며 올해는 월급을 받는 직원이 되었다. 성창운 총장님과 오행자 교수님 두 분이 함께 만들어 가시는 봉숭아학당 문화혁신학교의 문화는 대한민국 어디에서도 볼 수 없다. "문화창조는 신화창조다."라는 케치프레이즈로 늘 상대를 인정하고 존중하는 문화, 누군가 잘되면 기립 박수를 보내는 문화, give&take가 아니라 give&give를 실천하는 문화, 이런 문화 속에서 방송스피치를 배우신 분도 함께하고, SNS를 먼저 하신 분들은 다시 방송스피치로 합류해 봉숭아학당의 문화를 함께 만들어 간다. 자신의 영혼을 성장시키고 나로 인해 세상이 더 아름답고 행복해지는 삶의 예술작품을 봉숭아학당 문화혁신학교에서 함께 만들어 가며 오늘도 우리의 꿈을 응원한다.

오행자

[주요 약력]

로드랜드대학 자연치유학 석사
㈜봉숭아학당 문화혁신학교 교수
참나사랑연구소 소장
삶을 노래하는 시인
유튜브: 토닥토닥행자TV
블로그: 세상에 아프지 않은 사람은 없다
인스타: bigmouth_gaeguri

[방송 경력]

KBS2 〈살림남〉
KBS2 〈홍김동전〉
KBS1 〈황금연못〉
E채널 〈개며느리〉
라디오: MBC FM 〈굿모닝 장성규입니다〉, 〈영재의 친한 친구〉
유튜브: 튀르키예즈, 백세명수, 랄랄, 이리오너라, 에이리언호휘효

[저서]

『토닥토닥 힐링수다』
『세상에 아프지 않은 사람은 없다』
『봉숭아학당에서 다시 피어나는 꽃』

날마다 행복을 선택하고 행복한 삶을 살아가는 언어예술가로
내가 먼저 행복하고 내 안에 기쁨과 사랑이 넘쳐 세상을 사랑으로 물들이는 삶의 예술작품을 만들어 간다.

나는 수행자의 삶을 선택했다

우리가 수행이라고 하면 산사에 스님들이 하는 특별한 행위라고 생각할 수 있다. 『건너가는 자』의 저자 최진석 교수님의 언어를 빌리면 깨달음은 '지적능력'을 키우는 것이다. 지적능력을 키우는 것을 대승불교에서 육바라밀을 통해 여기에서 저기로 건너가기 위해 행하는 행위, 꿈을 이루기 위해 노력하는 행위가 수행이라고 한다. 수행을 통해 깨달음을 얻는 것이다. 나는 지혜로운 사람, 큰 사람이 되기를 꿈꾸고 기대한다. 결국은 내가 지혜로운 사람, 큰 사람이 되기 위해 애쓰고 노력하는 반복적인 행위가 수행이고 그 수행을 통해 깨달음을 얻어 지혜로운 사람, 큰 사람이 될 수 있다.

나는 봉숭아학당 문화혁신학교에서 교수와 사무총장이라는 직책이 있다. 그리고 또 하나의 역할은 밥을 하는 밥순이다. 한 평쯤 되는 좁은 공간에서 월요일에는 30여 명이 먹을 밥을 하고 화요일, 수요일, 목요일에도 10인분 이상의 밥을 한다. 밥하고, 강의하고, 상담하고, 방송하고 내가 하는 역할이다. 월요일에는 출근해서 장을 보고 음식을 해 저녁 5시 30분쯤 옛날 대가족이 안방과 마루에서 밥을 먹듯 상을 차려서 일찍 온 사람이 먹고 일어나면 다음 사람이 먹는 진풍경이 펼쳐진다. 요즘 시대에 식당이 아니고는 볼 수 없는 문화다. 누군가는 말한다. 왜 굳이 그렇게 밥을 하느냐고? 아마도 누가 시켜서 하라고 했다면 나도 불평과 불만이 있었을 것이다. 그러나 내가 스스로 선택했다.

살다 보면 우리가 원하든 원하지 않든 해야 할 일들이 있다. 내가 좋아하고 잘하는 일을 하는 것은 취미이고 즐기는 것이다. 그러나 하고 싶지 않고 잘못하는 일을 해야 할 때는 고통이다. 그러나 우리네 삶이 어떻게 좋아하고 원하는 일만 할 수 있는가? 하기 싫은 고통스러운 일을 할 수밖에 없는 상황도 생긴다. 그때 그 상황을 받아들이는 우리의 마음가짐, 즉 선택이 행복과 불행을 결정한다. 내게 찾아온 삶을 거부하면 불행이고 수용하면 우리는 삶을 즐기고 행복해지는 것이다. 그 모든 것이 선택이다. 어디에서든 무대에 서면 내가 하는 인사말이 있다. "여러분 반갑습니다. 날마다 행복을 선택하고 행복한 삶을 살아가는 언어예술가 오행자 인사드립니다." 날마다 행복을 선택하고 행복한 삶을 살아간다는 말, 우리는 아침에 눈 뜨는 순간부터 저녁에 잠들 때까지 하는 것이 선택이다. '눈을 뜨고 지금 일어날까? 조금 더 잘까?', '옷은 무엇을 입을까?', '밥은 먹고 갈까, 그냥 갈까?' 지금까지 이렇게 선택한 결과물이 현재 나의 모습이다.

봉숭아학당 문화혁신학교가 2021년 8월 봉천역 4번 출구, 지금의 장소로 이전하면서부터다. 그때는 코로나로 모두가 어려울 때 결단을 내리신 총장님을 도와 함께하는 마음으로 다과 준비하는 정도의 주방에서 점심과 저녁을 준비해 사무실에서 먹었다. 직원과 셋이서 식대라도 아끼고 싶은 마음이었다. 그렇게 시작한 밥상에 누구든 밥때가 되어 찾아오면 숟가락 하나씩 올린 것이 쌓이고 쌓여서 이제 월요일 저녁에는 30명이 넘는 숟가락이 올라오게 된 것이다. 그런데 신기한 일은 힘들다는 생각보다 감사한 마음이 크게 올라왔다. 누군가 내가 해 준 밥을 맛있게 먹고 행복해하는 것이다. 뿌듯했다. 보람 있었다.

어쩌면 나도 교수로 고상하게 강의하고 책 보고 사람들 오면 상담하는 일만 하고 싶은 마음도 있을 것이다. 그러나 60이 가까운 삶을 살아온 나의 경험과 강사가 되겠다는 꿈을 가지고 15년 동안 공부를 한 지식이 합해져 나를 지혜로운 사람으로 성장시켜가고 있다. 내게 찾아온 삶을 좋은 것만 취하고 고통스러운 것은 거부하는 순간 스스로 불행의 늪에 빠지고 만다. 좋은 것도 고통스러운 것도 결국은 내 삶이라는 것을 인정하고 받아들이는 것이 가장 나다운 행복이라는 것을 깨닫게 한 것이다. 그래서 나는 봉숭아학당 문화혁신학교 한 평 남짓한 주방에서 수행하는 행복을 선택하고 행복한 삶을 살아간다.

월요일에 막춤 추는 여자

음악에도 춤에도 장단(리듬)이 있다. 우리는 춤을 출 때, 노래를 부를 때, 삶을 살아갈 때 어느 장단에 맞추고 살아가는가? 가장 중요한 장단은 내 마음 장단이다. 내 마음 장단에 춤을 추고 노래하며 살아갈 때 자신의 삶에 주인이 되어 자기다운 삶을 살아가며 만족감을 느낀다. 그런데 우리는 자라온 환경이 그것을 허락하지 않았다. 어려서는 부모의 장단에 학교에서는 선생님의 장단에 직장에서는 사장님과 상사의 장단에 결혼하면 다시 배우자와 자식의 장단에 맞추며 살아간다. 그러다 어느 순간 아이들은 성장해 자기 갈 길 가고 나면 늙고 병들어가는 자신의 모습을 보며 '나는 누구지?', '지금까지 무엇을 위해 살았나?' 하는 공허함과 허무함을 느낀다.

나는 월요일에 막춤 추는 여자다. 행사를 진행하면서 음향담당이 틀어주는 음악에 따라 춤을 춘다. 어떤 음악이 나와도 관계없이 춤을 춘다. 진정한 춤의 고수는 막춤을 추는 사람이라고 나는 주장한다. 막춤은 그냥 마음이 가는 대로 추는 춤이다. 음악을 따라 내 마음이 가는 대로 춤을 추는 것이다. 어떠한 틀이 없다. 그러니 잘 추고 못 추고도 없다. 다만, 보는 이의 기준에서 자신들이 경험한 기준을 가지고 평가할 뿐이다. 그렇다면 그들이 잘 춘다고 생각하는 춤을 또 누군가는 그것이 춤이냐고 잘 춘다. 못 춘다. 또 다른 기준으로 평가하고 판단할 것이다.

오래전에 쿤달리니 춤테라피를 배우며 신비한 경험을 한 적이 있다. 3단계 마지막에서 정지 상태에 있을 때 내 몸이 공기처럼 가벼워지며 나의 엄지손가락과 검지손가락 두 개로 내 몸이 가볍게 들어 올려지는 듯한 느낌이었다. 그리고 다른 춤 치유에서는 나의 자궁을 만나며 펑펑 울었던 기억이 있다. 춤은 치유이면서 기도다. 몸 기도라고 한다. 내 마음을 몸으로 표현하는 것이다. 내 마음이 원하는 대로 몸을 움직이다 보면 내가 몸을 움직이는 것이 아니라 몸이 나를 이끄는 것을 느낄 수 있다. 몸이 나를 이끄는 대로 거부하거나 저항하지 않고 순응하고 있는 나를 발견한다. 그 순간 찾아오는 고요와 편안함, 자유로움의 순간이 참나, 존재, 신을 만나는 시간이다.

참나를 만나기 위해 자신의 마음 장단에 춤을 추고 살아야 한다. 그때 가장 중요한 것은 고정관념, 기존의 내가 만든 틀을 없애야 한다. 여자가, 엄마가, 강사가 아내가 이래야 한다, 저래야 한다는 것에서 그 어떤 것도 괜찮은 자유를 허락해야 한다. 지금까지 살아온 삶이 있으니 처음에는 쉽지 않을 것이 당연하다. 이 세상에 태어나 처음 접하며 낯설고 어렵지 않은 것이 있었던가? 반복해서 하다 보니 익숙해지고 편안해진 것이다. 한 번도 하지 않았던, 하면 안 된다고 생각했던 행동이나 동작을 해 보는 것이다. 어쩌면 우리는 지금까지 그렇게 도전하며 살아왔다. 다만 실패 경험이 두렵게 만들 뿐이다.

"춤 춰라, 아무도 보고 있지 않은 것처럼.

사랑하라, 한 번도 상처받지 않은 것처럼.

노래하라, 아무도 듣고 있지 않은 것처럼.

일하라, 돈이 필요하지 않은 것처럼.

살아라, 오늘이 마지막 날인 것처럼."

– 알프레도 디 수자 –

지금 이 시처럼 살아 보자. 세월이 흐른 후 그때 내가 할걸. 왜 못했을까? 후회와 아쉬움을 남기지 않기 위해서 지금 아무도 보지 않은 것처럼 내 마음 장단에 맞추어 춤추고, 노래하고, 사랑하며 살아가자.

웃음은 인문학이다

인문학은 문학, 역사, 철학, 과학을 통해 사람의 마음을 연구하는 학문이다. 사람의 마음을 연구하기 위해서는 닫힌 마음의 문을 열어야 한다. 우리는 처음 만나는 사람이나 상황, 환경에 접하면 긴장하고 경계하며 쉽게 마음의 문을 열지 않는다. 철벽을 치듯 닫힌 마음의 문을 여는 도구가 웃음이다.

창문을 열면 바람이 들어오듯 마음의 문을 활짝 열어야 사람과 사람 사이의 소통이 일어난다. 사람은 혼자서 살아갈 수 없다. 사람에게 받은 상처 사람을 통해 치유할 수 있다. 상처받고 아픈 이야기, 기쁘고 행복한 이야기를 아무에게나 하지 않는다. 내 마음을 받아 주고 이해할 수 있는 사람에게 할 수 있다. 그런 사람을 어떻게 알까? 그런 사람을 알아보기 위해 웃음으로 마음을 열어야 한다. 마음을 열고 대화를 나누다 보면 그 사람의 살아온 이야기, 삶의 기준, 가치관 등을 통해 내가 어떤 말이든 해도 되는 사람인지 해서는 안 되는 사람인지 알 수 있다.

그렇다면 나는 어떤 사람인가? 타인에게 나는 어떤 사람으로 보일까? 그것은 내가 잘 웃는 사람인가? 아닌가? 생각해 보면 알 수 있다. 아마도 자신이 잘 웃는 사람이라면 사람들에게 호감도가 좋은 사람이고 잘 웃지 않는다면 좀 까칠한 사람으로 보여질 것이다. 무심코 길을 걷다 쇼윈도에 비친 자신의 모습을 바라보자. 혼자 있을 때 거울을 보자.

내가 공부를 하기 전 보험영업을 할 때다. 아이들은 사춘기로 방황하고 경제적인 어려움이 겹쳐 있을 때다. 정말 웃을 일이 없었다. 고객을 만나고 차에 와서 무심코 룸미러에 비친 내 얼굴을 보고 나는 괴물을 보는 듯 깜짝 놀랐다. 고객 앞에서는 생존을 위해 웃지만 내 마음은 지옥에 있었다.

2008년 스피치 공부를 하며 강사의 꿈을 꾸었다. 가장 쉽게 접할 수 있는 웃음치료사 자격증을 따고 본격적으로 강사의 길을 가기 위해 서울디지털대학교 상담심리학과에 입학했다. 가장 먼저 시작한 강의가 웃음 치료였다. 처음에는 모든 것이 새로웠다. 어느 정도 시간이 흐르면서 웃음 치료 강사라는 말이 편안하지 않았다. 강의를 가면 "강사님 오늘도 많이 웃겨 줘요."라는 말이 나를 쉽고 가볍게 보는 느낌이 들었다. 아니, 어쩌면 남을 웃기기 위해 애쓰는 나를 내가 더 우습게 본 것이다. 그것이 오히려 더 내가 공부를 열심히 하는 계기가 되기도 했다. 상담심리학, 의식 변화, 인문학 등 다양한 공부를 했다. 그리고 이제 웃음이 인문학이라는 것을 깨닫는다.

"웃음은 무심으로 들어가는 문 중 하나이다. 삶을 심각하게 받아들이면 삶을 놓쳐 버리게 된다." 『The Book』에서 오쇼 라즈니쉬는 말한다. 웃음은 신이 인간에게 준 선물이다. 아이가 태어날 때 배우지 않아도 잘하는 것들이 있다. 먹고, 자고, 싸고, 울고, 마지막으로 웃는 것이 생존을 위한 본능이다. 아이들은 정말 잘 웃는다. 아이들은 삶을 심각하게 받아들이지 않는다. 그냥 있는 그대로 받아들인다. 그래서 언제 어디서나 남을 의식하지 않고 웃을 수 있다.

그러나 우리는 성장하면서 아이 적의 순수함만을 가지고 세상을 살아갈 수는 없다. 아니, 세상이 아이 때처럼 내 마음대로 되지 않다 보니 웃음이 사라진 것이다. 웃을 일이 있어야만 웃게 되고 때로는 웃는다고 핀잔을 받게 되니 웃고 싶어도, 웃음이 나도, 웃을 수 없었고 이제는 웃음을 잃어버렸다. 우리는 다시 웃음을 찾아야 한다. 다시 어린아이의 마음으로 돌아가 내가 무엇을 하고 싶은지 언제 즐거운지 묻고 물어가자. 그리고 그냥 웃자.

만남과 이별 사이의 추억

허허벌판에 우뚝 선 아파트
너와의 첫 만남의 환경은 척박했지만
가슴 설렘은 최고의 황홀함이었지

그런 가운데 6년의 세월이 흐르고
너와 조금씩 익숙해져 가는 만큼
주변 환경은 아름다워지고 너와 나의 추억도 쌓여 갔어

이제는 너와의 이별을 마주하며
아쉬움과 고마움으로 함께한 세월은
추억이라는 이름으로 가슴에 남아 있네

처음 만남 속에
오늘의 이별도 함께했었건만
우리는 알지 못했지
아니, 너무 좋아 생각하지도 않았어

고마웠다

사랑한다

첫 경험을 하게 한 너를

그리고 다시 만나고 또 이별할 세상의 모든 것을

성창운

[주요 약력]

㈜ 봉숭아학당 문화혁신학교 총장
로드랜드대학교 명예 치유학박사
한국열린사이버대학 특임교수
KBS스포츠예술과학원 전임교수
성공사관학교 사상체질 석좌교수
사상체질 힐링 연구소 소장
홍채분석학 코칭연구소 소장
유튜브: 봉당힐링TV

[저서]

『복을 짓는 리더의 삶』
『말 잘하는 기술』
『체형관리사』
『봉숭아학당에서 다시 피어나는 꽃』

"문화창조는 신화창조다."
긍정, 열정, 인정 3정의 문화로
세상을 바꾸는 로드맵!
그 길에 봉숭아학당 문화혁신학교가 있다.

주연을 빛나게 하는 조연

어떤 작품이든
조연의 역할로
빛이 날 때가 많습니다

1인자가 아닌
2인자의 역할로도
감동을 주는 작품들이 있습니다

인생사도 그렇습니다
사람이 살아가면서 가치 있고 빛나는 일은
누군가의 배경이 되어 주는 일입니다

별을 반짝반짝
빛나게 해 주는 어둠처럼
나를 태워 주위를
밝게 해 주는 등불처럼
꽃을 돋보이게 하는

푸른 풀잎처럼

함께하며 타인을 빛나게 하는 선의의 행보는
많은 이들을 즐겁게 하며 혜택을 줍니다

가끔가다 '내가 왜 이러고 살지!' 할 때가 있지만
분명 아름다운 삶을 사는 것이 틀림없습니다

인생에 지극히 아름답고
고결한 삶은 오롯이 나만의 삶이 아닌
함께 세우며 사는 삶입니다

행운

우리 삶이 고단하고
힘들 때면 꼭 바라는 것이 있습니다
그것은 바로 행운입니다

행운이 내게로 와서
이 힘들고 지친 마음을 녹여 주길 원합니다

그러나 행운이란 녀석은
감나무 밑에서 감이 떨어지기를 바라듯
요행을 바라는 자에게는 절대 나타나지 않습니다

어떤 고난과 역경이 닥쳐와도
희망을 잃지 않고 다시 도전하며
때를 기다리는 자에게 찾아옵니다

행운은 원리원칙을 준수합니다
뿌린 만큼 노력한 만큼

행운은 찾아옵니다

팔자(八字)

나의 팔자(八字)는
안녕하신가요?

팔자는 고정된 것이 아니라
상황에 따라 변화한다는 사실을 아시나요?

어떤 생각을 하느냐에 따라,
어떤 마음가짐을 갖느냐에 따라
팔자(八字)는 바뀝니다

부뚜막의 소금도 집어넣어야 짠 것처럼
좋은 운이 들어올 수 있는 길을 열어야
좋은 팔자(八字)로 바뀝니다

먼저 감사의 마음을 표현하고
밝은 표정과 아름다운 말로 사람을 대하면
좋은 기운이 들어와 팔자(八字)가 바뀝니다

팔자(八字)가 바뀌면

운명이 밝아지고

일이 술술 풀리는 기적이 일어납니다

축복의 통로

칭찬을 아끼면
왕따가 됩니다

희생을 아끼면
주위에 사람이 없습니다

꿈을 아끼면
성공을 할 수 없습니다

웃음을 아끼면
건강해질 수 없습니다

표현을 아끼면
몸과 마음이 녹슬고 행복해질 수 없습니다

아낌없이 나누고
꿈을 터치하면 축복의 통로가 열립니다

생각의 다이어트

비만이 내 몸을 병들게 하듯
오만가지의 생각은 내 정신을 병들게 합니다

생각이 많으면 많을수록
몸과 마음은 무거워지고 무기력에 빠집니다

생각의 잡동사니는
많은 번뇌와 고뇌를 쓰나미처럼 몰고 옵니다

건강한 삶은 '뺄셈'입니다
빼면 뺄수록 몸과 마음이 가벼워지고
몸과 마음에 활력이 생겨납니다

생각의 다이어트로
삶의 의미와 가치를 발견해
즐겁고 건강한 삶을 살아가리라 확신합니다

작전타임

스포츠 경기를 보면
경기 중간에 감독이
작전타임 하는 것을 볼 수 있습니다

작전타임은
상대 팀에게 밀리고 있을 때 요청합니다
작전타임 내용을 들어 보면
"괜찮아! 지금 잘하고 있어. 조금 더 힘을 내자."
하며 선수들을 독려합니다

작전타임에서 감독이 주는
응원의 메시지는 선수들의 사기를 올려
역전의 기적을 일으키기도 합니다

우리 인생도 마찬가지입니다
지치고 힘들어 삶을 포기하고 싶을 때
작전타임이 필요합니다

"조금 늦으면 어때. 괜찮아.

힘들면 잠시 쉬어 가는 것도 좋아.

지금까지 아주 잘했어. 조금만 더 힘을 내자."

이런 응원이 필요합니다

인생의 드라마에 주인공은 나

감독도 나입니다

스스로 작전타임을 통해 자신의 삶을

명작으로 만드는 멋진 감독이 되어 보면 어떨까요?

너 이렇게 살아 봤어?
ⓒ 봉숭아학당, 2024

초판 1쇄 발행 2024년 8월 9일

지은이   봉숭아학당
펴낸이   이기봉
편집   좋은땅 편집팀
펴낸곳   도서출판 좋은땅
주소   서울특별시 마포구 양화로12길 26 지월드빌딩 (서교동 395-7)
전화   02)374-8616~7
팩스   02)374-8614
이메일   gworldbook@naver.com
홈페이지   www.g-world.co.kr

ISBN   979-11-388-3409-4 (03810)

- 가격은 뒤표지에 있습니다.
- 이 책은 저작권법에 의하여 보호를 받는 저작물이므로 무단 전재와 복제를 금합니다.
- 파본은 구입하신 서점에서 교환해 드립니다.